基础教育改革与教师专业发展丛书

教 师 专 业 发 展 系 列

优秀教师的专业成长之路

YOUXIU JIAOSHI DE ZHUANYE CHENGZHANG ZHI LU

金本能◎编著

安徽师范大学出版社

责任编辑:李　玲　　　　责任校对:孔令清
装帧设计:丁奕奕　　　　责任印制:郭行洲

图书在版编目(CIP)数据

优秀教师的专业成长之路 / 金本能编著. —芜湖 :安徽师范大学出版社, 2015.3
(基础教育改革与教师专业发展丛书)
ISBN 978-7-5676-0331-8
Ⅰ. ①优… Ⅱ. ①金… Ⅲ. ①中小学-优秀教师-师资培养 Ⅳ. ①G635.12

中国版本图书馆 CIP 数据核字(2012)第 319293 号

优秀教师的专业成长之路
金本能　编著

出版发行:安徽师范大学出版社
芜湖市九华南路 189 号安徽师范大学花津校区　　邮政编码:241002
网　　址:http://www.ahnupress.com/
发 行 部:0553-3883578 5910327 5910310(传真)　E-mail:asdcbsfxb@126.com
印　　刷:安徽宣城海峰印刷包装有限公司
版　　次:2015 年 3 月第 1 版
印　　次:2015 年 3 月第 1 次印刷
规　　格:787×960　1/16
印　　张:15
字　　数:255 千
书　　号:ISBN 978-7-5676-0331-8
定　　价:30.00 元

基础教育改革与教师专业发展丛书编委会

内容简介

优秀教师的成长是一个专业化的过程,是教师专业素质不断提升的过程。本书在梳理现有研究成果的基础上,概括了教师专业化的内涵、发展历程与发展趋势,阐述了优秀教师的内涵、特征、专业素质与成长因素,并进一步分析了优秀教师的专业成长动力。优秀教师的专业成长是一个长期、复杂的过程,书中详细介绍了优秀教师如何在教学、课程开发、科研和克服职业倦怠等过程中实现专业发展。

总　序

“教育改革”在当下是一个出现频率非常高的概念,这种语言现象所反映的正是教育实践的客观现实。伴随着经济全球化、信息化和网络化的迅猛发展,世界范围的教育改革正一浪高过一浪,教育改革正成为一项持续不断的教育实践活动。可以说,变革已成为当代教育的一个典型特征。

同样,改革也是我国当代基础教育领域蓬勃发展的重要驱动轴。近年来,基础教育改革正在各个层面全面展开:在课程领域,综合课程、活动课程、微型课程、模块课程等正在逐步取得与学科课程同等的地位,并对促进学生的全面发展发挥着不可替代的作用;在教学领域,诸如探究式教学、互动式教学、学生自主学习、合作学习等一系列新的教学方式和学习方式也正在逐步取代某些传统的教学方式和学习方式,被师生广泛运用于教学过程之中;在德育领域,一方面,某些陈旧落后的德育理念和模式正在为人们所摒弃,另一方面,多种新的德育理念和模式正在受到教育理论工作者和实践工作者的广泛关注并在学校德育实践中进行尝试和经受检验;在教育评价领域,传统的评价理念和范式同样日益受到人们的质疑与批判,与此同时,各种新的评价理念和范式层出不穷并被师生普遍接受和运用。

基础教育改革不仅使学校生活、师生关系和课堂面貌等发生了重要变化,也向广大教育实践工作者提出了新的更高的要求。持续不断的基础教育改革,使每一个投身于教育实践工作的人都面临着一系列无法回避的挑战。这种挑战,既意味着教育实践工作者不得不正视和思考教育改革带来的各种新的问题,同时也意味着他们在面对不断变化的教育实践情境时,必须采取适当、合理的因应与行动。

教育大计,教师为本;有好的教师,才有好的教育。这既是基础教育改革实践的强烈诉求,同时也是理性认识基础教育改革所形成的共识。好的教师,才有可能既娴熟自如地驾驭教育教学活动,最大限度地促进学生的发展,同时又能够有效地应对社会和教育发展所带来的各种新变化、新要求,成为教育改革的参与者和"弄潮儿"。好的教师由何而来呢?也许人们对这一问题有着各自不同的认识,也许不同的教师其成长的过程和方式各有差异,但可以肯定的是,好的教师既需要经受教育实践的历练,需要教育实践给予其充分展现的机会,同时,也需要接受教育理论的滋养,需要对教育教学的本质和规律性有着正确的认知和把握。

与教育实践工作者相同的是,教育理论工作者也正在面对教改所带来的诸多挑战。基础教育改革的蓬勃展开,也必然会对教育理论工作者提出如何恰当地回应教育改革、如何研究和解决教育改革中出现的各种新问题、如何引领教育改革的发展方向等诸多问题。可以说,在教育改革持续展开的背景下,教育理论工作者正面临着双重任务:一是必须及时研究和探索教育改革中不断出现的新情况、新进展,发现制约改革的各种因素和变量,揭示和分析教育改革发生发展的特点和规律;二是必须观照教育改革参与者特别是中小学教师的实践诉求,通过对教育改革实践的理论阐述,引领他们更加理性、有效地处理改革实践中所遇到的种种现实问题。

我们欣慰地看到,当前,已有很多学者对基础教育改革的一系列重要问题进行了深入的研究和探讨,从多角度、多方位提出了诸多有关教育改革的真知灼见,展示了学者们对教育改革实践的理性认识。然而,如何将这些理性认识转变为教育改革实践的理性行动,却需要做一番综合与转化工作。所谓综合,就是要对不同的理论研究成果,根据教育实践的逻辑,重新进行组合与梳理,以形成更加适合于教育实践的知识体系;所谓转化,则是要通过对知识的再加工和再创造,将原本用于精确表达思想和观念的科学话语体系,转变成实践话语体系,从而更加适合教育改革实践的需要。而本套丛书所努力达成的,就是这样的一个目标。我们期待我们所做的综合与转化的努力,能够产生切实的实践效果。

教育改革既涉及宏观层面,也涉及微观层面。仅有宏观层面的努力而缺失微观层面的配合与行动,教育改革不可能取得成功。宏观层面的教育改革主要是由政府来决定和实施,而微观层面的改革不仅需要政府的介入,更需要教育实践工作者的实际行动。我们编写这套丛书,主要的目标是指向微观层面,指向中小学教师的教育教学实践。丛书涉及当前基础教育改革和教师专业发展的诸多领域,主要针对当前基础教育改革和教师专业发展中所遇到或将要遇到的一系列问题而编写,以问题作为研究和讨论中心。我们期望通过聚焦教育改革实践中遇到的各种实际问题,借鉴中外教育改革的研究成果和成功经验,为教育实践工作者正确地认识和把握这些具体的实际问题提供指导和帮助。

本丛书主要包括教师专业发展系列、基础教育改革与学生发展系列、新课程教学探索系列、班主任工作系列、心理健康教育系列、教师专业标准系列等,读者对象主要是广大中小学教师。丛书的定位是理论与实际有机结合、介于学术著作和通俗读物之间，既注意吸收相关学科领域的最新成果，反映教育教学研究的前沿动态，又注重贴近中小学教师的工作和生活，对目前我国基础教育的实际以及教改实施与进展的状况进行分析和探讨，注重解决读者在实践中遇到的问题或困惑，努力做到科学性、前沿性、实用性的统一。丛书内容通俗易懂，深入浅出，每册书在内容上不求大而全，不求面面俱到，而是突出重点，将关注教师的需求放在第一位，尽可能为他们提供有针对性的思想和理论的引领，给他们以实践操作的启发。

我们相信本套丛书的出版，能让广大一线中小学教师获得所需的知识和有益的启示，对学校的进步、教师的发展和学生的成长发挥建设性的指导作用，为促进教育改革和教师发展增添些许动力。我们也期待着本丛书的出版，能够为师范院校相关学科的教学与研究提供更为丰富的素材，从而推动教师教育质量的不断提升。

编委会

二〇一四年十二月

目 录

第一章　现代教师的专业化发展

中小学教师的素质水平在教育改革与发展中处于关键地位，因而教师专业发展问题在世界各国都受到了普遍的重视。德国社会学家拜克认为，随着全球化进程的不断推进，主动或被动进入全球化体系的组织或个人面临着动荡及不确定性的侵扰，因而个人或组织必须最大限度地利用社会及文化资源，不断促进自身的发展。教师在教育改革中的重要性已逐渐被各国政府和学者所认可，教育质量的高低与教师素质及教师的专业发展有着密不可分的关系。因此，实现教师专业化发展是当前我国教育改革与发展的重要任务。

第一节　专业化与教师专业化

教师专业发展是全球化教师教育发展的必然趋势。我国现有一千多万中小学教师，承担着世界上最大规模的中小学教育。叶澜教授认为："教师需要有自己独特而富有整体性的高标准的专业修养，其中包括关于教育理念、结构和内容都具有特殊性的知识和技能修养以及含有交往、管理等多种从事教育所必需的专业工作能力与创造能力。唯有如此，我们才会承认教师职业是一种真正的专业，教师必须经过并不比造就医生和律师要简单或容易的专业教育。"研究教师专业发展，首先需要了解和认识教师专业发展的内涵。

一、职业与专业

（一）职业

职业是人类社会分工的结果。亚当·斯密认为，社会分工带来了三个好处:由于减少转换工作而节约了劳动时间;由于专干一种工作而形成了知识与技能的积累;由于工作的单调性和知识的积累而产生了创造专门工具的可能。劳动分工作为社会活动有效率的组织原则,在人与人之间构建了一个能够永久把人们联系在一起的权利和责任体系,保证了相互分化的各种功能的稳定和人与人之间的正常协作,使个人与社会通过分工产生的各种规范紧密相连。因而,职业是个人与社会连接的一个重要纽带。

在英语中,“职业”为 vocation 或 occupation。《韦氏第 3 版新国际英语大辞典》对 vocation 的解释是:一个人通常为了报酬而经常受雇用的工作;对occupation的解释是:一个人从事的一项活动,人的一生的主要事务。这些解释说明,职业主要侧重于一个人所从事的行业类型,而对何种人从事何种职业并没有严格的限定。可见,职业是指从业人员为获取主要生活来源所从事的工作类别,它是劳动者参与社会经济活动的直接体现。

现实社会中,职业是按照系统进行分类的。职业分类系统是采用一定的标准和方法,依据一定的分类原则,对从业人员所从事的各种专业化的社会职业所进行的全面、系统的划分和归类。它是一个国家形成产业结构概念和进行产业结构、产业组织及产业政策研究的基础,对于社会各个行业的发展有着十分重要的指导意义。从社会学研究的角度看,职业分类系统是社会成员的社会位置的系统,通过职业分类系统可以描述社会的经济资源、组织资源和文化资源的分配结构以及流动的情况。

职业社会学研究的理论架构还包括职业结构、职业声望、职业流动和职业价值等。职业结构是在职业分类基础上对职业地位系统的客观表达,其实质是不同职业地位的资源分配关系的表现形式。职业结构涉及职业以外的社会环境和条件,如制度因素与市场因素及其交互影响作用,也涉及与职业有关的非职业的社会关系资源网络。职业声望是由不同职业或职级的主体以及社会公众对于某种职业地位高低的主观评价,它可以看作是职业结构的主观表达形式,或者是不同社会层级的个人、群体和组织对各种职业地位的相对关系的主观排序。职业流动可以分为职业代际内流动和职业代际流动。从宏观的社会流动角度考察,职业代际流动受到社会转型的制度因素与市场因素的制约,可以通过父子之间的身份和家族资源转换表现出来。职业价值是通过对不同职层主体的社会态度,特别是对主体的职业意识与职业价值观的判断，形成的特定职业群体独立的职业意识形态。一种职业的出现，是社会生产力发展的结果，是社会劳动分工不断细化的产物。

（二）专业

社会学者常将职业分为普通职业和专门职业两大类，作为专门职业的“专业”（profession），是相对于普通职业而言的。普通职业的本质在于重复某一个行业的基本操作行为，并不需要过多的心智劳动。普通职业仅提供一种服务，没有研究的意识；而专门职业把服务和研究融为一体，即专业人员不仅要提供优质的职业服务，同时为了保证服务品质和服务水平的不断提高，还要在服务中不断进行研究，通过研究提高专业水平，并且对专业人员而言，这种研究是一种自觉行为。专业是在社会学概念范畴下，从社会分工、职业分类的角度来定义的。它是在社会分工、职业分化中形成的一类特殊的职业，是指一群人在从事一种必须经过特殊教育或训练，具有较高深和独特的专门知识和技能，按照一定的专业标准进行活动，从而解决人生和社会问题，促进社会进步并获得相应的报酬、待遇和社会地位的专门性职业。不同的专业有不同的标准。一般地，专业标准包括职业道德、专门的知识和技能，要经过长期的专业训练，形成专业组织等。

1948 年，美国全国教育协会提出了专业的八项标准：含有基本的心智活动；拥有一套专门化的知识体系；需要长时间的专门训练；需要持续的在职成长；提供终身从事的职业生涯和永久的成员资格；建立自身的专业标准；置服务于个人利益之上；拥有强大的、严密的专业团体。

在国际教育界广泛运用的是利伯曼于 1956 年提出的专业的八条特征：范围明确，垄断地从事于社会不可缺少的工作；运用高度的理智性技术；需要长期的专业训练；从事者无论个人、集体均具有广泛的自律性；在专业的自律性范围内，直接负有做出判断、采取行为的责任；非营利，以服务为动机；形成了综合性的自治组织；拥有应用方式具体化了的伦理纲领。

1984 年，曾荣光提出了专业特征的十项指标：为社会提供不可或缺的服务；享有专业服务的专利权；接受长时间训练和入职辅导；具有一套“圈内知识”；有专业自主权；组成对成员具有制约力的专业团体；确立一套专业守则;获得社会和当事人信任;享有相当社会地位和职业报酬;不断接受在职培训和从事科研活动。

我国学者马信行总结了专业的5个层面:运用专门知识,指专业人员从事工作时必须要运用专门的知识与技术;提供专业服务,指专业工作能为大众提供重要而独特的服务;具有专业自主,指专业人员在执行业务时,可不接受外界压力与干预,全权处理问题;接受专业教育,指专业人员必须接受长期的专门教育,并必须继续不断地在职进修;信守专业道德,指专业人员能信守专业理想,献身专业工作。

1987年,郑肇桢提出专业是一种具有下列特点的工作:有极重要的社会功能;有相当的工作难度及复杂的技巧;工作者常需解决新的问题;有一套在工作时的道德守则以作自律;需要长时间的学习,并且只在高等学府中或在相类的水平上才进行学习;工作者要有若干决策自由,以应付常规以外的事态;工作者有严谨的组织,以制定工作的应有标准,包括工作条件以及应负的责任;由于需受较长时间训练及负相当责任,故享有的社会地位及待遇都比一般职业高。

教育学者舒尔曼认为,当代专业原则上至少有6个特点并对专业教育加以限定:服务的理念和职业道德;对学术与理论知识有充分的掌握;能在一定的专业范围内进行熟练操作和实践;运用理论对实际情况作出判断;从经验中学习;形成一个专业学习与人员管理的专业团体。

可见,专业与职业是有区别的,这种区别概括起来主要表现在以下几个方面:

(1)从事专门职业需要以掌握系统的专业知识和技能为前提,按照学科的理论和技术行事;而从事普通职业无需专门的知识和技能,只需按例行事。

(2)专门职业的从业人员需要接受长期的专业训练,而且这种训练是在大学里进行的,是以是否接受过高等专门教育为标志;而普通职业的从业人员无需接受长期的专业训练,主要通过个人体验和个人工作经历而积累工作经验。

(3)与职业相比,专业更多地提供一种特有的、范围明确的、社会不可或缺的服务,在自主的范围内对于自己的专业行为与专业判断负有责任,以高质量的专业服务获得报酬,并且把服务置于个人利益之上。

(4)专门职业把服务与研究融为一体,即专业人员不仅要提供优质的专业服务,同时为了保证服务品质和服务水平的不断提高,还要在服务中不断进行研究,通过研究提高专业水平。而且对专业人员而言,这种研究是一种自觉的行为;而普通职业仅提供一种服务,没有研究的意识。

(5)在专业问题范围内,有明显的内行和外行的差异,非专业人员对专业内的事物了解得极为浅薄,正如隔行如隔山;而普通职业的从业人员无内行与外行之别。

(6)专门职业的从业人员把工作看作一种事业、一种生活方式,不同专业的从业人员有不同的生活方式;而普通职业的从业人员仅仅把工作当作一种谋生的手段。

(7)专业人员一般具有较高的职业声望,在社会职业声望的排位中处于最高层。

综合起来看,一种职业被认可为专业,应该具备以下 5 个方面的基本特征:

(1)具有不可或缺的社会功能。任何职业都具有一定的社会功能,有社会存在的价值,对社会发展具有推动作用,包括日常生活中对国家和人民担负的责任和对发展政治、经济、文化事业的意义。每一种职业的社会功能是不同的,一般来说,专门职业对社会具有重要作用,它不但对社会有作用和贡献,而且其作用和贡献更是整个社会继续存在及发展所不可缺少的。倘若专业服务不足或水准低落,则会对社会构成严重的伤害。

(2)具有完善的专业理论和成熟的专业技能。专业理论和专业技能是一种职业能够被认可为专业的理论依据和技能保障。作为一门专业,必须建构起自己相对完整的理论体系,为具体的专业活动提供思想指导,从理论上指明专业发展的方向,确定专业知识的框架,明确专业活动的对象和范围,掌握从事专业工作所需要的专业知识。

(3)具有服务的理念和典型的伦理规范。专业一方面指精湛的学识、卓越的才能,另一方面指服务或奉献的专业道德或称为专业伦理规范。它是该职业群体为更好地履行职业责任、满足社会需要、维护职业声誉而制定的自我约束的行为规范——一套一致认可的伦理标准。这一套由一个专业全体成员共同遵守和全面应用的标准,界定在提供一个专业服务时恰当和不恰当的行为。法国思想家、哲学家雅克·德里达说,一个教师教授理论知识,发挥陈述知识,这是他基本的任务。但是,他要完成的义务、他的权力,并不是理论的,而是行为的,是对义务、责任的"承诺"。教育学者舒尔曼在 1998 年也提出,一个专业首要的社会目的就是服务。专业工作者应是那些接受了教育并且利用其知识和技能为不具备这些知识和技能的大众服务的人。他们内心要有为大众提供服务的倾向,有义务以道德理解为起点来运用复杂的知识和技能,并通过提供实际工作以表现出公正、责任感和美德来。

(4)具有高度的专业自主权和权威性的专业组织。高度的专业自主权和权威性的专业组织是专业实践和发展的内在要求。由于专业活动所依赖的专业知识是"圈内知识",是一套"高深的学术",它只能为专业人员所掌握,并为专业人员所垄断。因此,只有业内人员才有能力对业内的事务作出判断,控制业内的裁决权,并在专业内形成一个对从业人员具有制裁权力的专业组织。它们是专业实践和发展的内在要求。

(5)要经过长期的培养和训练,并不断地继续学习与发展。在现代社会体系中,专家知识的深奥,依从于长期的训练和专业化的结合。通过专业训练以获得专业知能,是一个长期的过程,如高度专业化的医生、律师等职业,其养成阶段需要相对较长的时间。同时,个人生命周期的不同阶段以及相关的自我认同与专业生涯紧密相关。专业生涯包括了 30 年及其以上的生命周期。在这个漫长的过程中,个人置于飞速运转的现代社会中,处在复杂多变的专业活动中,需要不断地适应和学习进修,不断地进行专业社会化,才能跟上时代的步伐,这也是专业发展的核心内容。

二、专业化与教师专业化

(一)专业化

专业是一个历史的范畴,不仅各个专业的形成有先后之分,就是单个专业的产生、形成和发展也有一个过程。某种职业如果从性质上看具有专业的属性,但实际上还不能称为专业,那就需要一个"专业化"的过程。现在人们普遍认为,专业代表一种特殊的职业类型,它对现代社会效率和公平的功能发挥有着重要的影响。在整个20世纪,它已经在数量和重要性上获得了令人瞩目的发展,在未来一定时期,追求专业化仍将是社会职业发展的方向。

早在20世纪30年代,卡·桑德斯就指出,专业化的发展已成为时代中充满希望的信号。"化"在《辞海》中的解释是:表示转变成某种性质或状态,包含了转变过程和成为结果两方面涵义。关于专业化也有两层涵义:作为改善地位的专业发展的过程与作为扩大专业实践中专业知识和改善其专业技巧的过程。霍伊尔认为,专业化是指一种职业经过一段时间后成功地满足某一专业性职业标准的过程。它涉及两个一般同时进行并可独立变化的过程,即作为地位改善的专业化和作为职业发展、专业知识提高以及专业实践中技术改进的专业化。也有人认为,专业化一指一个普通的职业群体逐渐符合专业标准、成为专业并获得相应专业地位的过程;二指某一种职业群体的专业性质和状态处于什么样的情况和水平。由此可见,专业化既是一个过程,又是一种目标,前者为职业专业化(professionalization),后者为专业主义(professionalism)。一种职业要获得专业地位,需要一个专业化的过程,一旦它实现了专业化,也就由职业转变成为了真正的专业。

也就是说,一方面,专业化关注改进从业人员的职业行为和服务质量,提高一个职业群体的专业性质和发展水平,是在严格的专业训练和自身不断主动学习的基础上,逐渐成长为一名专业人员的发展过程。这一发展过程的实现不仅需要专业人员自身主动的学习和努力,以促进和提高自己的专业能力,而且良好的外部环境的创设也是专业成长所必不可少的重要条件。另一方面,专业化关注整个职业社会地位的提升,使职业争取成为专业而持续不断努力的转变过程,是一个普通职业群体逐渐符合专业标准、成为专门职业并获得相应的专业地位的过程。可见,专业化是指某一职业真正成为一个专业,从业人员成为专业人员得到社会承认这一发展的过程和结果。

从个体与群体的角度来分析专业化,前者是指个体专业化,后者是指职业专业化。个体专业化与职业专业化共同构成了专业化的过程和结果。

因此，专业化不仅是专业人员的培养、教育过程，同时也是人才培养、教育的目标和发展趋势，体现了对其专业水平和社会地位的一种肯定和认可。由于那些被社会认可为专业的职业群体一方面对社会有不可或缺的功能，社会赋予其从业人员以极大的责任并提出了很高的要求；另一方面，其从业人员在掌握专业知识和技能、履行社会职责过程中要花费更多的社会必要劳动时间，因此，专业群体拥有更多的社会地位资源，如权力、工资、晋升机会、发展前途、工作条件、职业声望等。换言之，他们能占据社会分层中的较上层。因此，对于一些新兴职业来说，其专业化的过程就是提升职业群体社会地位的过程。

综合各方面对职业成为专业的研究可以概括出，实现专业化所具有的特征表现为：

(1)运用专门的知识和技能。这里指一套完善的专门知识和技能体系，作为专业人员从业的依据，简称专业知能。在现代社会中，专业知能往往在高等学校里通过完整的课程学习得以完成。

(2)强调服务的理念和职业伦理。这里指服务或奉献的专业道德。专业道德是该职业群体为履行责任、满足社会需要、维护职业声誉而制定的自我约束的行为规范——一套一致认可的伦理标准。

(3)经过长期的培养与训练。成熟的专业必须经过长时间的专业训练，有一个养成的过程。

(4)需要不断学习进修。作为专业的职业生涯，在几十年的专业活动中，随着社会的进步与变迁，对于专业的挑战几乎每天都在发生，所以需要不断地适应和学习进修，只有这样才能使专业知能不断跟上时代前进的步伐。

(5)享有有效的专业自治。当一个专业处于相对强盛的地位时，它的专长能满足重要的社会需求，它的科学知识体系已经高度专门化并且十分深奥复杂，以至于外行不能挑战专业人员的技术判断，专业自治便成为可能。

(6)形成坚强的专业团体。一种工作是否专业，也可从是否形成坚强的专业组织上来看。专业团体的形成，一方面能够保证专业地位的确定，保护和提高他们的个人利益；另一方面则能通过设立章程和伦理法规，促进伦理规范与权利义务的实施，强化个人以及团体的责任感，保障客户和公众的利益。

认识专业性职业的一般社会学方法是找出专业性职业区别于其他职业的特点，并把这些特点集合成一种模式，用来估计各种一般性职业的专业化程度。许多学者对专业化问题进行了研究，并列出了一系列的专业化标准。例如，美国学者霍尔曾经对现代工业的17个行业进行调查，发现专业化过程表现出14个特征：清楚地定义专业的功能；掌握理论知识；有解决问题的能力；有实际知识的运用；为维护前途而进行超越专业的自我提高；有在基本知识和技术方面的正规教育；对能胜任实践工作的人授予证书或其他称号；创建专业亚文化群；用法律手段强化专业特权；有公众承认的独特作用；有处理道德问题的道德实践和程序；对不符合标准的行为进行惩处；有与其他职业的关系；有对用户的服务关系。

（二）教师专业化

教师专业化的概念是近代以来对教师职业发展的总结。1932年美国教育社会学家沃勒在题为《教师如何教学：专业类型的决定因素》的文章中首次提出“教师专业社会化”一词，从而为今后的教师研究打开了富有启发性的一面。此后许多教育社会学者对教师专业化做了研究，其中具有代表性的人物有洛蒂、莱塞、斯宾赛、塔巴奇尼克以及约翰逊等。综观这些关于教师专业化的研究，学者们通常把教师专业化过程分为师范教育阶段、教育实习、初任教师（入职一年）以及有经验的教师这四个阶段，然后选择某个阶段，设计出许多不同的方案，用以揭示教师社会化的真实情况。换言之，每位研究者都必须对其注意力加以局限，以决定其所要研究的专业社会化层面。由于任何一项具体研究的对象都有其明确的、限定的范围，于是就形成了不同的思考方式、不同的学者社群。属于同一社群的学者往往有一套共同的规范和价值观，并对教师专业化有着相同的观点或旨趣。

国际上，对教师专业化问题的深入研究，始于1966年10月联合国教科文组织和国际劳工组织《关于教师地位的建议》报告。报告对教师职业的属性、特征做出了较明确的界定，提出应把教育工作视为专门的职业，这种职业要求教师经过严格、持续的学习，获得并保持专门的知识和特别的技术。这是国际上首次以官方文件形式对教师专业化做出明确的说明,是第一次经由国际间的教育学者和政府人士共同讨论与合作,对于各国的教师地位给予了专业的确认与鼓励。

到了20世纪80年代,由于教育发展的需要,提高教师社会地位的呼声以及专业化模式的转型,使得西方的教师专业化进入了一个全新的阶段。1986年,美国卡耐基工作小组和霍姆斯工作小组相继发表了重要报告《国家为培养21世纪的教师作准备》和《明天的教师》。这两份报告明确提出了"教师专业化"的概念,并将其视为提高公共学校教育质量的唯一途径。报告批评美国由于师范教育改革的滞后阻碍了教师的专业发展,使教师在很大程度上失去了社会对他们的尊重。因而报告呼吁,为建立一支专业化的教师队伍,必须彻底改革美国的教育政策,如创立全国教师专业标准委员会,高标准地确定教师应该懂得什么,应该会做什么;改革学校机构,为教师创造一个有利于专业发展的良好环境;改变教师队伍结构,使能力强的教师形成一支领导骨干队伍,在促进全体教师专业发展方面发挥积极的带头作用;以文、理学士学位作为教育专业训练的前提;在教育研究院中实施新的教育专业课程,颁发教育硕士学位等。

1996年联合国教科文组织第45届国际教育大会,通过了9项建议,其中第7项建议就是"专业化:作为一种改善教师地位和工作条件的策略"。1998年在北京师范大学召开的面向21世纪师范教育国际研讨会,明确了当前师范教育改革的核心是教师专业化问题。培养具有专业化水准的教师成为国际教师教育改革的目标。

目前,教师专业化已经成为世界性的潮流。教师专业化概念同专业化问题一样,复杂而充满争议,这也正是理论界至今还难以达成共识的主要原因。争论的焦点主要在于教师专业化特征的指标。对于教师专业化特征指标的确定,美国卡耐基教育促进会倡导的《教师专业化标准大纲》非常具有代表性。它概括了教师专业化的基本内涵,包括以下三个方面:

第一,教师专业既包括学科专业性也包括教育专业性,国家对教师的任职既有规定的学历标准,也有必要的教育知识、教育能力和职业道德的要求,国家有教师教育的专门机构、专门教育内容和措施。

第二,国家有对教师资格和教师教育机构的认定制度和管理制度。

第三,教师专业发展是一个持续不断的过程,教师专业化也是一个发展的概念,它既是一种状态又是一个不断深化的过程。教师职业有自己的理想追求,有自身的理论武装,有自觉的职业规范和高度成熟的技能、技巧,这个行业和医生、律师一样具有不可替代的独立性。

尽管人们概括出来的专业化特征很不统一,但在一些基本问题上还是形成了比较一致的看法。总括起来,教师专业化特征和其他职业专业化一样主要涉及以下几方面:强调长时间的系统培训,掌握专门的知识和技能;拥有自己的专业伦理;强调工作的智力性实践和在实践中不断学习的需要;重视专业团体对工作质量和不断学习的监控;强调严格控制入职标准等。

结合对专业化概念的理解和教师职业特点,概括地说,教师专业化是指教师个体专业水平提高的过程,以及教师群体为争取教师职业的专业地位而进行努力的过程和结果。前者是指教师个体专业化,后者是指教师职业专业化,二者共同构成了教师专业化。其中,教师个体专业化是教师专业化的基础和源泉,是教师专业化的根本方面;教师职业专业化是教师个体专业化的发展和社会承认形式,并从根本上影响着教师个体专业化的进程和水平。

师范教育从无到有、由低到高的发展史就是教师职业不断朝着专业化方向发展的历史。教师专业化由近代发展到当代,已走过了一个多世纪的历程,从世界范围来看,现在教师职业发展已具备一定的专业水准,但仍是一个部分的而非完全的专业,它正在努力朝着完全专业化的方向前进,是“形成中的专业”。这是因为:

(1)教师提供的教育服务在现代社会日趋重要,随着知识社会的到来,这种作用的重要性日益突出。

(2)教师专业道德规范的要求一直非常强烈。

(3)尽管对教师应掌握哪些知识存有争议,但青少年的培养需要的是专业化的教师,各国都有专门的教育机构实施教师教育,教师专业训练的年限、程度日趋提高。

(4)教师任用资格与在职进修日益制度化、法律化。

(5)教师拥有的专业自主权有适度的保证。

(6)教师的经济待遇和职业声望正在提高,出现了激烈竞争的场面。

可见,中小学教师的专业化,实质上并非是有与无的问题,而是专业化程度高与低的问题。教师职业是一个形成中的专业,与其他专业工作如医学、法律、工程相比较,略显逊色,但其地位高于半专业而接近完全专业,处在专业和半专业的中间状态。

教师专业化是现代教育改革与发展的必然要求。从实践看,教师的各种教育教学活动已经在一定程度上达到了专业化标准的要求。从教师的成长与发展的角度看,教师专业化是教师在专业团体中,接受专业规范、教师文化及学校环境影响下的角色适应过程,是教师学习并获得专门的知识和能力、形成和表现专业精神的终生动态历程。

第二节 教师专业化的历程与发展趋势

教师职业作为一种社会角色,历经了从社会化、职业化到专业化的漫长过程,教师专业化也在奋斗的历程中逐步推进、完善与拓展,教师职业的社会功能已在获得广泛认可并逐渐上升为国家意志与行为。

一、教师职业的开端与发展

在古代及之后很长一段时间,教师是非专业化的。这主要是因为:教师大多由官吏、神职人员等担任,流动性大;没有培养教师的专门机构,教师没有经过专门的职业训练;教育科学也尚未形成。

教师作为专业而出现的主要原因,是工业化发展和普及义务教育促进了教育规模的急剧增加,相应地对教师的需求量也大大增加,这就需要通过专门的培养来解决。所以,师范教育代表一个使教学专业真正成为专业的正式过程。18 世纪,资本主义国家创办师范学校,促进了教师的专业化,但这时的专业化属于起步阶段。

从世界范围看,师范教育在 17 世纪末最早出现在法国。1681 年,法国基督教兄弟会神甫拉萨尔于兰斯创立了世界上第一所师资培训学校,标志着师范教育的诞生。此后,奥地利、德国开始出现了短期的师资培训机构,奥地利称之为“师范学校”,德国称之为“教师进修班”。它们大都是非独立性机构，为教师或候补教师准备几周或几个月的短期课程。虽然这种机构培训时间短，只是采用艺徒制的方法，使学生获得一些感性的认识和教学的经验，教育理论知识尚未进入正式的课堂，教师的培训也仅被视为一种职业训练而非专业训练，而且接受培训的人员更多的是把接受这种培训当作今后晋升教士的阶梯，但它已形成了人类师范教育的雏形。

18 世纪中下叶，随着普及初等义务教育为资本主义国家所普遍接受并以政府的名义要求实施，再加上涌现出卢梭、裴斯泰洛齐、康德、赫尔巴特、斯宾塞、第斯多惠、乌申斯基等著名的教育理论家和实践家大力推进的“教育科学化”和“教育心理学化”运动，现代教学方法逐渐形成体系，教育理论有了长足的进步，师范教育理论已见轮廓，为教师从事职业训练提供了理论上的指导和实践中的依据。这意味着教学开始作为一门专业得到了社会的认可，并从其他行业中分化出来，形成自己独立的特征。在这一基础上，欧美各国相继出现了师范学校，如 1765 年德国首创公立师范学校；1795 年法国巴黎师范学校建立；19 世纪初，英国建立了职前教育机构；美国的师资训练最初附设于旧式中学，到 1839 年于马萨诸塞州创立了第一所公立师范学校。

到 18 世纪末 19 世纪初，许多国家伴随着义务教育法令的实施，也颁布了师范教育的法规，包括中等师范学校的设置、师资的训练、教师的选定、资格证书的规定以及教师的地位、工资、福利待遇等，师范教育开始出现系统化、制度化特征。这些专门的师范教育机构除了对教师进行文化知识教育外，还开设教育学、心理学等方面的课程，开展教学实习，对教师进行专门的教育训练，并把专门的教育训练看成提高教育质量的重要手段。

1838 年，马萨诸塞州教育董事会在设立美国第一所师范学校以前，就签署声明：“正如任何其他艺术一样，教学也有一套熟练技能，这是没有人怀疑的。同样明显的是，在合理的范围之内，可以把这种技能和本领作为一种科目来进行教学，并且传授给别人。”

可以说这一阶段是教师职业专业化的初始阶段，在这一时期师范教育只是为了培养初等学校教师。虽然师范教育的专业性得到了一定的认同，但师资培养与学术呈现“分离”状态，学校的师资由大学来培养而非师范学校来培养，师资培养存在着“双轨”体系，从而造成：

(1)师范性与学术性的严重对立与分离,使得“学者为师”仍为人们所广泛承认,教师需要经过专门的培训也仍只局限于初等教育阶段。

(2)教育的科学性、学术性不强,教育作为一门科学,远未被人们所认可,教育理论的学术性、科学性仍在被人们所怀疑。

(3)教师的培训主要采用艺徒制的方法,教师的培训还只是被视为一种职业训练而非专业训练,并没有包容专业训练的完全内涵。

二、教师职业初步走向专业化

19 世纪末,人类历史上发生了以电气化为标志的第二次工业革命,对劳动者素质提出了更高的要求,实施普通初等义务教育已不能满足生产力发展的需要。因此,第一次世界大战前后,许多国家把义务教育年限从小学教育阶段延长到初中教育阶段(9 年左右),对中学教师的需求量大幅度增加。同时,由于初等教育水平的提高,要求初等学校教师也要有高等学校的学历,特别是实行中小学教师按教育程度确定工资的制度以后,初等学校教师也逐步过渡到由高等师范学校来培养。人们充分认识到,教学作为一项专业化的工作,仅有专业知识已很不够,还必须具有职业的专业训练。于是,中小学师资培养就逐步归于高师统一体中。随着大学教育专业的增设和扩充,在教育学和有关的社会科学方面,也蓬勃地开展了研究工作和理论工作。1900 年以后,美国教育领域已经发展到能授予教育博士学位的水平,人们可以攻读教育哲学、课程与教学论、教育史学、教育心理学、学校管理等领域学位。

1935 年,国际教育大会建议书反复强调,支持在完成中等学校学业后,应由大学或大学教育研究院或师范学院来培养中学教师的观点。为此,必须确保未来中学教师在大学的学院或其他高等教育机构受到安排良好的科学培训,并且这种科学培训必须具有一定的专门化。具体来说,即可以首先实施普通文化的课程,而在培训中心(大学、教育学院、大学教育研究院、培训学院或师范学校等)仅仅实施专业培训。

在这种形势下,中等师范学校或者被撤销、兼并,或者升格为高等师范学校,高师教育迅速发展起来。1882 年,哥伦比亚大学校长巴纳德倡导建立教育史、教育理论与实践系。1893 年,美国纽约州奥尔巴尼市率先把原来的师范学校升格为州立师范学院,而后其他各州纷纷效仿。到了20世纪,师范学院在美国各州普遍建立,并逐步形成以四年本科为主的高等师范教育体系。

这一时期,由于教育科学和心理科学获得了长足的发展,更由于杜威、桑代克、沛西·能、马卡连柯、蒙台梭利等有识之士大力倡导的新的教育哲学和教育科学运动,为教育专业学科树立起了新的形象,教育学科与心理学科已经进入了学术殿堂。特别是他们提出了"教学专业化"主张,要求必须掌握教育理论和教学方法后才能取得教师资格,使教育学科的学术地位大大提高。学术性大学也开始建立教育学院或师范学院等教育专业机构,培养教师。师范教育与学术教育开始从分离走向整合,从而缓解了经验化与科学化、师范教育中的师范性和学术性之间的冲突。然而,这个时期教师专业化程度仍处于初级水平。

第一,教育学科的学术地位虽已树立,但势单力薄,教育作为一种科学的活动尚未被社会广泛承认。如美国学者弗莱克斯纳于1930年在其出版的《美国、英国和德国的大学》中认为,掌握学科专业知识是师范教育"最重要的因素",学生的教育学成绩"并不重要",同物理学、化学和政治学相比,教育学课程的问题"是那么的不重要"。由此可见,即使在20世纪前半期,许多国家依然把教师的学术能力放到非常重要的地位,而忽视教师"师范"能力的培养,忽视教师"教育专业"的训练,教育学科是否属于科学的领域还在被怀疑和被否认。

第二,教师职业的专业化向中等教育发展,但是教师的专业化水平仍然不高。教师的培养方式主要还是采用班级授课制,不注重实践研究,不能将教育理论的传授与教育实践相结合,不重视教育专业训练。

第三,对教师的在职培训缺乏足够的认识。教师的职前培养受到了充分的重视,但对教师的在职培训缺乏必要的途径与措施。

三、教师专业化发展的兴盛

以计算机应用与开发为标志的第三次技术革命对教育领域产生了挑战性、紧迫性的影响,培养高层次专业人才及大批具有良好品德、文化知识和技术素养的劳动大军已成为当务之急,教育和科学在国家发展中越来越受重视，“教育兴国”深入人心。因此，一些原来未曾实施普及义务教育的发展中国家，普遍实施了义务教育。而早已实施了义务教育的发达国家，则普遍延长义务教育年限。“高等教育大众化”在一些发达国家已经实现并向“普及化”迈进。所以，不但高中教师，而且小学和初中教师，也都要有广博的文化科学知识和经受教育专业的训练。

20 世纪 60 年代初期，世界各国均面临着教师极为短缺的情况，因而都采取了各种应急措施以应对教师“量”的需求。如在英国，为了更快地培养教师，发表于 1963 年的《纽瑟姆报告》曾建议改变大学毕业后进行师范教育的形式，而代之以教育专业课与普通课同时进行的培养方式。这一时期由于忙于应付教师“量”的急需，对于教师“质”的问题则有所忽视。

20 世纪 60 年代中期以后，教师教育面临着几个方面的巨大压力。首先，世界各国均出现出生率下降的情况，对教师的需求量相对降低；其次，经济上遇到了困难，政府需要大幅度削减公共支出，并往往把教师培养机构作为减少开支的对象；再次，从总体上来说学校教育没有达到公众所期望的质量，从而导致大家对教育的信心下降。对教育质量的不满和对教师素质低下的讨论很自然又引发了对教师教育的批评，社会对教师素质的关注达到了前所未有的程度。同时，20 世纪 50 年代以来，教育科学的不断分化和发展也大大提高了教育科学的学术地位，师范性本身也更多地融入了科学性与学术性，师范性的学术层次和地位已不容否认。这在一定程度上也促进了教师职业专业化程度的提高。因此，时代不仅要求教师在学科专业方面是学者，而且还要求他们在教育专业方面是专家，成为学科领域和教育领域的“双专家”。那种以为精通某些知识就足以将它们传授给他人的说法已经过时；那种不是把个人全面发展而是把理论知识的简单传授作为目的的内容教育学已经被超越。当然，对科目的精通是一个不可或缺的基本条件，但仅有一个条件是不够的，独专一门已经不行了。

1966 年，联合国教科文组织与国际劳工组织在《关于教师地位的建议》中提出，应当把教师职业作为专门职业来看待。《世界教育年鉴》于 1963 年以“教育与教师培训”为主题之后，1980 年又以“教师专业发展”为主题，表明了对教师教育问题的极大关注。1996 年联合国教科文组织召开的第 45 届国际教育大会，以“加强教师在多变世界中的作用之教育”为主题，强调教师在社会变革中的作用，并建议从以下四个方面予以实施：通过给予教师更多的自主权和责任提高教师的专业地位；在教师的专业实践中运用新的信息和通讯技术；通过鉴定个人素质和在职培训提高其专业性；保证教师参与教育变革以及与社会各界保持合作关系。

进入20世纪80年代，教师专业发展日趋成为人们关注的焦点和当代教育改革的中心主题之一。就美国而言，1980年6月16日《时代周刊》一篇题为《危急！教师不会教》的文章，引起了公众对教师质量的担忧，拉开了以提高教师素质、促进教师专业发展为核心的教育改革的序幕。随后，由高质量教育委员会1983年发表的《国家在危急中：教育改革势在必行》、霍姆斯工作小组1986年发表的《明天的教师》、卡耐基工作小组发表的《国家为培养21世纪的教师做准备》、复兴小组1989年发表的《新世纪的教师》、霍姆斯工作小组1990年发表的《明日之学校》和1995年发表的《明日之教育学院》等一系列报告，引起了学校和教育行政机构的极大关注。其中尤以霍姆斯工作小组的系列报告的影响最大。他们认为要提高教学质量，一要确立教学工作的专业性地位，二要建立起这一专业性职业相应的衡量标准；教师教育的责任就在于培养出训练有素的、达到专业化标准的教师，以确保未来学校对师资的需求，另一方面也可以较高的专业水平而赢得较高的社会地位。

1989—1992年，经济合作与发展组织相继发表了一系列有关专业化改革的研究报告，如《教师培训》《学校质量》《今日之教师》《教师质量》等。第45届国际教育大会提出，在提高教师地位的整体政策中，专业化是最有前途的中长期策略。时至今日，教师专业化的发展迎来了它无比辉煌的兴盛时期。这一兴盛时期凸显了如下特点：

(1)师资人才高学历化，教师的专业发展制度已经成为大学教育制度的一个重要组成部分。教师培养制度的发展经历了一个从分级分层培养到最终在大学确立教师教育地位的过程，中小学教师的学历层次得到了提高。

(2)师资培养培训模式多样化，教师专业的学术性与师范性逐步找到了良性整合的空间。学术性与师范性不是彼此对立的，而是教师专业教育的一个问题的两个方面，是相互依存、相互渗透、相互促进、相得益彰的关系。

(3)师资培养体系一体化,教师专业化成长越来越受重视。当今世界各国,除了努力延长中小学教师职前教育专业学习与训练的年限外,还在大力推广教师的在职进修工作,教师的专业成长与发展愈来愈受重视。

(4)师资任用证书化,教师专业工作者的社会形象日益显著。由于历史的原因,在相当长的时期内,教师教育一直包含在一般学历教育中,或者说教师教育被一般学历教育所取代。然而,随着社会和教育的不断发展,特别是教师职业本身的专业性越来越突出,以及在这个基础上出现的教师职业知识、理论和专门化能力的不断分化,教师的教育培养已逐渐从一般的学历教育中分化出来。一些发达国家为保证教师的专业发展和教学工作的专业水平,普遍实行了教师证书制度,教师资格证书与学历证书并行,互不替代。

(5)教师教育机构和课程认定化、教师教育专业化为教师专业保驾护航。为提高教师教育的专业标准,世界各国纷纷创立教师教育和专业标准委员会及教师教育认可机构,以检查教师教育的课程和教学计划,认可和鉴定教师教育机构,改进教师教育教学计划,提高教师教育机构的专业化水平等,从而使教师教育机构及课程认证化、规范化。

四、我国教师专业化的发展

我国的教师专业化起步较晚,伴随着近现代师范教育体系的建立与完善。

曾荣光先后于1984年和1990年在《香港中文大学教育学报》上发表了题为《教学专业与教师专业化:一个社会学的阐释》和《教师专业组织、国家权力与科层权威:香港教师专业化路向分析》的文章。在这些文章中,都多次提到教师专业化问题。

1994年我国开始实施的《中华人民共和国教师法》规定,“教师是履行教育教学职责的专业人员”,首次从法律角度确认了教师的专业地位。

1995年国务院颁布《教师资格条例》,确立了教师专业的行业标准。

2000年教育部发布《〈教师资格条例〉实施办法》,教师资格制度在全国开始全面实施,从法律制度上开启了教师专业化的征程。

2000年，我国出版的第一部对职业进行科学分类的权威性文件《中华人民共和国职业分类大典》，首次将我国职业归并为八大类，教师属于“专业技术人员”一类，分为高等、中职、中小学教师等小类。

2001年4月1日起，国家首次开展全面实施教师资格认定工作，即进入实际操作阶段。

2012年2月10日，教育部下发《关于印发〈幼儿园教师专业标准（试行）〉〈小学教师专业标准（试行）〉和〈中学教师专业标准（试行）〉的通知》。文件指出，“《专业标准》是国家对幼儿园、小学和中学合格教师专业素质的基本要求，是教师实施教育教学行为的基本规范，是引领教师专业发展的基本准则，是教师培养、准入、培训、考核等工作的重要依据。当前和今后一个时期，各地教育行政部门、开展教师教育的院校、中小学校和幼儿园要把贯彻落实《专业标准》作为加强教师队伍建设的重要任务和举措，认真制订工作方案，精心组织实施，务求取得实效。”

第三节　教师专业发展的阶段

教师专业发展的阶段作为理论研究经历了一个逐渐进步、完善的过程。就教师的专业成长过程来说，应经历职前、入门和在职三个阶段。

一、职前师范生阶段的专业化

职前师范生阶段的专业化是教师角色的储备期。这个阶段的主要活动是专业准备和学习，以获得书本知识为主，初步形成教师职业所需要的知识和能力，包括广博的科学文化知识、宽厚的学科专业知识、必备的教育科学知识以及教师的表达能力、审美能力、教育能力、教学能力、科研能力等。

当前，世界高等教师教育培养机构的设置存在三种类型：一是综合性大学、文理学院等高等院校，形成开放或非定向型教师教育体系；二是独立存在的师范院校，形成定向型或封闭式的师资培养体系；三是独立存在的教师教育机构。上述机构对师范生的培养决定了新教师的质量以及他们今后发展的可能性，是为未来教师职业奠定必备基础的阶段，是教师专业化整体历程的起始点。其专业化内涵主要是通过专业训练,使师范生具有教育专业知能,并培养专业理念。经过四年教师教育的专业准备和学习,师范生初步具备教师职业所需要的专业知识能力,从而成为教师资格证书的拥有者。

二、入门阶段的教师专业化

入门阶段是指教师初任教职的一年或几年。适应期是教师走上工作岗位、内化和具体化所学理论、由没有实践体验到初步适应教育教学工作的阶段。这一阶段教师专业化的主要内容是,实现从书本知识到实际操作、从间接经验到直接经验的转化,熟悉教材、学生、备课、上课、管理学生、做班主任,形成关于所在学校、所教学生、所教学科、教学常规、班主任工作要求等方面的感性认识和具体的知识,解决适应实际工作规程和学校环境与基本功能的问题。因此,入门阶段教师专业化的目标和任务,一是树立专业思想,学习教师规范和要求;二是熟悉中小学教育教学环境,尽快实现从预科教师到实际教师的角色转换;三是进一步学习教育学、心理学理论,进行学科教育学方面的培训;四是尽快掌握中小学教育教学常规,提高组织教学、班级管理和教育学生的能力,尽快适应中小学教育教学工作。适应期教师专业化结束的标志,就是教师能够基本完成教育教学任务,成为学生和学校认同的合格教师。

如何运用明确合理的学校政策或有关人员的专业指导,引导新任教师度过“危机期”,成为合格教师,是教师专业化过程必须予以重视的关键环节之一。可采取若干措施帮助新任教师上岗,如为新任教师设立小型培训课,在培训课中可与同行相互学习和交流,博采众长,为新任教师与合格教师之间搭起一座承上启下的桥梁;创设新教师研修制度,规定新任教师自被录用之日起一年时间内,需要参加有计划和实践性的研修;采用师徒帮带的方法,新任教师到校,由学校指派一名专业素养优良的老教师与该新任教师结成一帮一的师徒关系,定期听课、评课,互相交流,共同研讨;等等。

因此,新任教师的入门训练对教师掌握必备的教学技能、技巧非常重要。入门适应阶段的教师专业化是促进新任教师从理论到实践、从认识到能力转化的桥梁,是从合格师范毕业生到合格教师的过渡。它有利于新任教师在思想上和业务上尽快适应教育教学工作的需要,缩短从一个合格师范毕业生成为一个合格的中小学教师的成长周期,加快了教师的专业成长速度。

三、在职阶段的教师专业化

教师专业化发展的过程是一个不断实践、不断学习、不断反思、不断创新的过程。对6 000 名骨干教师和特级教师的调查显示,实践经验的积累、教学改革实践、不断创新对教师专业化水平的提高起到了决定性的作用。

教师不是一项可以长久胜任教学工作而高枕无忧的职业。一方面,教师经过多年的教学生活之后,对学校政策及教材、教法都逐渐熟悉,往往觉得教学工作环境已不再有很大的挑战性,只要依例行事就可以了,甚至有的教师因教学工作的种种因素没有得到满足而开始厌倦教学。另一方面,大量的教师因为社会变迁以及教学内容的改变,很多新知识、新能力不是自己所掌握的,因此产生不胜负荷的倦怠感。尤其是当今知识经济时代,各个学科领域迅速发展,知识更新快,更需要教师不断学习新知识、新技能,以代替迅速老化的学科专业知识、教育专业知识及教学方法、内容等。教师只有通过不断进修才能适应新时代的要求,并且可以提高学历层次和工资待遇。所以这一阶段的教师专业化又要注意如何引导教师注重专业规范的内化以及教学精神的保持与发挥,使之主动去探求新知,增进教学的自我反思、自我批判与创新能力以及服务精神,不断提高自身的从教水平,成为专业化的优秀教师。

目前,世界各国都采取多种办法实现教师的在职培训工作。如将中小学教师的在职进修与提薪、晋级、更换教师证书等紧密相连;高等教育学院或大学举办正规培训班,为教师提供学术性进修课程;开办各种短训班,针对教材、教法等内容进行培训等。正如舒尔曼所说,专业人员必须培养从经验中学习和对自己的实践加以思考的能力。在职教育对教师的潜能和创造力的开发,提升专业水准和工作成就,以及促使合格教师向优秀教师转化都起到了至关重要的作用。

总之,教师专业化的发展必须经过由低到高的三个发展阶段,即从师范毕业生到入门教师,从入门教师到合格教师,从合格教师到优秀教师。而这一教师培养的一体化过程,应视为一个持续发展的过程,需要沟通职前奠基、上岗适应和在职提高三个阶段之间的联系,使前一阶段成为后一阶段的前提和基础,后一阶段成为前一阶段的发展和继续,三个阶段面临不同的教师专业成长的问题和需求。因此,要成为优秀教师,必须不断调整自己的思想观念、价值取向,丰富专业知识和技能,满足不同层次的需求,从而表现出与特定职业发展阶段相适应的教师角色行为,使得自己更快更好地向高一层次转化,从而提升教师专业化的程度。

四、教师专业发展阶段的启示

考查教师专业化发展的过程,研究教师个体专业化的发展阶段理论,留给我们不少有益的启示。

(一)发展是硬道理

教师专业化发展空间是无限的,成熟只是相对的,发展是绝对的。教师作为一个教育教学专业人员,要经历一个由不成熟到相对成熟的专业人员发展历程。

(二)发展是终生性的

教师教育并不仅限于职前教育阶段,其外延一直延伸到教师专业生涯的最后阶段,职前的教育只是为教师专业的全过程提供基础。已经踏上教学工作岗位的教师,虽然经过了职前的教育训练并获得了教师的任职资格,但这并不意味着就是一个成熟的教学专业人员。

(三)发展是有阶段性的

教师从步入"教坛"到成长为一名成熟的教师,乃至教育教学专家,需要有一个逐步发展的过程,要经历一系列不同的专业发展阶段。它至少应包括三个连续的阶段,即职前专业化、入门专业化和在职专业化。

（四）每个发展阶段的内涵是多层面、多领域的

教师的专业发展是一个螺旋式上升、连续不断的过程。在教师专业化成长的不同阶段，教师教育的起点以及需求不同，培养、培训的内容和形式也应不同。教师素质的提高需要根据教师专业化不同成长阶段所面临的问题和需要来进行，希望一蹴而就的教师培训方案是不切实际的。这就要求现代的教师教育机构必须适应现代社会的需求，由只重视职前培养转向强调教师教育一体化的培养模式，促进师范生的专业发展及在职教师的专业发展，使教师专业不断趋于成熟。

（五）教师既是实践者，更是学习者和研究者

教师应该既是实践者，又是自身教学行动的学习者和研究者。传统的教师只是一个技术人员，是用别人设计好的课程达到别人设计好的目标的知识传授者。而反思型教师不仅具有课堂教学知识、技巧与技能，而且还具有对自己的教学方法、教育内容进行反思、研究、改进的能力，以及对教育的社会价值、个人价值等更广阔的教育问题的探究、处理能力。

学校既是学生学习的场所，也是教师发展的场所，教师的专业发展必须与学校改革同时进行。教师专业化是一个长期的专业发展过程，专业发展不能离开教学，而教学无疑是在学校改革这一大环境下进行的。教师的专业能力主要是在教学实践岗位中逐步形成并发展的，教师任职的学校是其专业成长的主要环境，教师素质的提高必须在学校这个特殊的环境中才能真正实现。学校不仅是培养学生的场所，更是教师专业成长的基地，教师专业化发展就是要在学校教育过程中使教师和学生都获得成功。

第四节　专业化背景下教师角色的重塑

教师角色，就是指社会对于充当教师的人如何行动所寄予的一种期待和赋予的规定。当前，在实施素质教育和基础教育课程改革的背景下，要实现教师专业化要求，教师必须转变观念，强化角色意识，明确新的角色定位。

一、反思传统的教师角色定位

自从有了学校,便有了教师这一职业,教师作为重要的社会角色由来已久。历史上,人们对教师角色有着各种定位,内涵也各不相同,大致可归纳为以下几种。

(一)"传道、授业、解惑":教师是个教书匠

韩愈的《师说》总结了教师的三项任务:传道、授业、解惑。他说:"人非生而知之者,孰能无惑? 惑而不从师,其为惑也,终不解矣。"即:从师是学习的唯一途径。《吕氏春秋》指出,能够尊师,师就能"尽智竭道以教"。荀况进一步指出:"人无师无法而知,则必为盗;勇,则必为贼;云能,则必为乱;察,则必为怪;辩,则必为诞。人有师有法而知,则速通;勇,则速威;云能,则速成;察,则速尽;辩,则速论。故有师法者,人之大宝也;无师法者,人之大殃也。"汉代杨雄称:"师哉! 师哉! 桐子之命也。""桐"与"童"谐音,系以"桐子"比喻儿童,说明教师同儿童的命运相关。

以上是我国古人对教师的职业地位和作用的论述,从这些论述中可以清晰描绘出中国古代的教师角色,其实就是一个"传道、授业、解惑"的教书匠。教师更多的是为了教而教,只是教学内容多为伦理道德的经典,在客观上起到了"育人"的目的。教育要促进人的全面发展,教师发挥着关键作用,我们需要的不仅仅是一个教书匠。

(二)从"园丁"到"工程师":谁是主体

"教师是辛勤的园丁""教师是人类灵魂的工程师",这是现代社会人们对教师的美誉。把教师视为园丁或工程师都是不全面的,因为它们都忽视了关键的一点,即忽视了学生生命主体的存在。如果教师是园丁,学生就是花草,那么学生将永远处于被动地位,他们不能说话,更无法表达自己的要求、自己的心声,若是遇到一位不了解他们生长规律的"园丁",等待他们的将是枯萎和死亡。教师更不是塑造灵魂的工程师,人的灵魂也不是塑造成的。学生有着活生生的生命,教育活动是生命与生命的对话,学生的生命是不能被教师按照某种蓝图、某种规划、某种方案随意塑造的。教育

教学活动是师生的双边活动，绝不能忽视学生主体性的存在。主体教育思想认为，学生是自身生活、学习和发展的主体。作为教师，是否能够深刻地认识并充分尊重这个事实，将关系到在处理师生关系、确定教育目标、设计教育教学方法等一系列重大问题上采取何种态度，从而关系到教育活动的成败。

（三）从“春蚕”到“蜡烛”：如何可持续发展

“春蚕到死丝方尽，蜡炬成灰泪始干。”这是唐代李商隐的名句，当然他绝不会想到自己的诗句竟被后人移作对教师的歌颂。现代人们把教师的角色定位为“春蚕”或“蜡烛”，是期望教师能像春蚕一样具有无私奉献的高尚品质，像蜡烛一样默默地燃烧自己，照亮别人，直至耗尽。的确，这样的教师真的有很多，他们把自己的全部都奉献给了教育事业而不求任何回报，他们中很多人积劳成疾，一个个倒在讲台上，英年早逝，这是祖国教育事业的损失。

社会主义现代化建设事业需要这样爱岗敬业、热爱学生的教师，但更需要健康、全面和能够可持续发展的人民教师。教师既要能够照亮别人，也要不断给自己“充电”。落实科学发展观，要求社会和学校重视教师的成长与发展，坚持以人为本，促进教师专业发展。只有这样，才能从根本上促进学生的全面发展，才能真正构建和谐校园。

以上列举了历史上对教师角色的几种定位，对于教师角色的定位，不能简单机械地做出判定。教师的角色是一个多元的综合，是随着社会的变迁和形势的发展，不断负载新内涵的发展性概念。

二、教师角色转变：基础教育新课程的必然要求

“为了每一个学生的发展”是新课程的基本价值取向，它贯穿《基础教育课程改革纲要（试行）》的基本精神，是课程改革的灵魂。新课程的价值转型必然导致课程目标的重建。《基础教育课程改革纲要（试行）》指出，新课程的培养目标应体现时代要求。这个“时代要求”就是全面推进素质教育。素质教育的实质就尊重个性的教育，素质教育的最终目的就是个性的发展与人格的完善。因此，素质教育的大背景下，新课程的实施必然要

求教师转变传统角色。

首先,新课程确定新的知识观,要求教师改变传统的教学方式。我国旧的课程体系过分强调知识与技能的确定性,把知识与技能视为普遍的、合理化的、外在于人的、供人掌握的东西,由此导致课程目标的知识与技能取向和课程实施的“灌输主义”倾向,这种课程体系必然是内容本位、教师中心的。而新课程合理地承认了知识与技能的不确定性,认为知识与技能的本质在于人们通过它而进行批判性、创造性思维,并由此构建出新的意义。通过确认知识的不确定性,新课程具有了探究本位、学生中心的性质。当前,我国基础教育课程体系正进行着知识观的转型,相应地,教师的教学方式也必须进行必要的转变。

其次,新课程确立了新的学生观,教师要成为学生个性发展的促进者。个性发展应是课程的根本目标。新课程背景下,每一个学生个性既是具有独特性、自主性的存在,又是关系中的存在。作为教师,要切实转变观念,树立正确的人才观和教育质量观,要成为学生个性发展的促进者。

最后,新课程确立了课程与社会生活的联系性。课程不是孤立于生活世界的抽象存在,而是生活世界的有机构成;课程不是把学生与其生活割裂开来的屏障,而是使学生与社会有机融合起来的基本途径。所以,回归生活世界是新课程的基本追求。增强学校生活的社会性,培养学生的实践能力、社会责任感和关心社会生活的态度,是新课程的目标、内容和实施过程的重要特色。

三、专业化背景下教师角色的塑造与再定位

新课程背景下教师角色的塑造与再定位的过程也是教师专业化的过程,对教师所扮演的角色有更高的要求。教师要重点扮演好以下两种角色。

(一)教师成为学习者和研究者,把握教育发展脉搏

成为学习者和研究者,是基础教育新课程的实施对教师提出的重大挑战。

首先,教师要不断学习和研究教育的基本理论和基本规律,特别是研

究学生身心发展的基本规律,掌握学生发展的阶段性和个体差异性。只有正确的教育理论才是科学合理的教育教学实践的必要条件。

其次,教师要认真研究和认识学生作为学习主体的教育因素,要充分发挥学生主体主观能动因素在教育教学中的积极作用,充分挖掘学生的潜能。为此,教师不但要研究学生的群体特征,还要研究学生的个体特征;不但要研究学生的行为特征,还要研究学生的心理特征;教师要时刻关注和了解影响学生全面发展的各种因素。只有这样,教师的教学和对学生的培养才会有的放矢,做到因材施教,取得最大的教育实效。

再次,教师要不断研究新课程和新教材,成为新课程的主导者。以往的"一纲一本",使教师习惯于按统一的教材、统一的进度,用有限的教学方法实施教学。新课程要求国家实行三级课程制,即国家课程、地方课程和校本课程,学科领域正走向"一纲多本"和"多纲多本"。在这种背景下,教师必须根据本地区、本学校、本班级学生的实际,认真研究新课程与新教材,参与开发校本课程,编写学校教材。教师不是教材的被动使用者和实施者,而是教材文化的创造者,并努力成为课程文化的创造者和学校文化的创造者。

最后,教师还要学习和研究现代教育技术,具备与新课程相适应的信息技术能力。基础教育课程改革是对中小学教师一次信息化浪潮的洗礼,使教师能把教学内容、教学方法和课程体系改革建立在最新教育技术平台上,实现与信息技术的整合,是新世纪、新时代的需要,是普通高中新课程改革发展的需要,是教师素质提高的需要,是提高教育质量的需要,也是教师专业化的需要。

(二)教师成为反思者,提升教学水平

新课程要求教师的教学是一个不断反思的过程,教师要成为反思型教师。所谓反思型教师,除了掌握专门学科的知识与技能等外,还应具有深厚的教育理论修养、广阔的教育前沿视野、敏感的教育问题意识、过硬的教育科研能力。美国心理学家波斯纳提出,教师成长的公式为:成长=经验+反思。他认为,如果一个教师仅仅满足于获得经验而不对经验进行深入的思考,那么,即使是有 20 年的教学经验,也许只是一年工作的 20 次重复;

除非善于从经验反思中吸取教益,否则就不可能有什么改进。教师应在长期的教学实践中,借助反思不断探索和解决教学问题,掌握教育科学研究的本领。

提倡教师自我反思是新课程改革的核心理念之一。《基础教育课程改革纲要(试行)》提出,要"建立促进教师不断提高的评价体系。强调教师对自己教学行为的分析与反思,建立以教师自评为主,校长、教师、学生、家长共同参与的评价制度,使教师从多种渠道获得信息,不断提高教学水平"。教师只有对照基础教育新课程理念,反思自己的教育教学行为,成为真正的反思者,才能明确与新课程的差距,也才能根据学习中获得的课程思想、课程观念,有的放矢地改造自己的教育教学行为。

第二章　优秀教师的专业素质

教师是一种平凡而伟大的职业,成为一名优秀教师是每一位教师的梦想和追求。什么样的教师才是优秀教师?如何才能成为一名优秀教师?这是优秀教师专业成长首先要面对的问题。优秀教师不是熟练的教书匠,要成为优秀教师,首先要有敬业精神,但仅有敬业精神还是不够的,还要不断提高自己的专业水平,开阔眼界,丰富学识,独树一帜,形成风格,成为精通业务的专家,成为教育教学的行家里手。

第一节　优秀教师的内涵与特征

优秀教师是圆满体现教育精神、有效实施优质教学、广受学生欢迎的教育工作者。但其具体的评判尺度与基本要素究竟是什么,至今众说纷纭,意见不一。判明或厘清优秀教师的内涵和特征,对于提升教师的专业层次和生命形态,促进教育质量和学生发展,有着重要的理论意义和时间价值。

一、优秀教师的内涵

何谓优秀教师?目前理论界没有一个明确的界定,存在着"教坛新秀""教学能手""骨干教师""特级教师""名师"等多种称谓。由于概念认识上的模糊,在实际操作中,优秀教师的产生往往是一种主观的、感情的、经验的概括性判断。优秀教师的本源与实质,是人的一种价值选择,忽略了这一点,也就无法产生真正意义上的优秀教师。

我们平常所说的优秀教师主要有以下两种:

一种是资格认定与奖励意义上的优秀教师,即由政府及相关部门根据一定的评选与认证标准,通过严格的考核程序最终认定并颁发相应的证书,给予一定的奖励。在年度教师考评中,不少学校把教师分为优秀、良好、合格、不合格四个等级,并有一定的比例,主要是对优秀教师的名额加以限定,一般不超过15%。由于优秀的比例少,教师们惯用历史的眼光看问题:要评职称或任教毕业班的先评优秀,明年再轮到另外一些人;去年已评过优秀的,今年要让给别人,总不能老占着优秀的名额,而其他的人一般是良好,合格与不合格几乎没有。也有可能出现这种情况,不努力的反而优秀,到了第二年自己感觉努力多了,反而是良好。因此,一个最有力的质问是:优秀教师究竟是什么?这个问题是优秀教师本体论问题,要回答的是优秀教师的本源与实质。

另一种为实际工作意义上的优秀教师,即在教育教学工作中热爱教学工作,取得了实际的人们公认的高质量,深受学生喜欢,并得到其他教师及家长的一致认可。目前,实际工作意义上的优秀教师已得到了上级行政部门的认可,获得了一定的荣誉。

优秀教师的涵义不仅是指教师在特定的时间、地点,在教育教学工作中取得了实际的人们公认的高质量,还在于教师不停地进取、突破和发展。从以上界定可以看出,优秀教师是在方方面面表现突出,获得社会、学校、学生及家长普遍认可的教师。除此之外,优秀教师还是教师群体中的带头人,在不断发展自己的同时给予其他教师以指引与经验借鉴。

从我国政府主管部门在管理实践中对优秀教师的描述可以看出,优秀教师不单单是一种称号,也是一种技能和水平的反映。经过长期的实践探索,对优秀教师的描述具有了相对的科学性,但还有一定的局限性。首先,偏重于显性的优秀教师的选拔,而对潜在的优秀教师的开发还未引起足够重视。其次,对优秀教师没有质的规定,评价标准有待于更加科学化。这种优秀教师的条件,是一个优秀教师构成论的回答方式,所回答的是优秀教师具备哪些条件或符合哪些标准,大量论文所探讨的也往往是优秀教师的素质和能力构成。

其实,优秀教师的本源与实质,是人的一种价值选择。在本源与实质这个本体不明确的前提下,去讨论优秀教师需要哪些"材料"构成,又从这些"材料"中总结出优秀教师的条件或标准,这无疑是优秀教师本体论与构成论的双重迷失,在理论和实践两个方面误导了教师的成长。一般来说,优秀教师构成是由对优秀教师本体的认识决定的。优秀教师是什么的答案,决定了优秀教师由什么条件或标准构成,前者是后者的分析工具。从思维发展历史的角度来讲,在更多的情况下,是认知思维指导筹划思维,人们根据自己对事实的理论认识,来筹划自己的实践活动目标、内容和方案。即便先有成熟的筹划思维,也要催生出认知思维的发展,认知思维建立在筹划思维的系统化和理论化基础上。

在优秀教师的评定标准方面,国外一些政府或权威机构制定了一些相应的标准以及在实践方面进行了一些有益的尝试,这些无不给我们提供了非常重要的启示。比如美国全国专业教学标准委员会(National Board for Professional Teaching Standards,简称 NBPTS)1989 年公布了它的政策声明,即《教师应该知道和能够做到的》,这项声明也是 NBPTS 制定各项标准的基础。它的主要职责有三项:第一,建立更高而严格的标准,使优秀教师了解他们应该知道和能够做到的并努力做到;第二,对达到标准的教师进行全国性的评价和认证;第三,推行相关的教育改革,使这种资格与美国教育成为一体并使教师专业得到发展。它的主要功能是认定国家委员会鉴定教师(National Board Certified Teachers),也称为优秀教师(Accomplished Teachers)。时至今日,这项声明仍然是美国国家委员会资格证书系统的基石,并为学区、州、学院、大学以及其他强烈想要提高教育质量的教师提供指南。

NBPTS 优秀教师标准的内容

在《教师应该知道和能够做到的》这篇政策性文本中,NBPTS 陈述了什么是教师应该知道、能够做到的。它确信教师深入领会其应知、应会的是有价值的,也是在教学中应该被推崇的,同时对于这个理念的阐述和理解也引导了 NBPTS 的标准和评估过程的制定。它认为对于专业优秀教师来说相对清楚的基本要求是:教师拥有有关人文科学和自然科学方面广阔的知识;拥有所教科目的专门知识及所包含的技能,如怎样组织课程及怎样组织和体现知识内容等;拥有一般的教学知识和特殊科目的教学法及评价学生学习的知识;拥有有关学生和人类发展的知识;拥有对来自不同民族和不同社会经济背景的学生实施有效教学的技能；拥有从学生的利益出发理智地运用这些知识的能力等。

NBPTS 的信念是：高质量的教师对学生的学习至关重要。它的口号是“更好的教学，才有更好的学习，进而有更好的学校”，而NBPTS制定的各项标准都是以五项核心主张为基础制定的。五项核心主张具体内容如下：

1. 教师应该对学生及学生的学习负责

NBPTS 认为，教师最基本的职责在于教学，在于将人类的知识和技能传授给每一位学生。优秀教师致力于让所有学生接受知识，相信所有学生都有学习的潜力。他们承认学生间存在差异，但他们公平地对待每一个学生，在认识到学生个体的差异后努力在教学实践中考虑和关注这些差异。他们始终保持一个信念：所有的学生都能学会。所谓公平地对待每一个学生，既要求教师对于所有学生给予同样的关注，又要求教师针对学生的特点采取不同的方式、手段对待学生。这一要求对教师来说既是一种责任，又是一个挑战。在平等的师生关系条件下，教师怎样调动起学生学习的兴趣和积极性就成为衡量教师能力的重要标准了。因此，教师要对发生在学生身上的各种现象与变化有足够的了解，知道是什么过程正在进行，并能够对这一过程的理论和实践都有深入的了解，以便于理解和帮助学生学习。所以教师要通过观察和了解学生的兴趣、能力、技能、知识、家庭环境和同伴关系，来恰当地调整其教学实践，使教师的教学行为符合学生的身心发展规律、符合学生的学习特点。

2. 教师应当了解他们所教的科目并知道如何教授这些科目

既然教师应该对学生及学生的学习负责，那么首当其冲的问题是：教师是否已经对其所教的科目有了充分的了解？教师对怎样教授这些科目是否已经做到心中有数？NBPTS 认为，优秀教师应该对其所教的科目有丰富的了解，知道这些学科知识是如何产生、组织并与其他领域建立联系的，他们应该能够在实践中对这些知识加以运用。因为在教学过程中教师相对于学生来说处于传授的地位，只有教师把握住其所教科目的理念才能够使学生最大限度地获得知识，这就要求教师首先知道要传授给学生什么东西。

优秀教师还应掌握如何把学科知识传递给学生的专门知识。教师的教学技能允许其运用多种方法教学，并熟练地教会学生如何发现并解决自己的问题。学生在发现和解决问题过程中所得到的可能远比教师的单向传授多得多。这一标准强调了教师自身的知识基础和教学技能，只有教师掌握了学科知识、相关的一般性知识并运用适当的教学方法，教学活动才能起到事半功倍的效果。

3. 教师应该负责管理和指导学生的学习

NBPTS认为，优秀教师能够创造、丰富并不断变换教学的情境来抓住学生的兴趣，并能最有效地安排运用教学时间。他们需要学生和家长支持他们的教学，听取学生和家长的意见并吸收同伴的知识、经验和技能来补充自己的不足。优秀教师掌握了一系列教学技能，在实践需要时可以灵活实施。他们知道如何融入学生群体，如何保证一个有秩序的学习环境，如何组织教学使学生达到学校规定的目标，如何帮助学生建立起学生与学生之间以及师生间的交流。他们知道如何激励学生学习，如何调动学生去学习，如何让学生在面对暂时的失败时仍保持学习的兴趣。优秀教师要能够创建体现多元和平等的学习环境，培养学生尊重和欣赏文化的多元性。教师在以班级或小组为单位实施教学时，要注意寻找他们的共性，帮助学生学会如何与他人合作，如何在学习情境中发现问题并解决问题。

4. 教师应该系统地反思自己的教学实践并从经验中学习

优秀教师的知识体现在他们的实践中。当他们试图鼓励学生学习时，他们自己也在终身学习。教师有职业义务去终生学习，不断扩大知识范围，深化知识和技能。为了提高教学能力，优秀教师经常反思自己的实践，希望在不断的反思和实践中获得新经验。对于提高教学效能，教师更需要实践性知识，即实际教学行为中所包含的课堂情境知识及与之相关的知识。而这类知识的获得，因为其特有的个体性、情境性、开放性和探索性特征，要求教师通过自我实践的反思和训练才能得到。

教师在教育教学活动中具有情境性特点，他们会面对许多可预测和不可预测的或各种随机性、偶然性变化。这些变化和情况是具体的、确切的，同时也是一个不可回避的现实，它要求教师必须做出某种判断和选择。也就是说，教师的生活与经验并不是刻板的而是丰富多变的，教师要不断进行困难的选择从而考验他们的判断力。他们也在不断扩展技能、加深知识、提高判断力，力求使他们的教学适应新的教学发现、新观念和新理论，其最终目的是能够促进学生的终生发展。

5. 教师应当是学习化社会的成员

NBPTS 倡导一种更加积极、更有创造性的教师角色：教师致力于课程的分析和建构、致力于合作指导、致力于教师专业发展、致力于校本决策，这些对于创立高效学习社区是最基本的。当州和地方出台了学校教育目标后，优秀教师会负责任地理解目标，同专家和专业机构合作来确定什么是有价值的学习，如教师可以参与到课程分析和目标确定中。教师与各种专业机构之间的合作，一方面有利于提升教师作为一种专业的地位，另一方面合作对教师专业以及教学本身的发展也非常有帮助，可以保证教学的质量、政策的有效性。

优秀教师会在制订教学计划时进行合作，目的是为了确保学生学习经验的连续性；优秀教师不仅积极与家长合作，还要参与到为学生服务中去；他们不但为了自身的专业发展，而且为了学校范围内的改善而工作。正是这种期望构成了专业教师的一部分。

优秀教师能充分利用社区资源，将学校所在社区的知识当作学习的重要来源。在教师的指导下，任何一个社区都可以成为学习的实验室。另外，教师要与家长保持合作关系，因为在学生的教育方面，二者的目的是相同的，二者共同承担起学生的教育培养任务。总之，优秀教师应该通过与教学专家、专业机构、家长和社区的合作，有效地利用一切社会资源，从而更好地完成教学，践行 NBPTS 的口号——“更好的教学，才有更好的学习，进而有更好的学校”。

时芸. 美国全国专业教学标准委员会(NBPTS)优秀教师标准探析[D]. 重庆：西南大学，2007：15-20.

优秀教师是人才，所以应当用人才学观点予以审视。对于“人才”的定义，我国人才学界一般认为，人才是指在一定社会条件下，能以其创造性劳动,对社会或社会某方面的发展作出某种较大贡献的人。缘此,对于优秀教师的理解,强调“创造性劳动”,即明确优秀教师劳动的性质;强调“贡献”,即优秀教师劳动的进步性;强调“在一定社会条件下”,即优秀教师劳动的社会历史性。优秀教师的本质是创造性、进步性、社会历史性的辩证统一,或优秀教师的本质属性——创造性、进步性、社会历史性,共同构成了优秀教师的本质。据此,可以将优秀教师的内涵归纳为以下几点:

(一)创造性是优秀教师的本质属性

优秀教师与一般教师最基本的区别在于优秀教师具有创造性,否定了优秀教师的创造性,也就否定了优秀教师质的规定性,混淆了优秀教师与一般教师。要探索优秀教师创造性的本质属性,首先要对创造力作一个准确的定义。国内外对创造力的研究呈现出百家争鸣的态势,从不同的角度,对创造力的定义提出了各种不同的见解,归纳起来主要有以下三类。

(1)从创造过程角度定义创造力,最有代表性的是美国创造心理学家托兰斯。他在1971年出版的《教育百科全书》中,把创造力定义为:对问题、缺陷、知识上的空白、失落的要素和不协调等变得敏感起来;认识到困难;寻求解法;提出猜想或假设;反复检验这些假设(并可能做出修改);最后将结果表达出来的过程。

(2)从创造成果或目标角度定义创造力,德雷夫达尔认为,创造力是人产生一种形式的思维结果的能力,而这些思维结果在本质上是新颖的,是产生它们的人事先所不知的。

(3)从创造者个性心理特征角度定义创造力,影响最大的是美国心理学家吉尔福特。他在1950年召开的美国心理学年会的开幕词中说,从狭义上说,创造力是创造者最富特色的能力,即从人的个性角度提出了创造力的定义。我国人才学专家叶忠海教授坚持从创造者个性心理特征角度来定义创造力:创造力是指能产生新设想的创造性思维能力和能制作新产品的创造性实践能力的总和。

创造力和创造过程、创造成果这三者既有联系又有区别,是辩证统一的关系。创造力是创造过程和创造成果的前提和充分条件,而创造过程是创造力的动态表现,创造成果是创造力和创造过程的最终结晶。因此,不能把创造过程、创造成果混同于创造力。

教师的创造力是教师能力的最高表现,体现着能力的综合性,并表现出探究性和求新性。但凡优秀教师,就内在素质而言,均有其特殊性。从先天因素来说,优秀教师具有特殊的生理禀赋,但其比率极小,更主要的是后天因素,特别是良好的心理素质——创造性素质。创造性素质由强烈的创造意识、出众的创造才能和显著的创造个性组成。

创造性、进步性和社会历史性,共同统一于优秀教师之中。进步性是创造性的方向,创造性体现进步性,社会历史性制约创造性、进步性,创造性、进步性又反映了社会历史性。创造性、进步性和社会历史性,既是优秀教师的本质属性,也是优秀教师的基本特征。

(二)优秀教师具有一定的时间范畴属性,即优秀教师具有历史动态性特征

当然,这并不否认那些能够不断自我更新、自我发展,创造力经久不衰,长期甚至在几代人中都能保持优秀地位的优秀教师。由此,我们可以从影响时间周期的长短上对优秀教师进行分类,可分为中长期的优秀教师和短周期的优秀教师。不同层次的优秀教师在一定条件下可互相转化,如低层次与高层次之间,在一定条件下就可以互相转化;还有正负向转化,如非优秀教师在一定条件下可发展为优秀教师,即创造力得到了强化,优秀教师在一定条件下也可退化为非优秀教师,即创造力遭到了弱化。

(三)优秀教师具有一定的空间范畴属性,即优秀教师具有相对性特征

优秀教师总是相对某个或几个领域来说的,如学科优秀教师总是相对于学科教育领域来说的,而相对于学校管理领域,就不一定具有创造性。优秀教师也总是相对于其他人而言的,“创造力高低”“贡献大小”等概念均是模糊概念,是人与人之间通过比较产生的。就其影响范围而言,一个国家、一个省市、一个学校均具有相应层级的优秀教师,优秀教师总是相对于地域本土化而言的。

优秀教师创造的成果具有特殊性。创造的对象主要是成长中的新一代,其他一切创造都是为人的创造服务的。创造的手段主要是教师的德识

才学。创造的过程是在教育实践中艰苦探索、不断革新的过程。他们探索新的正确的教育思想、新的合理的教育体制、新的有效的教育方法,以不断革新德智体美劳诸育,有效地培养教育对象的能力。创造的产品主要是具有主观能动性的人才。与其他领域不同,教育创造的产品是人而不是物,教师是一种直接与人的本性打交道的职业,既要关心人的生理方面,也要关心人的心理方面;既要作用于人的个体性方面,也要作用于人的社会性方面。教师的创造活动是教师使自己"不朽"的过程。教师通过创造将自己全息地"拷贝"到学生身上,将自己的创造性本质外化成无数的体外自我,借此为自己塑造一个不朽的精神,找到一个更永恒的安身立命之所。创造的终结以教师的隐退为标志,但教师的身体可以退出创造过程,精神却融入了学生的心灵,滋润着学生的未来生活。显然,他是无法完全从学生那里隐退出去的。学生是教师内在素质的体现者,教师借学生之身巧妙地扩展着自己,因此,对其创造成果的检验需要较长的时间。

优秀教师更多的是具有教育科学圈子内的积极影响,这种影响是在同行专家的不断认同过程中自然形成的。他们注重特色化实践,形成自我教学特色;他们了解学生的复杂性,产生鼓励学生的新方法;他们的影响范围超出课堂,甚至有超出当地区域范围的可能;他们积极参加专业团体活动,积极倡导革新、创造,经常发表文章。教育影响是一种涉及人的身心发展的文化影响,一经发生便悄无声息地影响到人的身体和心灵,影响到身心进一步发展的现实基础,并且通过受到影响的教师进一步影响到其他人,影响到同时代乃至后世无数代相关的人。可以说,教育影响是一种最为根深蒂固的文化影响。任何教师都会造成一定的教育影响,而优秀教师形成的教育影响更加广泛,更加深远,更加积极与富有活力,同时,往往又会从优秀教师的生前延续到身后。

优秀教师可分为不同类型。按优秀教师的成长过程来划分,可分为准优秀教师、潜优秀教师和显优秀教师,这种分类是现代人才学的人才纵向分类方法的体现。按创造的具体内容来划分,优秀教师又可分为创造教育内容、创造教育方法、创造教育制度及管理、创造教育手段与形式、创造师生关系、创造培养目标和创造教育理论等类型的优秀教师。

综上所述,优秀教师是指在一定的时期和空间范围内,得到同行、专家确认,综合运用创造性思维能力和创造性实践能力进行创造性劳动,探索新设想,制作新产品,对教育领域的发展作出某种较大贡献者。

二、优秀教师与一般教师的差异

在教育教学工作中,许多教师为了教育事业奉献自己的才华与精力,他们能够不断发展自己,不断接受新的教育思想,掌握新的教育方法,积极探索,开拓进取,在教育工作中作出了积极贡献,取得了优异的成绩,因而成为教师队伍中的佼佼者。一般教师向优秀教师的转变是提高教师队伍素质的基本途径。

优秀教师有着良好的职业素养,教师的职业素养决定其职业行为的有效性,而职业行为又是其职业素养品质的体现。职业素养包括职业精神与职业能力,职业行为包括职业创新与职业效能。职业精神、职业能力、职业创新以及职业效能,较为全面地反映了保障优秀教师职业行为有效性的因素。

在职业精神方面,优秀教师对教学、对学生具有较强的正向情感,他们把自己的聪明才智等无私地投入到教学工作中,表现出很强的情感性与贡献性。

在职业能力方面,对于优秀教师我们关注的不仅是其现有能力的强弱,更是他们职业能力的持续发展。优秀教师的职业能力具有发展性,停止了自身能力发展的优秀教师也就失去优秀教师的特性。一位刚从事教学工作的教师,其职业能力可能较弱,但如果好学上进,就很有可能成为年青的优秀教师;而一位职业能力强的优秀教师,如果满足于现状,停止自身发展,就有可能失去优秀教师的特性,逐渐淡出优秀教师的行列。

在职业创新方面,优秀教师具有追求高质量的意向与确保高质量的行为品质,具有持续追求创新的意识与精神。

在职业效能方面,优秀教师能够把握现代社会的节奏,具有合乎社会要求的行为效果期望。总之,从本质上说,优秀教师之所以能由“一般”发展成为“优秀”,起主要作用的不是其能力,而在于其对教育工作的态度及人格品质。因此,一般教师和优秀教师的差别具体表现在以下几个方面:

（一）从事教育工作的使命感

教育工作是一种价值引导工作。教师本身的价值观若不能和社会的发展相和谐，就无法有效地进行教育工作，就可能产生矛盾、冲突，影响整个教学活动和教学目标，也就谈不上工作的效能。有些教师，在进入教师岗位初期就对教师职业的社会意义与价值缺乏了解，甚至把教师仅仅当作谋生的手段，他们要经过较长一段时间才能把自己的职业情感培养出来。而优秀教师把从事教育职业看作一种使命，深知自己肩上的责任，他们拥有自己的职业信仰，那就是坚信自己的教育活动在个体活动和社会发展过程中所起的作用，拥有对教育价值的认定和承诺，无私地去追求教育整体价值的实现。特别是在外界出现干扰的情况下，一般教师往往放弃努力，甚至抛弃了自己的职业理想，另谋他业，而优秀教师往往能始终坚持自己的职业信念，排除干扰与杂念，始终保持一种平和、愉悦的工作心境。

（二）对工作的事业心与上进心

教师的事业心是学生、教师和教育影响之外的第四教育要素。作为教师，日常要付出大量的精力和体力，教师工作时间之长、心思之重及体能的损耗之大是很明显的。再有，教师是情感使用量比较大的职业，其情感的焕发来自于教师的事业心和责任感。从这一点来说，教师奉献的是一颗心，而对这颗心的最好的回报就是学生的爱戴和家长的信任，以及社会成就的慰藉和专业成果的激励。

一般教师也有事业心，但其强度与优秀教师相比，还有一定的差距，他们在教育教学中也希望取得优异的成绩，但往往对自己要求不高且努力不够。优秀教师之所以优秀，在于他总是不满足，在工作中努力实现最佳境界。有了高标准，才有高追求，才有高效率，才有高水平，正是这种精神造就了辉煌的事业。

（三）获取成就的动机与欲望

教师的成就动机是其从事并完成教学工作的重要动力基础。它是指教师在充分认识到教育工作的价值的基础上，愿意去完成自己的本职工作,并力求达到完美地步的一种内在推动力量。具有高成就欲望的教师一般表现为事业心强,有很大的理想抱负;责任心强,愿意承担责任;甘冒风险,喜欢挑战性的工作;有高而切合实际的奋斗目标,注意工作反馈;重成就,轻金钱,从工作的成功中得到乐趣和激情。教师成就动机的高低,对于其专业发展具有重要作用。

一般教师对自己的抱负水平及成就方面都不作突破性追求,因为他们觉得自己是普通的人,而教育本身又很少有人能创造奇迹。优秀教师则不然,他们一般具有较高的抱负水平,追求高成就,并能通过自己不懈的努力,去创造自己教学生涯中的奇迹。

(四)求知的欲望与兴趣

教师的工作还表现为一种高超的智慧和技能的输出,这种奉献直接决定着育人的效果。因此,优秀教师会不断强化自己,充实自己,为输出才智而勤奋地吸取养分。这种不断学习、不断提高的过程,需要教师始终保持旺盛的求知欲望,以教学为一种价值、一种乐趣。相反,如果没有适当的教师价值观,缺乏兴趣,就会无心工作,得过且过,这当然会影响其教育效能的发挥。

(五)物质条件需求方面

教师在物质条件需求方面具有朴实性,无论对于生活物质还是对于工作物质的需要,教师往往都以简朴、实惠等作为衡量的标准,可以说淡于追逐物质利益,是中国教师从业的精神支柱。但是在物质条件的需求方面,不同类型教师的表现又会有所差异。与一般教师相比,优秀教师对物质条件上的需求相对淡薄。他们一般放弃了许多物质方面的追求,即使在特定的贫困环境中也能保持内心的安适快乐,安于物质生活的贫乏,而追求较多的高层次的需要与享受。弱化了生活,优化了工作,高追求而低物欲,这是优秀教师的共同特性。确实,要做一名好教师,没有一种甘于吃苦、不计名利、耐得寂寞、敬业爱业的奉献精神是难以实现的。

三、优秀教师的特征

一所学校的成功在很大程度上取决于教师的质量。如果教师是卓有成效的，那么学生就会学有所成；如果教师具有娴熟的技能，就会令家长感到欢欣鼓舞；教师出色的表现，也能显示出校长的高明之处。然而，一名优秀教师到底是什么样的？技能娴熟、事业成功的教师又具有什么样的特征呢？美国教育咨询专家伊兰·K.麦克伊万在她的作品《培养造就优秀教师——高效能教师的十大特征》中是这样回答的：

培养造就优秀教师——高效能教师的十大特征

1. 个性特征：高效能教师是什么样的人

特征一：满怀使命感和热情

高效能教师满怀使命感，视教学为"天职"，热情地帮助学生学习和成长。一个充满热情的教师是这样的一种人：他热爱某个领域的知识，喜欢探索世界上的问题和深奥的思想，对难题充满兴趣，渴望激发每天走进教室的年轻人的潜能。

特征二：积极而真诚

高效能教师是积极而真诚的，他们关心、理解和尊重学生、家长及同事，并能公正地对待他们。良好的教学绝不仅仅是技术问题，它更来自于教师的认同和正直。

特征三：具有领导才能

高效能教师是领导型教师，他们积极地影响着学生、家长和同事。

2. 教学特征：高效能教师做什么

特征四：全面关注

高效能教师能够做到全面关注——他们能够高屋建瓴，统筹全局，了解并能完全掌握课堂教学的三个关键因素：(1)课堂管理与组织；(2)学生参与；(3)时间管理。

特征五：风格

高效能教师具有自己独特的个人风格，他们能将戏剧性、热情、活力、幽默、魅力、创造性和新颖性融入教学之中。

特征六：激励技巧

教师首先就是一个激励者。高效能教师是一个杰出的激励者，他相信自己有能力改造学生的生活，不断敦促和关注自己的学生，让他们对自己的行为和学业保持更高的期望。

特征七:有效教学

高效能教师是一位教学大师,一位富有技巧的沟通者,具有引导所有学生学习的基本能力、行为、模式和原则。

3. 智力特征:高效能教师思考什么,如何思考

特征八:书本知识

高效能教师能够全面把握教学内容(学科结构)和预期目标(学校、学区或州认为学生必须掌握的知识)。

特征九:社区经验

高效能教师对自己的学生、学校和所任教的社区了如指掌,并能利用自身的经验解决教学中遇到的各种问题。

特征十:精神生活

高效能教师拥有丰富的思维活动,其中包括:

(1)元知识:能够了解一个人自身的精神状态,而且能够评价这种状态如何影响其现在和将来的表现;

(2)策略:能够把思考过程表达出来,为学生的策略性学习树立榜样;

(3)反思:能够思考自己的教学行为,以获得自我成长;

(4)沟通:能够清楚地向同事、学生和家长表达有关教学的思想、问题、信念和价值观;

(5)反应:能够灵活应对不断变化的职业需要和要求。

把上述十大特征整合在一起,形成了一个结构图(如图 2-1),该结构图可以根据不同的情况进行增补。

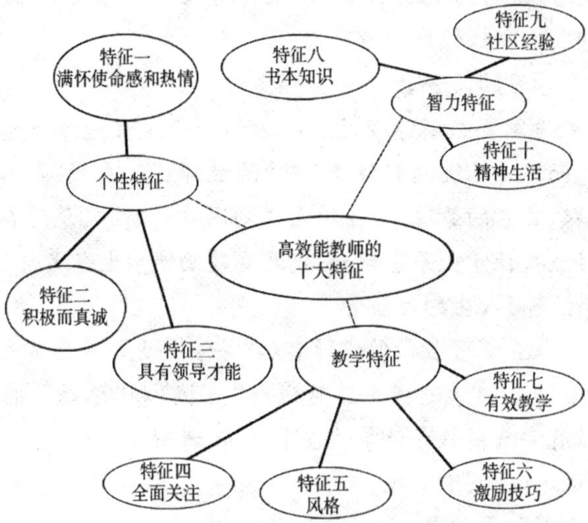

图2-1　高效能教师的十大特征

［美］伊兰·K.麦克伊万.培养造就优秀教师——高效能教师的十大特征［M］.胡荣堃,译.北京:北京师范大学出版社,2007:9-22.

什么样的教师才算得上优秀？现在关于优秀教师的定义有很多,英国教育专家苏·里奇认为,如果一位教师能够做到以下几点,应该就可以称得上是优秀了:

(1)不论什么时候都井井有条,准备充分,一切尽在掌握中;

(2)认识到提高教学与学习的关键就是要不断思考,不断研究;

(3)知道什么样的教学方法能够取得成功的教学效果;

(4)教学生掌握富有挑战性的知识,帮助学生进步和发展;

(5)以积极的态度和专业的精神管理学生,课堂秩序良好,关注学生的学习过程;

(6)帮助学生在测验和考试中取得满意的或超出预期的好成绩;

(7)升学率高于平均值。

我国学者赵国忠在自己的著作《优秀教师最重要的标准》中认为,但凡优秀教师,无不具备以下共同的标准:

教师是学生学习的促进者、学生美好人生的导航者,是一位有智慧的管理者、一位快乐的教育者。

1. 学生学习的促进者

著名教育家罗杰斯曾经说过:“教师必须是促进学生自主学习的促进者,而不是传统的只注重‘教’的教师。”优秀教师,首先应该做一个积极、善意的旁观者,在学生遇到困难的时候,总站在他的身边,或轻轻点拨让学生茅塞顿开,或真诚鼓励使学生充满自信。

2. 学生美好人生的导航者

教师不仅是课堂教学的设计者和“导演”,更是学生美好人生的导航者。教师在教学过程中适时进行“点拨”和“总结”,将生命教育、人生教育渗透到教育教学的各个环节,教育学生珍视生命,自觉树立正确的人生观、价值观。

3. 有智慧的管理者

在教师日常的教育管理中,我们通常只是以把事情处理完为目的,很少去追溯事情的根源,很少去深入分析事情的本质。因此,要想做一个聪明的教师、一个有智慧的管理者,就需要改变我们的思维方式,改“灭火”为“防火”,改“教育”为“激励”,这样才能营造出和谐、高效的氛围,才能充分激发学生的学习潜能。

4. 快乐的教育者

著名教育家斯宾塞认为:“教育应该是快乐的,教育的目的是让孩子成为一个快乐的人,教育的手段和方法也应该是快乐的。”那么,在快乐教育中,教师作为教育者首先必须是快乐的。一个快乐的人看孩子时,更多的是看到他的优点,而一个不快乐的人看到的更多的是孩子的缺点。

赵国忠. 优秀教师最重要的标准[M]. 南京:南京大学出版社,2009:1-2.

综上可见,优秀教师之所以优秀,除了其成长与发展受到有利的环境因素影响之外,关键还在于优秀教师具有一般教师所不具有的一些特点。正是拥有这些特质,他们才能从一般教师中脱颖而出,逐渐成长并发展成为优秀教师。

（一）优秀教师具有稳定而持久的职业动力

职业动力系统是人们从事一种职业积极性的源泉，包括职业价值观、职业理想、职业动机等，它们共同决定着职业人行为的内在动力与方向。就教师职业而言，其职业动力也是如此。优秀教师具有正确的职业价值观，他们对教师职业的育人价值、社会文化价值以及社会发展价值等有深刻且独到的认识；优秀教师具有高远的职业理想，包括通过职业活动实现自己与学生发展的理想；优秀教师具有积极的职业动机。正是优秀教师在以上几方面表现出良好的特点，他们才在教育教学工作中取得许多优秀成果，在促使学生得到发展的同时，也实现了自己的发展。

（二）优秀教师具有较强的自我完善能力

优秀教师十分注重自身修养，能够在工作中不断完善自己。他们能够在做中学，能够进行研究性工作，不断反思与提高自己的教育教学行为。他们能够经常征求学生对自己教学的意见，能够与其他教师一起切磋教学艺术，能够在研讨中发表自己的教学见解，也能够不断吸取专家、学者以及其他教师的意见。优秀教师善于为完善自我设计目标，他们知道自己是什么水平，将来要发展成什么样的水平，而且能够把这种追求目标化。优秀教师善于为自我完善设计课程，从理论到实践，从课外到课内，从内容到形式，他们都能从课程的角度找到自己发展的支持点。

（三）优秀教师具有自我监控能力

优秀教师能够进行自我反思，随时把握自己行为的价值取向与目的性。他们能够调节自己的意识、情感、意志、兴趣等智力与非智力因素的变化，能够调节教学环境的变化与教学内容、手段等的变化，并总能够表现出较强的适应性，这种适应性实际上就是自我调控系统发挥了较好的作用。

第二节　优秀教师的专业素质

专业知识、专业技能和专业情意是构成教师专业素质的主要部分，这三方面的发展水平决定了教师专业发展的水平。从动态变化的教师成长过程来解读优秀教师,可把优秀教师理解为一个漫长而艰辛的成长过程,一个离不开成长期的默默付出,历经高原期的苦闷徘徊,从而达到成熟期的随心所欲的成长过程。

一、优秀教师的专业知识

"经验"(experience)和"专业知识"(expertise)两个单词的词根是一样的,这两个词一度代表着同样的意义。一位经验丰富的工人,比如啤酒工人、制革工人、珠宝加工工人等,所拥有的知识远比一般人更为丰富。协会和行会,通过它们的学徒制度,使本行业中那些有老资格的成员们以"专家"的形象出现。但是很明显,有经验的人中间也分不同层次和等级,其中一些比另一些更有地位,因此并非所有有经验的个体都可以成为该行业的专家。这样,"专业知识"的概念逐步从"经验"的概念中分离和独立出来,但二者显然不可分割,后者几乎毫无疑问地成为前者的基础。专家们通过某种特殊的经验获得他们的特殊地位,在他们获得能力的领域里,发展中的专家可以比其他人从经验中学到更多的东西。

教师作为一个专业人员,必须具备从事专业工作所要求的基本知识,因此,教师的专业知识是教师研究中开始较早的一个研究领域。对于这个问题,舒尔曼作了开创性的研究,其基础工作基于两篇重要的文章:一是发表于《哈佛教育评论》(1987 年)的《知识与教学:新改革的基础》一文,舒尔曼对教学知识基础的内容、特点与来源进行了论证;另一篇是在美国教育年会上(1985 年)的发言,他提出了"学科教学知识"的概念。在前一篇文章中,舒尔曼明确提出了教学所需要的广泛的知识种类。舒尔曼提出教师应掌握如下知识:

(1)学科知识,包括内容知识,如具体的概念、规则;实体知识,如学科内部间的联系,以及对特定学科的看法,如哪些教学内容是重要的。

(2)一般教学法知识,是指如何教的知识。各种教学法知识包括如何激发学生学习动机、如何有效管理课堂、如何设计与实施测验的知识等。

(3)课程知识,意指对教学媒体与教学计划的熟练掌握。

(4)与具体内容有关的教学法知识,意指如何专门针对具体要教的内容施教的知识。譬如如何阐明某一概念(如怎样解释分数),如何用实例来说明,如何在理论上解释解题的步骤和方法等。这类知识是体现教师专业化所特有的知识形式。

(5)学生及其发展特点的知识,包括学生的个体发展与个体差异方面的知识。

(6)教育背景的知识,包括小组或班级的活动状况、学区管理与资助、社区与地域文化的特点等知识。

(7)有关教育宗旨、目的、价值与其哲学、历史背景的知识。

舒尔曼认为,上述知识范畴中,学科和教学法知识特别重要,因为它们确定了教学与其他学科不同的知识群,体现了学科内容与教育学科的整合,是最能区分学科专家与教师不同的一个知识领域。舒尔曼对教师知识的分类为后来教师知识领域的研究奠定了重要的基础,此后的许多研究者在此基础上作了进一步的发展。

例如,格罗斯曼基于舒尔曼的分类,通过实证研究,将教师知识分为四种类型:学科知识、一般教学法知识、学科教学知识与有关教育背景知识。格罗斯曼以英语学科为例,进一步发展了舒尔曼提出的学科知识的内涵,指出学科知识不仅包括内容知识、学科的实体性与句法性知识,还包括学科观。

在舒尔曼的教师知识分类基础上,布鲁姆以数学学科为例,提出“学科知识的哲学”概念,对“作为一门科学的学科”与“学校学科知识”作了清晰的区分,并在此基础上对教师专业知识的分类给予了综合性的分析。

斯滕伯格和霍瓦斯通过建立教学专长的模型来分析专家型教师的专业知识。他们认为,专家和新手的差异不仅在于他们所具有的知识量上的差异,更在于知识在他们记忆中组织方式上的差异。作为一个专家型教师,他们不仅要具有组织良好的教学法知识,即专家型教师拥有的知识以脚本、命题结构和图式的形式出现,比新手教师的知识整合得更完整。此外,他们还要具备教学得以发生的社会和政治背景知识,及有助于达到有价值的目的,但环境一般不予支持其传递的缄默知识。

对教师知识研究的其他有一定代表性的研究成果来自 20 世纪 70 年代认知心理学的贡献。在 70 年代初期,一些研究明确提出,教师的教学活动是一种认知活动。据此主张,教师知识作为教师认知活动的一个基础,从其功能出发可以分为三个方面的结构内容:本体性知识、条件性知识和实践性知识,这三个方面共同构成教师的知识结构。本体性知识是指教师所具有的特定的学科知识,如语文知识、数学知识等。条件性知识是指教师所具有的教育学与心理学知识。实践性知识是指教师在面临实现有目的的行为中所具有的课程情景知识及与之相关的知识,具体来说就是教师教学经验的积累。

到了20世纪90年代中期,国内学者林崇德、申继亮、辛涛等人经过十几年的研究与实验,对教师素质及教师知识结构提出了比较完善的理念。他们从教师知识结构的功能出发,将教师的知识结构分为四个方面:学科性知识、教育性知识、实践性知识和文化知识,这四个方面共同构成教师的知识结构,其中教师的学科性知识是教师知识结构中的核心。

教师的学科性知识,也称本体性知识,是教师任教学科相对应的专业理论知识,它是教师教学活动的基础。对教师而言,其职业要求他们必须精通所教学科的知识,对自己所教学科的全部内容有深入透彻的了解。

然而,教师是不是只要有足够的学科知识就能很好地教学?事实并非如此,有一些教师的学科知识到位,可就是不会教学,课堂显得很枯燥无味,学生往往不知所云。林崇德等人在一项研究中表明,教师的本体性知识(学科性知识)与学生成绩之间几乎不存在统计上的关系。我们认为,教师需要知道一部分学科性知识,以达到某种水平,但并非本体性知识越多越好。其实这里面涉及另外一种很重要的教师知识——教育性知识。

教师的教育性知识,也称条件性知识,没有教育性知识,本体性知识的传授便难以得到保障。近年来,国外已愈来愈重视教师的教育性知识,并将它作为教师继续教育的一项重要内容。学校要在教师中强调补充教育性知识,关注教师的教育学和心理学教育,让学校有特色、教师有特点、学生有特长。可以说,教师的教育性知识是教学过程中的催化剂,能够促使教师把自己的本体性知识以一种符合学生认知特点和心理认同的方式有效地传授给学生。

教师的实践性知识,也被称为缄默知识,指的是教师在面临实现目的的行为中所有的课堂情景知识及与之相关的知识,表现为教师对具体课堂情境的处理方式。它是教师教育教学经验的积累和提炼,主要来源于课堂教育教学情景和课堂内外的师生互动行为，带有明显的情景性、个体性，体现出教师个人的教育智慧和教学风格。这种知识的发展状况可以分为实践性知识不足和实践性知识发展良好两个水平。教师的教学不同于研究人员的科研活动，教师的教学具有明显的情境性，实践性知识是教师教学经验的积累。研究表明，专家型教师在面对内在不确定的教学条件时能做出复杂的解释和决定，能在具体思考之后再采取适合特殊情景的行为，这就是缘于专家型教师具有丰富的实践性知识。

教育活动是一种创造性活动，这种创造明显不同于一般发明创造或艺术创作，而是浸透着人文精神的一种不间断的、无止境的探究与完善过程。它要求教师具备丰富的人文知识以及对历史、社会、文化的深刻洞察力，具有深厚的文化底蕴。同时，面对科学技术的突飞猛进、学科之间的交叉渗透、学科综合课程的开设以及求知欲旺盛的青少年学生，教师还应该成为知识视野宽广的人。事实上，学生的全面发展在很大程度上取决于教师具有广泛而深刻的文化背景知识。因此，教师除了精通所教学科的知识外，还要有广博的知识储备，从而能够：

(1)满足每一个学生多方面的探究兴趣和多方面发展的需要；

(2)帮助学生了解丰富多彩的客观世界；

(3)帮助自己更好地理解所教学科知识；

(4)帮助自己更好地理解教育学科知识，如学习教育哲学就需要思维哲学、伦理学、社会哲学、认识论等学科的知识基础；

(5)提高在学生和家长中的威信。教师知识越多，他在家长及学生心目中的威信和信誉就越高。

二、优秀教师的专业技能

专业化的教师必须具备从事教育教学工作的基本技能和能力。在关于教师技能和能力的研究中，存在着诸多的概念表述，如教师基本功、教学技能、教学技巧、教学才能等。这些概念有的在意义上非常接近，有的则在层次上有所差异。

教学技能指教师在教学过程中运用一定的专业知识和经验顺利完成某种教学任务的活动方式。在心理学中，技能一般被分为狭义的技能和广义的技能。狭义的技能指技能的初级阶段或初级水平,即在一定的知识基础上按照一定的方式通过反复练习或由于模仿而达到“会做”某件事或“能够”完成某种工作的水平;广义的技能则是指技能的高级阶段或高级水平,即在掌握初级技能的基础上经过反复练习,使活动方式的基本成分达到自动化的程度。具体来说,教师的专业技能包括教师的教学技巧和教育教学技能两个方面。

(一)教师的教学技巧

教师的教学技巧在于引导学生的学习活动,并调控课堂气氛与学生的注意力,使教学活动得以顺利进行。教师常用的教学技巧包括:

(1)导入的技巧:如唤起学生的注意力、刺激学生的学习兴趣等;

(2)强化的技巧:如适时对学生正确的学习行为给予奖励等;

(3)变化刺激的技巧:如变换感觉的途径、变换交流的模式、变换语言的声调等;

(4)发问的技巧:如训练、改善学生的反应,增强学生的参与程度等;

(5)分组活动的技巧:如组织小型的学生小组、鼓励协作等;

(6)教学媒体的运用技巧:如板书的设计、教具的使用、现代化教学手段的掌握等;

(7)沟通与表达的技巧:如书面语言的使用、口头语言的表达、体态语言的运用等;

(8)结束的技巧:如总结学生的表现、提出问题的要点、复述学习的重点等;

(9)补救教学的技巧:如学生的个别辅导、学生作业的指导等。

(二)教师的教育教学技能

1. 教学技能

(1)教学设计的能力。教学设计的能力指教师在具备基本的专业知识和教学技能的基础上,能够综合运用这些知识和技能,根据课程标准的要求设计出适当的年度和单元教学计划的能力,具体体现为教师掌握和运用课程标准的能力、掌握和运用教材的能力、编写教案的能力。

(2)教学实施的能力。教学实施的能力是教师在一般教学情况下有效地实施所设计的教学计划,并能根据实际情况控制教学情境的能力。教学实施的能力也是多种具体能力的综合,包括选择和运用教学方法的能力、因材施教的能力、课堂教学组织的能力、运用各种教学技巧的能力和教学机智等。

(3)教学检查评价的能力。教学检查评价的能力是指教师在教学过程中,搜集资料、运用各种评价方法了解学生的学习状况,以判定教师是否完成了预定的教学目标,学生是否达到了预定的学习目标,从而根据反馈的信息来补救或改进教学工作的能力。具体包括:设定评价目标和评价标准的能力、搜集评价资料的能力、选择和运用评价方法和评价工具的能力、分析或解释评价资料与结果的能力以及反馈矫正的能力等。

2. 交往能力

学校教育系统是一个以人为主的工作系统,它每时每刻都离不开人与人的交往,因此我们强调教师与他人的交往能力。首先是与学生的交往。教师要实现有效的教育,要使学生积极主动地投入到教育活动中去,离不开与学生对话和沟通。其次,教师还是教师群体中的一员,需要与其他教师合作。同时,教师还需要与家长、与社区各有关机构中的人员建立合作和相互支持的关系。总之,教师的工作是通过人与人之间的合作和共同活动,对人的发展产生积极影响的工作,故与他人交往的能力是教师的一项基本能力。

3. 组织与管理能力

教师在学校教育活动中,面对的主要是由学生个体组成的班集体、学校集体。在组织集体活动、班级活动以及教学活动中,教师必然承担组织者和管理者的责任,这就需要教师具备一定的按教育目的规划教育活动的决策与设计能力、组织能力、协调能力、管理能力。这些能力对教育活动的有效性具有重要影响。

4. 课程开发与创生能力

新一轮课程改革倡导开放、民主、科学的课程观,认为教师不应只是教学计划、教材忠实的执行者,更应成为课程的开发者、创生者。特别是在新的课程方案中,国家课程、地方课程、校本课程三级课程管理制度的实施,更加明确要求教师必须参与到课程的开发、组织与管理中来，充分调动、激发自身的创造潜能，增强课程开发与建设能力，从而确保各级课程在实施中能够增值、丰富与完善。因此，课程开发与创生能力是当前课程改革对教师提出的一项新的能力要求。

5. 自我反思与教育科研的能力

是否具有反思与研究的意识与能力，是区别专业人员与非专业人员的重要标准。长期以来，许多教师满足于传授知识和帮助学生考试得分，无暇也不想做研究，最后导致在教学日益模式化的同时自己也沦为教书匠。因此，要提升教师的专业水平，必须强调反思与科研能力。教师科研能力首先表现为对自己的教育实践和周围发生的教育现象的反思能力，对日常工作保持一份敏感和探索的习惯，不断改进自己的工作并形成理性的认识。教师科研能力的进一步发展则是对新的教育问题、思想、方法等多方面的探索和创造能力，运用多方面的经验和知识，综合地、创造性地形成解决新问题方案的能力，它们使教师的工作更富有创造性和内在魅力。

三、优秀教师的专业情意

教师的专业情意，也可以称为专业态度。如果说专业知识、专业技能强调的是会不会、能不能的话，专业情意强调的则是愿不愿。专业情意要比一般心理学意义上愿意、喜欢、向往的态度有更深的含义和更高的境界，这是在对从事专业的价值、意义深刻理解的基础上，形成的奋斗不息、追求不止的精神。一般来说，教师的专业情意包括教师的专业理想、专业情操、专业性向和专业自我。由此可见，依据伊兰·K. 麦克伊万所提出的高效能教师的十大特征，教师高尚的师德情意涵盖和渗入这十大特征之中，是教师专业素质的重要组成部分。

（一）专业理想

教师的专业理想是教师对成为一个成熟的教育教学专业工作者的向往与追求，它为教师提供了奋斗的目标，是推动教师专业发展的巨大动力。具有专业理想的教师对教学工作会产生强烈的认同感和投入感，愿意终生献身于教育事业。具有专业理想的教师对教学工作抱有强烈的认同感和投入感,他们致力于改善教育素质以满足社会对教育专业的期望,努力提高专业才能及专业服务水准,努力维护专业的荣誉、团结、形象等。

(二)专业情操

教师的专业情操是教师对教育教学工作带有理智性的价值评价的情感体验,它是构成教师价值观的基础,是构成优秀教师个性的重要因素,也是教师专业情意发展成熟的标志。教师的专业情操包括:理智的情操,即由于对教育功能和作用的深刻认识而产生的光荣感与自豪感;道德的情操,即由于对教师职业道德规范的认同而产生的责任感和义务感。

(三)专业性向

教学工作的专业性向是指教师成功从事教学工作所应具有的人格特征,或者说适合教学工作的个性倾向。霍兰德的"人业互择"职业选择理论认为,社会有成千上万种职业,也有成千上万个劳动者。一方面,个别劳动者的个性千差万别,其能力、兴趣也有限;另一方面,各种职业由于其劳动或服务对象、所使用的工具、劳动的支出形式及人际关系环境的特殊性,对从业者的个性素质也有特定的要求。霍兰德认为,社会型劳动者喜欢从事为人服务和教育他人的工作,其个性适合做教师,因为他们热情慷慨,善于交际,关心他人,人际关系融洽,他们总在寻求与群众接触的机会,渴望发挥自己的社会作用。

(四)专业自我

与传统上强调教师的知识和能力倾向相反,在教师专业素质的态度领域,人们越来越重视教师的自我意识或自我价值。库姆斯在20世纪60年代出版的《教师的专业教育》一书就提出,一个好的教师首先是一个人,是一个有独特的人格的人,是一个知道运用自我作为有效的工具进行教学的人。专业自我水平高的教师,倾向于以积极的方式看待自己,能够准确、现实地领悟他们自己和所处的世界,对他人有深切的认同感,具有自我满足感、自我信赖感、自我价值感。凯尔克特曼认为,自我是一个复杂、多维、动态的表现体系,是人和环境之间长期相互作用的结果,它影响着人们感受具体情境的方式。专业自我包括:自我意象、自我尊重、工作动机、工作满意感、任务知觉、未来前景。显然,在凯尔克特曼的专业自我中,教师对其专业活动所抱有的知识、观念和价值是专业自我的重要部分。

总之,树立崇高的专业理想,养成高尚的专业情操是教师专业态度发展的主要内容。教师的专业性向由于在很大程度上是属于"先存的教师特性",不易受后天发展的影响,即使改变也是一个长期的过程。对教学工作来说,教师的专业自我是教师个体对自我从事教学工作的感受、接纳和肯定的心理倾向,这种倾向将显著地影响到教师的教学行为和教学工作效果。从这个意义上说,教师专业发展的过程也是教师专业自我形成的过程。

第三节　优秀教师的成长因素

优秀教师的形成过程是一个复杂的过程,表现为影响因素多样性、体系多元性、优秀教师个体多样性特征。"教师的专业成长过程及其影响因素是什么"的问题是教师专业发展研究中的基本理论问题。对于这一问题的科学研究,有助于消除广大教师对教师成长过程神秘化和经验化的理解,也有助于教育行政部门和学校制定有效的教师培养政策或措施。纵观目前国内外关于教师专业发展的研究,从研究内容来看,主要围绕着教师职业发展、教师心理、教师角色、教师素质、教师教育等问题进行探讨。

优秀教师在具体的教学实践中逐步形成了独特的个性结构和教学风格。在这一过程中,教师由一个新手逐步成为专家,其中教师自身的能力、自我反思以及促进其不断成熟发展的动力因素扮演了重要的角色。这些因素构成了优秀教师形成的系统,包括动力系统、能力系统和自我反思系统,而且每一个系统里又相应地由更多的要素组成子系统,在各要素的冲突和整合中促成了优秀教师的成长。优秀教师的动力系统表现在需要、理想和信念上,即具有强烈的成就欲望,追求才能的充分发挥,渴望成为出色的优秀教师。这使他们能够克服苦难,不断地追求平衡发展,而这一切的取得又是建立在一定的能力基础上的。其能力系统表现为具备一系列特有的能力、性格和气质特征,其特有的能力集中体现为对教学内容的处理能力、运用各种教学方法和手段的能力、教学组织和管理能力、语言表达能力、教学科研能力、教育机智、和学生交往能力等。自我反思系统通过自我调控和自我反思从而达到自我实现,其中优秀教师专业知识的质量和反省能力是教师成为专家的两个重要因素。建立在广泛的知识背景基础上,通过反思来不断提高教师教学水平,具体表现为教师在认知、批判、陈述方面进行有效的反思,其反思过程经历了具体经验阶段、观察分析阶段、重新概括阶段和积极验证阶段等四个环节。以上分析都是建立在优秀教师形成的内部过程中。

而从整体来看,外部的环境因素也具有重大的意义,这一外部环境要从优秀教师成长历时和共时两个纬度来考虑。历时方面,包括教育程度、教师地位、政策法规等因素的不断优化。共时方面,指就学环境,包括中学时代的教师、同学,大学时代的班集体,学校实习实践的水平等;教学环境,包括同事、学生、教育政策、教研活动、自学进修情况、学校工作条件等;社会环境,包括家庭状况、教师地位等。优秀教师的形成是一个复杂的过程,涉及很多方面,而且这一过程伴随其整个职业生涯,即需要经历大学前、在职教学实践、职后培训等阶段,其生涯轨迹并非是一种直线式发展模式,而是一种可循环的生涯发展系统。优秀教师在成长的过程中对经验和知识的批判性反思,可以使他们充分利用反面教训,日益达到业务的成熟。

一、影响优秀教师专业成长的外部因素

教师的专业发展必定在特定的时空范围内进行,自然也就受到特定地域、特定时期的社会政治、经济及文化发展状况的制约。这些因素为教师专业发展提供土壤与成长环境,同时也制约着教师专业发展的方向与进度,因此,从外部因素入手找出影响优秀教师专业发展的实然因素是促进教师专业发展的重要环节。

(一)教师教育因素

中国的教师教育发展起步较晚,其定义和实行模式多是从外国借鉴而来。作为教育学术语的“教师教育”概念产生于20世纪60年代的欧美。所谓教师教育,即指综合教师培养和教师进修之职能的一个概念。教师教

育在时间上囊括了教师职前、职中、职后所接受的培养与培训,在内容上也包含教师知、情、意等多方面的提高,在模式上更是强调了职前、职后一体化,强调灵活与多样。教师教育在教师专业发展中起着举足轻重的作用,是影响教师专业发展过程中不可或缺的一个因素,也是首要因素,提供良好的教师教育是实现一线教师更快更好的专业发展的主要途径之一。

(二)学生因素

教师的工作责任是培养、教育学生,每天的工作环境也是在学生的包围中,很多教师将学生的发展与未来看成自己的工作目标与使命。学生对教师发展的作用主要体现在:学生带给教师奋斗的动力,学生实现教师的可持续发展。

教师专业发展过程中学生带给教师强大的发展动力,使教师寻求主动发展。实际上教师这一行业的工作对象是丰富多彩的学生,与其他行业相比,在工作过程中教师会与学生建立深厚的师生情谊,这对于教师来说是动力也是回报,很多教师也是为了学生更好的发展而不断地学习、进步,主动寻求自身的发展。优秀教师往往认为是学生促使自己不断地前进与发展。时代发展速度的加快使得学生懂得的东西越来越多,教师在学生面前时常感受到紧迫感,为了引领学生的步伐教师就必须更快地发展。除此之外,学生对教师的期望也使教师渴望通过自身的提高不断地给予学生更新、更好的东西,这些都促进了教师的可持续发展。因此,加强师生交流、增强师生感情是教师专业发展的关键因素。

(三)成功经历因素

教学活动的成功经历和领导认可的成功经历对教师的成长有着很大的激励作用。教学活动是指由省、市或者学校组织的,一线教师参加的关于教学内容的比赛或者表演活动。大多数一线教师都参加过类似的活动,很多教师为了某堂公开课付出了很大的努力。

在教师专业发展的过程中,教师往往会受到领导的很大影响。领导为教师提供环境、提供机会,对教师来说来自领导的指引和关怀是教师专业发展的定心丸,领导对教师的器重与肯定更是给予了教师前进的目标与信心，因此有些时候领导的一个肯定可以点亮他们的未来发展之路。

（四）其他外部因素

1. 校长因素

我国学校是校长负责制，一个学校校长的管理风格与人格魅力对一个教师的影响要远远大于我们的预期，很多一线教师甚至将校长作为他们从事教师工作的榜样。校长能力的高低、对工作的态度直接影响到教师的能力与工作态度，因此校长首先应该不断学习与进取，提高能力，引领本校教师走上更快更好的发展道路。

2. 同伴素质

我国一直提倡教师互助文化，应该加强教师的合作以发挥教师的集体力量。合作才能共赢，对于教师来说尤为重要。如果各自为战，不仅不利于信息交流及学生发展，而且也妨碍了教师的专业成长。教师的团队建设就是要求教师之间、教师和领导之间要和睦相处、互相帮助、善于合作交流、互相尊重学习，在合作中体验教育的快乐，在快乐教育中提高合作的质量，从而齐心协力共同创造教育的辉煌。

3. 社会环境因素

教师专业化通过促进教师个体发展，提高教育水平，培养人才，为社会服务，促进社会的进步和发展。从社会学角度来说，教师专业化是一种社会现象，与社会有着复杂的关系，与社会诸多要素相互促进、相互制约。从教师的角度来讲，教师的成长离不开所处的社会环境，社会的政策、法规以及制度等都成为教师专业发展程度的基石。

二、影响优秀教师专业成长的内部因素

教师的专业发展是在外在因素的作用下自主的专业完善过程，所以一个教师实现专业发展的核心问题便是教师内在因素的不断更新、演进和丰富。教师的专业发展是他们"自觉成长"的结果。这种"自觉成长"是相对稳定的、具有持久作用的。所以教师应当激发自身的积极动机，促进自身的快速提升，形成自身的坚定信念，以实现教师的自我专业发展。

（一）专业情操因素

教师具有高尚的专业情操是教师专业发展的必然要求。教师的专业情操是教师对教育教学活动带有理智性的价值评价的情感体验，它是教师专业情意发展成熟的标志，是构成教师价值观的基础，也是教师个性的重要构成因素。教师的专业情操具体可分为教师专业理智感、教师专业道德感、教师专业美感。教师的专业理智感是指教师在教学、科研等理智活动过程中认识、探索、评价教育规律时而产生的主观情感体验。教师的专业道德感是教师根据教师职业道德规范和行为准则对自己或他人的言行举止、思想意图进行感知、比较、评价时产生的情感体验。教师的专业美感是教师根据自身的审美需求和审美标准（这种审美标准的前提是符合社会及教育发展规律的），对教师的专业活动和教育的基本要素进行评价时产生的情感体验。

（二）专业理想因素

列夫·托尔斯泰说："理想是指路的明灯。没有理想，就没有坚定的方向；而没有方向，就没有生活。"没有理想，人就是一座没有灵魂的空洞建筑，一片没有生机的孤寂荒野。作为一名优秀教师，不仅要有思想，还要有专业理想。教师的专业理想是教师依据其价值观，在对教育现实批判和否定的基础上，对教育现实总体把握后的主体思考和超前构建，对自己专业美好发展状态的预设与期待、对未来美好专业图景的构想与展望。专业理想是教师专业素质的核心和灵魂，它是教师对从事的教育事业的一种向往和追求，是指导教师行动的精神动力，是指引教师专业成长的明灯。实践证明，只有追求专业理想的教师，才会在艰辛的跋涉中感受到教育的成功，享受到教育的幸福；也只有坚守专业理想的教师才会收获生命的奇迹。

（三）人生态度因素

教师在专业发展的路途中并不可能一帆风顺，很多教师在工作中需要面对工作困难和学习困难，除此之外生活中的困难也是教师需要调整心态而专心工作的一个方面。

(四)其他内部因素

教师专业发展的内部因素除了以上三个最重要的因素之外还有很多,比如教师的性格因素、认知方式因素、教师专业能力因素、教师的知识机构以及从小对教师职业的向往等。

第三章　优秀教师的专业成长动力

教师专业化是教师个体不断提高专业素质以及社会为提高教师职业的专业地位而努力的过程。它既是教师个体努力的过程,也是社会努力的过程,因为教师的专业化需要教师自身和社会两个方面共同努力才能实现,仅仅靠一方努力是不够的。教师的专业成长是一个艰苦而又有意义的过程,这个过程没有绝对的终点,只有相对的终点,那就是每位教师个体达到优秀教师的专业水准。这个相对的终点达到后,专业化的进程还会继续,因为社会总是在发展,教育也在不断变革,教师要始终跟上社会的变化,甚至引领社会的变化。

库姆斯认为,人的一切行为是行为发生那一时刻的知觉场的直接作用。他主张优秀教师必须精通学科知识,即一般学科知识的纲要以及一门或多门学科的专业知识;懂得教育基础意旨、学习者的成熟和发展、学习过程的本质和学校在社会中的作用;掌握一些适当的专业教学法;有指导地进行教学实习等训练。他认为,优秀教师的形成过程是对自身课堂教学行为和学生行为的有效控制和指导,在这一过程中体现了个人的信仰和个人的意义。依据这样的信念体系可以明确区分优秀教师与一般教师,它决定着人们在个人和职业生涯的每一时刻做出的目标选择、方法选择和行为选择。

曾有学者把造就优秀教师的原因归纳为教师个人行为准则的信念结构,认为影响优秀教师良好的教学有以下 5 个信念:有关做出决策的必要依据的信念;有关人们喜欢什么的信念;有关教师既作为个人又作为教师的自我信念;有关他们自己的、社会的和教育的目的的信念;有关达到个人和职业目标的适当方法的信念。这一类信念体系足以提供有效地达到职业目标和有效地做出决策的基础。

由此可见,优秀教师专业成长的动力主要来自于社会的支持、教育知识的学习和教师个体的自主发展。

第一节　优秀教师专业成长的社会动力

作为一个社会的人,教师的发展除需要一般性的社会支持外,其职业发展又包含许多专业发展的需求,这些需求的满足与否将直接影响到教师的专业发展历程。为此,需要一个特定的专业发展支持系统。教师的专业发展过程需要很多支持,包括社会和学校的支持,这些专业支持对于教师的成长来说至关重要,它涉及教师的发展是否顺利、教师的教育教学生涯是否幸福等问题。

一、提高教师物质待遇是优秀教师专业成长的经济动力

促进教师的发展和成长,首要任务就是提高教师的地位。教师的地位是教师在社会各个部门和行业的总体中,其经济收入、文化资源的分配与创造等方面所处的位置。一般把教师的地位划分为经济、政治、文化三个方面。1966 年联合国教科文组织和国际劳工组织通过的《关于教师地位的建议》中,对教师的地位做了如下界定:社会按教师任务的重要性和对教师能力的评价而给予的社会地位或敬意,以及所给予的工作条件、报酬和其他物质利益。教师的地位反映着社会给予教师的程度,或者说社会对教师的重视程度,也反映着教师的专业化程度。清华大学谢维和教授认为,吸引那些拥有教师必备能力的人进入教师行业的决定性因素,是教师社会地位和物质待遇的改善。目前,人们常常将工资的高低视作社会地位高低的一种标准,从这个意义上讲,世界各国都普遍认为教师的社会地位不高,特别是中小学教师。因为他们的工资一般均低于企业职工和国家公务员的工资,只有极少数国家如日本高于公务员的工资,但仍低于企业职工。因此,教师社会地位的高低首先体现在教师的经济地位的高低上。教师的经济地位反映在教师工资和其他物质利益上。

(一)我国教师待遇政策的发展

改革开放以来,党和政府也十分重视教师物质待遇的提高和改善,在

有关政策文件中也有所体现。

1983年5月6日，中共中央、国务院发出《中共中央、国务院关于加强和改革农村学校教育若干问题的通知》，第6条指出："建设一支稳定、合格的教师队伍，是办好农村学校的重要关键。必须及早抓好这项基本建设，教育投资要着重保证这方面的需要。各级党政领导必须认真落实知识分子政策，以极大的热情关心教师，提高教师的政治地位、社会地位和工资待遇，注意改善其工作条件和生活条件，在全社会形成尊重教师的良好风尚。"

1985年5月27日，中共中央发布《中共中央关于教育体制改革的决定》，指出："建立一支有足够数量的、合格而稳定的师资队伍，是实行义务教育、提高基础教育水平的根本大计。为此，要采取特定的措施提高中小学教师和幼儿教师的社会地位和生活待遇，鼓励他们终身从事教育事业。"它还指出："在教育体制改革中，必须紧紧地依靠教师，认真听取他们的意见，充分发挥他们的作用，有关学校自身的重大改革都必须经过教师充分讨论。随着国民经济的发展和国家财力的增强，各级政府和有关部门今后每年都要为教师切实地解决一些问题。要在全社会范围内，大力树立和发扬尊重各级各类教师的良好风尚，使教师工作成为受人尊重的职业之一。在改革中还要充分调动学校思想政治工作人员、行政管理人员、后勤工作人员和其他工作人员的积极性。要根据他们的劳绩和贡献，给予合理的待遇和应有的鼓励。"

1985年10月20日，国家教委在北京召开全国中小学师资工作会议。会议提出，要继续落实党的知识分子政策，提高教师的社会地位，改善中小学教师的工作条件和生活条件。

1986年4月12日，我国颁布《中华人民共和国义务教育法》，第14条规定："全社会应当尊重教师。国家保障教师的合法权益，采取措施提高教师的社会地位，改善教师的物质待遇，对优秀的教育工作者给予奖励。"

1993年2月13日，中共中央、国务院发布《中国教育改革和发展纲要》，强调指出："振兴民族的希望在教育，振兴教育的希望在教师。建设一支具有良好政治业务素质、结构合理、相对稳定的教师队伍，是教育改革和发展的根本大计。要下决心，采取重大政策和措施，提高教师的社会地位，大力改善教师的工作、学习和生活条件，努力使教师成为最受人尊重的职业。”

（二）我国教师待遇政策发展的特点

改革开放以来，我国教师物质待遇在不断提高，主要表现为：

1. 教师工资水平不断提高

改革开放以来，我国不断提高教师工资水平。1976 年 10 月以后，党和政府根据发展生产同改善人民生活相结合的方针，在 1977—1981 年先后四次调整教职工的工资，并采取其他措施提高了教职工的生活待遇。为了进一步解决中小学教职工工资待遇偏低的问题，1981 年国务院批发了教育部《关于调整中小学教职工工资的办法》，规定从 1981 年 10 月起，进一步调整中等和初等学校、幼儿园等教育事业教职工的工资待遇。1985 年，按照国家统一部署，教育系统实施工资制度改革，实行以职务等级工资为主要内容的结构工资制，较大幅度地提高了中小学教职工的工资水平。从 1987 年 10 月起，将中小学和幼儿园教师现行的工资标准提高 10%。

2. 教师工资制度不断完善

早在 20 世纪 70 年代末，邓小平同志就在全国教育工作会议上指出，要研究教师首先是中小学教师的工资制度。自此以后，教师工资制度就不断进行改革，我国教师工资政策逐步走向完善。1979 年 11 月 23 日，《关于教育部门教职工升级问题的通知》规定，教职工升级要经过考核、评比，择优升级，表明教师工资制度改革开始注重引入绩效考核。1985 年 6 月，我国开始建立新的工资制度，实行以职务工资为主的结构工资制，初步理顺工资关系，为今后逐步完善工资制度打下基础，从此结束了从 1952 年 7 月 1 日建立的执行了 33 年的职务等级工资制。进入 90 年代，《事业单位工作人员工资制度改革方案》规定，在科学分类的基础上，依据按劳分配原则建立体现事业单位不同类型、不同行业特点的工资制度，与国家机关的工资制度脱钩，开始实行引入津贴制度的教师“职务等级工资制”。1993 年 10 月 31 日颁布的《中华人民共和国教师法》（简称《教师法》）中规定了“教师的平均工资水平应当不低于或者高于国家公务员的平均工资水平，并逐步提高”的参照标准，使教师工资提高有了法律依据。

3. 教师津贴制度不断健全

教龄津贴和其他津贴是我国中小学教师和职业学校教师工资中的特殊部分,这是根据两类学校的教师工作性质和实际情况制定的。由于中小学教师和职业学校教师,尤其是农村教师,工资和生活待遇较低,工作条件更加艰辛,在待遇上向中小学教师和职业学校教师倾斜,有利于稳定中小学教师和职业学校教师队伍,促进我国教育事业的发展。因此,我国建立了教师津贴制度,并不断对之进行完善,即除了按照教师职务确定工资级别外,先后建立了教龄津贴、课时津贴、班主任津贴、特级教师津贴,以及将中小学教师工资提高10%等体现教师职业性质和劳动特点的津贴制度。

1985年6月4日,中共中央、国务院下发的《国家机关和事业单位工作人员工资制度改革方案》中提出:"为了鼓励中、小学校和中等专业学校、技工学校的教师、幼儿教师和护士长期从事本职业,除按规定发给工龄津贴外,另外分别加发教龄津贴和护士工龄津贴。"同时对教龄津贴的发放标准、计算方法作了规定。国务院工资制度改革小组、劳动人事部于1985年8月30日批转国家教委制定的《关于教师教龄津贴的若干规定》,提出实行教龄津贴制度,对教龄津贴执行范围、教龄的计算办法等作了具体规定。1994年实行工资改革,对边远艰苦地区工作人员作了两方面规定:(1)建立边远艰苦地区津贴;(2)所有到边远艰苦地区工作的各类学校毕业生可以提前定级,定级工资标准可高于同类人员1~2档。

二、提高教师社会地位是优秀教师专业成长的政治动力

教师的政治和社会地位体现在教师的身份、对权力的掌握或参与、在职业体系中的声望、获得的荣誉等方面。表3-1所示为美、英、法等国对教师身份的定位。

表3-1　各国教师的身份

国别	教师身份
美国	地方公务员
英国	公立小学教师为地方公务员
法国	国家公务员
德国	州公务员
日本	国立小学教师为国家公务员,地方小学教师为地方公务员

职业声望是人们对某种职业的意义、价值与声誉的社会反映与综合评定,这种评定带有强烈的主观性。1983 年 6 月,北京师范大学哲学系和中国社会科学院社会学研究所合作,对北京市 6 个城区、近郊区的 6 个居委会的 1 800 户居民进行了 50 种职业评价的调查。调查结果显示,在 50 种职业中,大学教师排在第 1 位,中学教师排在第 9 位,小学教师排在第 19 位。中学教师低于医生、自然科学家、电气工程师、社会科学家、建筑工程师、记者、作家等专业性较强的职业而高于司、局、处级干部管理人员;小学教师职业声望较低,但高于科级干部、护士、演员、业务办事员等职业。

学者许欣欣 1999 年 7—8 月在全国 63 个城市对 2 599 名 16 岁以上的城市居民进行了一次抽样问卷调查。问卷中一共涉及 69 种职业,请被调查者根据各自的主观感觉对所列职业的价值进行评价。每一职业的价值均可分为 5 个等级,并采用美国社会学家诺斯与哈特标准赋予一定的分数,依次为:"最佳职业(100 分)""较好职业(80 分)""一般职业(60 分)""较差职业(20 分)"。将调查结果汇总后,求出每一职业的平均得分,据此做出中国城市居民的职业声望量表。其中,大学教授声望得分为 90.1,排序为 3;公立中小学教师声望得分为 77.1,排序为 30;私立学校教师声望得分为 71.5,排序为 41。从职业声望排序上看,教师职业在整个职业声望结构中居于中上等。而且,随着教师职业专业化水平的提高,教师的职业声望有上升的趋势。教师职业在我国有较高的职业声望,既因为现实中教师具有良好的职业形象以及教师职业是服务公众、奉献社会、极具社会价值的职业,也与我国尊师重教的历史文化传统有着密切关系。随着时代的变迁,人们对各职业声望的评定也在发生着变化。

教师的社会地位还体现在给予教师的各种荣誉和奖励上。许多国家在社会上倡导尊重教师,给教师以特别的礼遇。比如,日本的师范生从考进师范院校的第一天,就穿上教师服。当穿着教师服的师范生上公共汽车时,乘客都会自动起立让座,以示对未来教师的尊敬。此外,许多国家还建立"教师节",以表示对教师的尊敬和感谢。

外国的教师节

委内瑞拉——每年 1 月 15 日定为教师节。这天除庆祝大会外,还有向教师献花等敬师活动。

泰国——每年1月6日定为教师节。这天全国学校放假,隆重庆祝。各地的庆祝仪式上,向当年退休和刚参加工作的教师颁发奖状并献花。

苏丹——从1971年2月24日起,全国实行教育改革,将这天定为教师节。这天中小学一律放假一天,以示庆祝和纪念。

捷克、斯洛伐克——每年3月28日定为教师节。这天前后的一周内,全国广泛而隆重地举行尊师重教活动。国家向优秀教师颁发勋章或授予荣誉称号等。

匈牙利——每年6月的第一个周一定为教师节。节前,国家要召开教师节代表大会,表彰一批优秀的教育工作者,有的还颁以重奖。

德国——每年6月12日定为教师节。各地开展尊师重教活动。

印度——每年9月5日定为教师节,而每年11月14日的印度儿童节同时定为儿童教育工作者的节日。

美国——每年9月28日定为教师节。这是1971年由美国两院法定通过的。

朝鲜——为纪念金日成主席1977年9月5日发表《社会主义教育提纲》,将这天定为教师节。

钟祖荣.现代教师导论——教师专业发展指导[M].北京:中央广播电视大学出版社,2006:52-53.

我国的教师节曾几经变化。1931年,教育界一些人士在南京聚会,议定6月6日为教师节;后来,国民党政府改孔子生日即阴历八月二十七日为教师节;新中国成立初期,恢复6月6日为教师节;后来由于教师被认为是工人阶级的一部分,故以“五一”为教师的节日;1985年1月21日,第六届全国人民代表大会常务委员会第9次会议通过决议,将每年9月10日定为教师节。教师节的确立对于积极促进尊师重教社会风气的形成与发展具有重要意义。

1993年10月31日,《中华人民共和国教师法》颁布,第4条规定:“各级人民政府应当采取措施,加强教师的思想政治教育和业务培训,改善教师的工作条件和生活条件,保障教师的合法权益,提高教师的社会地位。全社会都应当尊重教师。”第6条规定:“每年九月十日为教师节。”

1994年7月3日,《国务院关于〈中国教育改革和发展纲要〉的实施意见》发布,其中规定:“各级领导必须进一步确立依靠广大教职工特别是教师办好学校的思想,充分调动教师的积极性和创造性,提高他们的社会地位。各级政府要制订表彰、奖励优秀教师和优秀教育工作者的规定和办法,通过舆论宣传以及搞好每年一度的教师节活动等多种途径,促进全社会进一步形成尊师重教的良好风气。”

1994年起,我国将中小学、中专教师列入享受政府特殊津贴的评选范围,在社会上产生了积极反响,这对于提高中小学、中专教师的社会地位起到了重要作用。

1995年3月18日,《中华人民共和国教育法》(简称《教育法》)颁布,第33条规定:“国家保护教师的合法权益,改善教师的工作条件和生活条件,提高教师的社会地位。教师的工资报酬、福利待遇,依照法律、法规的规定办理。”

三、强化教师职业权利是优秀教师专业成长的文化动力

(一)我国对中小学教师职业权利方面的规定

1960年,中共中央、国务院发布《关于保证学生、教师身体健康和劳逸结合问题的指示》,指出目前很多教师的工作繁重而紧张,长此以往会对教师的健康造成危害,也不利于提高教师教育教学质量,必须注意劳逸结合。

1980年9月15日,教育部发出《教育部关于地区、省辖市一级教育学院、教师进修学院教师评定职称的通知》,反映了国家对进行教师培训工作的教师的关注。

1985年5月27日,中共中央发布《中共中央关于教育体制改革的决定》,提出“要建立和健全以教师为主体的教职工代表大会制度,加强民主管理和民主监督”,体现了中共中央对教师权利的重视。

1986年4月12日,《中华人民共和国义务教育法》颁发,其中第16条

对如何保障教师的权利作出了规定:"禁止侮辱、殴打教师",否则要"根据不同情况,分别给予行政处分,行政处罚;造成损失的,责令赔偿损失;情节严重构成犯罪的,依法追究刑事责任"。

1988年9月8日,国务院发布《国务院关于提高部分专业技术人员工资的通知》,提出要"提高中小学班主任津贴标准,建立中小学教师超课时酬金制度。班主任津贴标准提高的幅度和教师超课时酬金的具体数额,由各地结合实际情况自行确定"。

1988年12月12日,人事部、国家教委、财政部联合发布《关于提高中小学班主任津贴标准和建立中小学教师超课时酬金制度的实施办法》,就中小学班主任津贴标准提高的幅度和教师超课时酬金的具体数额、提高班主任津贴的范围及要求等给出了具体的指导意见。

1993年1月10日,国家教委、人事部、财政部发布《特级教师评选规定》,指出"'特级教师'是国家为了表彰特别优秀的中小学教师而特设的一种既具有先进性、又有专业性的称号。特级教师应是师德的表率、育人的模范、教学的专家"。

1993年10月31日,《中华人民共和国教师法》颁布,其中第7条就教师应该享有的权利作了详细的说明。1995年3月18日,《中华人民共和国教育法》颁布,其中第30条规定,为了使教职工行使当家做主的民主权利,促进学校决策的科学化、民主化,"学校及其他教育机构应当按照国家有关规定,通过以教师为主体的教职工代表大会等组织形式,保障教职工参与民主管理和监督";第32条规定,"教师享有法律规定的权利,履行法律规定的义务,忠诚于人民的教育事业。"8月18日,国家教委颁布《国家教委关于实施〈中华人民共和国教育法〉若干问题的意见》,其中规定"各级教育行政部门要按照《教育法》和《教师法》的规定,建立和健全教师、学生的行政申诉制度。各级各类学校教师、学生的行政申诉,由各级教育行政部门按照管理权限受理。各级种类学校还应建立和健全校内的申诉制度,维护教师、学生的合法权益"。

1996年3月9日,教育部颁布《小学管理规程》,其中第34条对小学校长的职责作出了规定,指出"小学校长应充分尊重教职工的民主权利,听取他们对于学校工作的意见、建议;教职工应服从校长的领导,认真完成本职工作”;第 41 条规定“小学应该建立教职工(代表)大会制度,加强民主管理和民主监督。大会可定期召开,不设常设机构”。

(二)中小学教师所享有的法定权利

教师的法定权利,是指由教育法律法规所规定的教师在履行国家教育教学职责时所享有的权利,具有不可侵犯性,并受到法律的保障。和教师应该承担义务相比,教师应该享受的权利往往被人们忽视。我国教师应当享有的基本权利有以下几个方面:

1. 教育教学自主权

由于教师的工作主要是在课堂上,比其他人拥有更多教育教学的专业知识与技能,因此对教育教学活动应该发挥更大的作用,拥有自主的权利。作为专业人员的教师最清楚高深学问的内容,因此他们最有资格决定应该开设哪些科目以及如何讲授。此外,教师还应该决定谁最有资格学习高深学问,谁已经掌握了知识并应该获得学位。教师的教育教学自主权主要体现在教学自由权、课程编制权、管理权和评价权上。

2. 专业发展权

马克思主义哲学认为,从层次上看,人的需要可划分为生存需要、享受需要和发展需要。发展需要是人为了提高自我、完善自我、增强自由个性而产生的需要。心理学家马斯洛从心理学的角度把人的需要分为七级,其中五到七级是属于成长或发展的需要,具体包括求知的需要、审美的需要、自我实现的需要。无论从哲学的角度看,还是从心理学的角度看,“发展”都是人的本质要求和人的最基本的需要。教师的专业发展权主要包括了学习权和科研权。

3. 民主权

随着“民主”概念内涵的扩展,民主存在于社会生活的各个领域和层次之中,成为保护人类自由的一系列原则和行为方式,是自由的体制化表现。教师的民主权主要包括决策参与权、知情权和申诉权。

4. 报酬、待遇、休假权

根据《中华人民共和国教师法》第 7 条第 4 项的规定,教师享有“按时获取工资报酬,享受国家规定的福利待遇以及寒暑假期的带薪休假”的权利。教师工资包括基本工资、津贴、补贴和奖金,任何机关不得以任何理由扣减或者拖欠教师工资。教师的休息休假权指的是,教师要实行国家规定的工时制度,在国家法定工作日以外加班的,应当补休。

5. 其他权利

《中华人民共和国教师法》第7条赋予教师以上权利,但还远远不够。教师还应享有如身份保障权等其他权利。在现实生活中存在着有些学校随意处分或解聘教师的现象,这些行为显然是违犯了教师法的规定的。

第二节　优秀教师专业成长的知识动力

每个学科对教师的专业知识都有相当高的要求。当前一些中学在招聘教师时要对教师的专业知识进行考核,考核的基本材料就是往年的中考题。这是一个不错的方法,但只有这个标准是不够的。设想一下,一个数学家也许数学中考题考满分,但他不一定是一个合格的数学教师。因为对教师来说,他不仅要能够深刻理解、把握学科知识,而且要能够从学生的角度出发,恰当地组织这些知识并呈现给学生。

我们在听一个优秀教师的课时往往会有两个鲜明的印象——深入浅出和旁征博引,这也是我们对教师教学非常高的赞赏。

一个教师如何在讲课中做到深入浅出?一个很深刻乃至有相当难度的内容为什么让学生听起来浅显易懂?这是因为教师对知识进行了加工,使其变得“容易消化”并且“味道可口”。因此,教师本身掌握了多少学科知识当然重要,但教师如何组织这些知识,如何将其经过加工呈现给学生更为重要。所以,教师将学科知识组织和联系起来形成知识结构是必要的。但这个知识结构是教师自己的知识结构,如果要促进学生的学习,还要转化为学生的知识结构或帮助学生建立知识结构。教师一定要了解学生已有的知识结构,然后以学生可理解、可接受为目标,将自己的知识结构经过一定的“转化”匹配到学生的知识结构上——这就是深入浅出的内部机制。一个深奥的知识学生为什么觉得浅显?因为它匹配了他们已有的认知结构,所以接受起来就变得容易了。

学生对优秀教师的另一个积极评价是教师能够“旁征博引”。“征”

“引”的主要表现形式就是“打比方”“举例子”。旁征博引能够促进学生对新知识的理解和掌握。同时，“征”“引”本身还为学生提供了丰富的知识，并且能够有效调动学生的学习兴趣。教师要想做到旁征博引，就要突破所教学科的限制，多涉猎各个领域的知识。厚积才能薄发，对教师这个职业来说，多学习、多积累一定是有价值的。教师的积累一方面是有形知识的积累，另一方面是思想方法的提高。

一、现代教师应具备的知识结构

教师在自己的成长过程中，受到先前的学校教育、家庭教养、文化和社会等多种因素的影响，形成了个人的信念、思想和对各种现象的理解，他们会以这些内容为基础构建自己的知识体系。由于我们所处的世界无论在内容上还是在形式上都是潜在的、无限复杂的，都处于永不停息的运动、变化和发展之中，人的认识只能是对于开放着的世界没有止境的接近，因而作为认识成果的知识也是一个动态的发展过程。这就决定了教师职业生涯求知的无限性，需要不断地建构自己的知识体系，需要在与学生互动过程中完善自己的知识体系，需要把知识变成完全个人化的、用自己的生命去体会的而不是外在于自己的东西。

教师的知识结构包括哪些内容？舒尔曼的观点颇具代表性，他认为，教师的知识结构至少包括七个方面，其中教学法内容的知识是情境化、个性化的知识，也是教师教学中最为重要的知识。考尔德海德把教师的知识作为专家型教师的“个人专业因素”核心要素之一。他认为，教师对教学做出决策，需要广博的知识基础，包括教育理论、教学实践、个人经验等各方面所积累的知识，尤其对于学科教师而言，“学科内容”“学科教学法知识”的掌握显得特别重要。如何把学科内容与现有课堂现实的知识结合起来，如何将个人对学科内容的积累转化为学生的理解，这正是教师对学科课程进行调适的关键。专家型教师不仅拥有丰富的知识，而且知识的各个部分之间能够相互联系、相互作用，其认知分析的过程来源于教材内容知识、教学法知识及自己的教学价值、信念和对学生的了解等，这些共同对教学设计产生重要作用。

北京师范大学的林崇德、申继亮、辛涛等经过十几年的研究与实验，对教师素质及教师知识结构提出了比较完整的理论，并在此基础上，从教师知识的功能出发，将教师的知识结构分为四个方面：学科性知识、教育性知识、文化知识和实践性知识，这四个方面共同构成教师的知识结构，其中教师的学科性知识是教师知识结构的核心。

（一）学科性知识

教师的学科性知识是指教师具有的特定学科的知识，如语文知识、数学知识等，这是人们所普遍熟知的一种教师知识。

已有研究表明，教师的学科性知识水平与其教学效果之间并非是线性相关的。学科性知识超出了一定水平之后，它与学生成绩之间将不再呈现统计上的相关，即具有丰富的学科性知识仅仅是个体成为一个优秀教师的必要条件。由于学科不同，仅仅从一般意义上说，教师的学科性知识包括四个方面：

1. 最基本的知识和技能

教师应对学科的基本知识有广泛而准确的理解，熟练掌握本学科的基本概念、相关的技能和技巧，了解这些基本内容背后所蕴涵的思想与方法。实际上，越是简单的内容其背后所蕴涵的思想越深刻。这不仅是因为不能把不正确的知识教给学生，还因为只有在对知识和技能正确熟练掌握的基础上，教师才有可能花更多的精力去设计教学，在课堂上更多关注学生和整个教学的进展状态，而不是把注意力集中到自己不要把知识讲错、习题做错上，才能更加关注思想方法的渗透。

2. 与其他学科相关的知识点的联系

教师要基本了解与所教学科相关的知识点及其性质和逻辑关系。这使得教不同学科的教师之间在教学上能够相互沟通、协作，在组织学生开展的综合性活动中相互配合。

3. 本学科的发展历史与趋势

教师要基本了解本学科的发展历史和趋势，了解推动其发展的动因，了解本学科对社会、人类发展的价值以及在人类生活实践中的多种表现形态。这些知识的意义在于使教师能够在教学中把学科知识与人类的关系、与现实世界的关系揭示出来，使科学具有丰富的人文价值，同时也能激发学生的学习兴趣，激发学生发现、探索和创造的欲望。

4. 本学科的基本思想方法与思维方式

教师需要掌握所教学科所提供的独特的认识世界的视角、域界、层次及思维的工具与方法，熟悉学科内科学家的创造发现过程和成功原因，以及在他们身上展现的科学精神和人格力量，这对于增强学生的精神力量和创造意识具有重要的、远远超出学科知识所能提供的价值。

（二）教育性知识

在教学中，教育性知识是指教师知道在什么时候、为什么以及在何种条件下才能更好地运用原有知识、经验开展教学的一种知识类型。即在教学中，教师如何将个体性知识（学科性知识）以学生容易理解的方式表达、传授给学生，或者是教师如何运用教育学和心理学知识对具体的学科性知识予以理解，包括如何激发学生的学习动机，在课堂教学中如何组织、设计和实施测验等，这是教师对教育学、心理学、个体性知识、学生特征和学习背景的综合理解。因此，教育学和心理学知识被称为教师成功进行教育教学的教育性知识。

教师的教育性知识的内涵非常丰富，主要包括以下几个方面：

1. 对“三维”教育目标的理解

教育以培养适应未来社会的人为目标。现代教育的培养目标已经从当初的“双基”扩大到发展智力、培养能力，再扩大到培养情感、锻炼意志，继而扩大到学生个性或人的全面发展。既然我们不能预测明天需要什么，那么最好的办法是用思想武器武装下一代去面对新的挑战。这三维目标不是割裂开来，而是有机地整合为一体的，以基本知识与技能为载体，在真正经历“学习”的过程中实现情感、态度与价值观的培养。

2. 对“学习”本质的认识

现代认知心理学认为，知识不是通过教师传授得到的，而是学习者在一定的情境及社会文化背景下，借助其他人的帮助，利用必要的学习资料，通过意义建构的方式而获得的。由于学习是在一定的情境及社会文化背景下，借助其他人的帮助即通过人际间的协作活动而实现的意义建构过程，因此建构主义学习理论认为，“情境”“协作”“会话”和“意义建构”是学习环境中的四大要素或四大属性。其中,学习中的"情境"必须有利于学生对所学内容的意义建构;而"协作"发生在学习过程的始终,并对学习资料的搜集与分析、假设的提出与验证、学习成果的评价直至意义的最终建构均有重要作用;"会话"是协作过程中不可缺少的环节;"意义建构"是整个学习过程的最终目标,所要建构的意义是指事物的性质、规律以及事物之间的内在联系。在学习过程中帮助学生建构意义,就是要帮助学生对当前学习内容所反映的事物的性质、规律以及该事物与其他事物之间的内在联系达到较深刻的理解。这种理解在大脑中的长期存储形式,就是关于当前所学内容的认知结构。

建构主义提倡在教师指导下的、以学习者为中心的学习,也就是说,既强调学习者的认知主体作用,又不忽视教师的指导作用,教师是意义建构的帮助者、促进者,而不是知识的传授者与灌输者。

3. 对学生个体差异的认识

现代心理学认为,人与人在学习上的根本差异不在于聪明程度的差异,而在于学习风格的差异。学习风格也被称为学习方式或学习类型,它是个体在长期的学习活动中逐步形成的。每一个学习者都有自己的学习风格,他们在学习时,无论在对大脑左右半球的偏爱方面,还是在感知、注意、思维、记忆、解决问题等方面,都会表现出一定的稳定性和独特性。教师应该细心洞察、研究分析每一个学生的学习风格类型,在此基础上制定相应的教学策略,从而使每一个学生都能发展其学习特长并弥补其不足。许多学者的研究表明,当教师的教学方法与学生的学习风格相匹配或完全匹配时,学生的学习适应最好(这里的适应指学习成绩、学习态度、师生关系);师生全部类型不匹配的学生,其学习适应较差;师生部分类型匹配组居中。

有心理学家从智能的类型角度来认识学生的这种差异,比如美国哈佛大学心理学教授霍华德·加德纳提出的多元智能理论就是一个典型的代表。该理论认为,智能就是在某个社会和文化环境的价值标准下,个体用以解决自己遇到的真正难题或产生及创造出某个产品所需要的能力。人类至少有八种智能:语言智能、数理逻辑智能、视觉空间智能、身体运动智能、音乐智能、人际交往智能、自我认知智能、自然智能。每一个人都或多或少拥有这八种智能,只是其组合和发挥程度不同。每个学生都有自己的优势智力领域,有自己的学习风格和发展方向,适当的教育和训练将使每一个学生的智能发挥到更高水平。因此,教育应该在全面开发每个人大脑里的各种智能的基础上,为学生创设多种多样的展现各种智能的情景,给每个人以多样化的选择,使其扬长避短,从而激发每个人的智能,充分发挥每个人的个性。

教育性知识是广大教师顺利进行教学的重要保障,但是目前这种知识却是广大一线教师所普遍缺乏的,或者所具备的仅仅是理论层面的,并没有内化为自己所采用的知识。

(三)文化知识

教师需要具备广博的文化知识,博采众长,以实现教育的文化功能。知识渊博的教师更易赢得学生的信赖和爱戴。

全国特级数学教师,北京二十二中的孙维刚老师就是典型的案例。孙老师虽然教数学,但是在他的数学课上,你不会觉得是在学习数学,天文、地理、物理、化学、语言等各类知识融会贯通,甚至在数学课上,能讲到俄语、英语词汇的构词特点。面对这样的教师,学生怎么能不尊敬、爱戴?怎么能不愿意上他的课?

在学校里,知识渊博的教师往往能赢得学生的信赖与爱戴,因为教师丰富的文化知识,不仅能扩展学生的精神世界,而且能激发学生的求知欲。事实上,学生的全面发展在很大程度上取决于教师具有广泛而深刻的文化背景知识。具体说,教师的文化知识包括:基本哲学理论知识,包括辩证唯物主义和历史唯物主义的知识;现代科学和技术的一般常识,包括现代学科的一般原理和现代技术的本质内涵;社会科学的理论与观点,如法律知识、民主的思想、经济学的观点和社会学的方法等。

小学阶段开设了许多课程,有数学、科学、人文、艺术等,这些课程是单独开设的,但是它们都有一个共同目的,就是为形成和发展学生的综合素质服务。但是,综合不是搭积木,每一位学科教师都有责任帮助学生完成各种素质的整合,任何教师都不能例外。

要求学科教师具有一般的文化知识,并不是要求教师成为无所不知、无所不晓的全能型人才,当然这也是不切实际的。学科教师的一般性文化知识以开阔视野为目的，比如可以通过报纸杂志、通俗读物等获得。

新的课程改革提出了课题学习和研究性学习的要求，各学科教师也有义务和责任对学生的课题学习进行指导，因此对教师的一般文化知识提出了必要的要求。

另外，对政治、经济、社会等现象的关注有助于教师从一个有责任感的社会公民的角度理解课程改革，从而使自己的实践更具有自觉性。

（四）实践性知识

实践性知识也被称为缄默知识，表现为教师对具体课堂情境的处理方式。因此，对课堂突发事件的处理及对课堂节奏和气氛的及时调控与把握，是评价教师实践性知识不足或实践性知识发展良好两个水平的标准。不同实践性知识水平教师的表现如表3－2所示。

表3－2　不同实践性知识水平教师的表现

课堂情形	实践性知识不足的教师的表现	实践性知识发展良好的教师的表现
学生发言	学生各说各的或者只作师生交流	有效引导学生间的交流，引导学生倾听别人的声音
学生发言中表达出现困难	请该生坐下或者听任他一头雾水地讲完	自己帮助或组织其他学生帮助该生对自己的思想进行组织和澄清，借机发展学生清楚地、前后一致地表达自己思想的能力
对学生发言中提出的信息	不作筛选和判断，无论是否会产生误导作相同的处理，有时可能会在一些不重要的问题上走得很远，扰乱学生的思维	迅速判断信息的价值，对教室运作有用的信息应予以增强，重复学生的语言，确认学生的意思，促使学生的发言从个体自我意思的表达，转化为全班可以共同沟通的语言；对可能误导的信息则淡化或者忽略，但课后应访谈
对学生提出的问题	全部给予回答，回答不出来则说不是我们讨论的内容	根据教学实际需要选择性地给予回答，对于有价值的问题如果回答不出先想一想，或者作为平等的一员提出自己的想法
对学生的错误或者遇到的困难	简单否定、放弃或者给出答案	采取理解的态度，力图去发现其中的积极成分，给予适当的启示帮助学生克服困难，学生成功地解决了问题以后帮助学生作出必要的总结

注：表中给出的这些表现是建立在教师具有相同的学科性知识和教育性知识的基础上的。

实践性知识是教师教学经验的积累，是指教师在实现教学目的的行为中所具有的课堂情景知识以及与之相关的知识。教师的教学不同于研究人员的科研活动，教师的教学具有明显的情境性。例如，专家型教师面对不确定的教学条件能作出复杂的解释和决定，并且能在仔细思考后再采取适合特定情境的教学行为，然而新手型教师却往往束手无策。

在教育工作中，很多情况需要教师机智地对待，这种教育教学的机智不是一成不变的，在一种情况下适宜和必要的方法，在另一种情况下可能不恰当。只有针对学生的特点和具体情况恰当地应对，才能表现出教师的教育机智。在处理特殊教学情景时教师所采用的知识来自于个人的教学实践，具有明显的经验性。实践性知识受个体经历的影响，这种知识的表达包含丰富的细节，并以个体化的语言而存在。如果把教师的教学看作程式化的过程，忽略教师的实践性知识，则不利于取得卓有成效的教学效果。

已有研究成果表明，教龄是实践性知识的显著影响因素，丰富的教学经验对处理问题、组织好教学十分有利，因此专家型教师可以灵活运用自己的知识，认清当前的教学情境，并能引发过去的经验，产生符合当前情境的行为。研究的另一个结果表明，专家型教师对从实践中获得的经验加以结构化、系统化总结所形成的理论，是可以为新手型教师习得的。这说明新手型教师可以通过向有经验的教师学习而快速提高其实践性知识水平。

教师知识结构的上述四方面是紧密联系的：个体性知识和文化知识是教学活动的实体部分；教师的教育性知识的传授起到理论支撑作用；教师的实践性知识的传授起到实践性指导作用。

二、现代教师知识结构的一般现状

（一）知识结构不合理

所谓教师知识结构不合理，是指教师所掌握的各类知识应达到的水平、发挥的功能与高质量完成教学活动的要求不一致。申继亮、辛涛等的研究认为，中学教师对教育学、心理学知识的掌握状况不令人满意。各类教师（无论是男教师还是女教师，无论教的科目是什么，无论学历的高低等）在教育性知识的掌握上不存在显著差异，即不存在哪类教师掌握得好与不好。究其原因,主要是我国师范院校教育中心理学类课程所占的比重低,课程内容纯理论知识多,与教育教学实践脱节,在教学方法上,偏重书本讲授,不注重运用理论解决教育教学实践问题。李琼、申继亮的研究(以北京市的小学数学教师为被试)表明,小学数学教师对学科知识的掌握优于教育性、实践性知识的掌握,这表明小学教师对教育学、心理学方面的知识及其在实践中的应用掌握得还比较差。

(二)学科性知识不过关

教师学科性知识的掌握情况虽然优于教育性知识和实践性知识,然而通过深入教学实际进行观察、了解,却发现教师学科性知识的掌握情况也不容乐观。具体表现为:一是教师不能很好地掌握所教学科知识的思想与本质内涵。例如,作为数学教师,仅仅掌握数学的基本概念、定理、公式等,而不能深刻领会数学知识的丰富思想和方法,在教学过程中就只能"就事论事",无法沟通迁移,给人一种"不解渴"的感觉。二是教师不能将相关学科知识综合化。教师往往是"教什么会什么",很少涉猎不教的学科,因而也就谈不上各学科的相互渗透、综合。

(三)文化知识单一

教师作为文化的传播者、促进者,必须接受文化的熏陶和文化教育。然而,目前我国对教师的文化素质没有职业趋向的要求,也没有考核的标准,加之师范教育缺乏对师范生做必要、系统的文化素养训练,所以我国教师的文化素养普遍较低。由于教师缺乏广博的文化背景知识,在教学过程中,学生就无法通过教师的讲解了解相关的知识,因而无法激发学生强烈的求知欲,无法拓展学生的精神世界。

(四)教师知识更新的速度落后于时代的要求

当今时代,信息传播与交换速度明显加快,知识日新月异,知识量以几何级数递增,这一切都对人才的培养和教育提出了更新、更高的要求。由于教育具有超前性,这就更需要教师知识结构的更新要更快速。

然而由于我国教师教育的物质条件、管理体制以及教师自我完善能力等诸多因素的制约,教师知识更新的速度受到限制。例如,由于办学经费短缺,图书资料匮乏,教师没有条件自我学习、发展。另一方面,与一些发达国家相比,我国教师接受继续教育的时间少,或者即使有机会,也流于形式,缺乏实际内容,没有有效的机制来保证教师继续教育的时间和质量。例如,据统计,目前我国中小学教师有一千多万,而每年能接受培训的教师人数也只有十几万,要把所有的教师都培训一遍,就需要近百年的时间,教师接受继续教育的时间太少。而一些发达国家,都有定期的教师进修机会。例如,法国建立了小学教师终身进修制度,每 6 年脱产进修 12 周;美国要求教师在证书限期未满之时,去高等教育机构修得学分或学位来换证书,国家出巨资用于在职教师的培训;英国教师每 7 年便有 1 年带薪进修,接受继续教育的机会和时间的增多为教师知识的更新提供了良好的机遇。

除上述客观条件的制约外,教师的自我完善能力也不可忽视,如教师的自我完善意识、自学能力、创新能力、参与教育科研的意识与能力等,都会影响到教师知识的更新。

三、知识更新是优秀教师专业成长的必要途径

为了改变教师知识结构的现状,要做好以下几个方面:

(1)尽快建立科学、准确的教师知识结构评估体系,以使教师了解自己的知识结构现状,从而有针对性地参加培训。目前,在西方一些发达国家,都有教师知识标准化测验,用于客观地评价教师的知识水平和特点,这不仅极大地提高了教师管理的科学化和规范化水平,而且也为教师的进修学习与提高提供了有价值的参考依据。而目前我国尚未见到此类有权威性的评价体系和评价工具。

(2)加强教师的职后教育,建立教师进修保障制度。一方面要从制度上保障教师进修的时间和机会;另一方面,广大教师应对继续教育有一个正确的态度,参加继续教育绝不仅仅是“混个学分完事”,应从思想上、行动上认识到继续教育的重要意义。

(3)改革师范教育的课程设置,更新继续教育的内容,增强进修内容的实效性。我国目前的师范教育中,课程设置是学科独立的,这就容易造成学生的学科知识结构单一;在课程设置时,重理论知识的传授,轻操作技能

训练,导致学生实践能力较差;所设课程门数偏多且重复叠加,导致总体失衡。为此,应拓宽普通文化课程,加强文理渗透,精选学科专业课程,实行跨专业选课。继续教育的内容也应"急教师所急,想教师所想",开设对教师有针对性、实效性的课程。

(4)提高教师的自我完善能力也是更新教师知识结构的重要途径,尤其是提高教师的反思能力,在反思过程中能加快教师知识结构的丰富和完善。

第三节　优秀教师专业成长的自主动力

人在社会中推进生命历程的时候,除了受到环境因素的影响外,还要受到个人的能动性和自我选择的影响。教师专业化是教师个体专业连续的、动态的、终生的、不断发展的历程,是教师不断接受新知识、增长专业能力的过程。其发展水平的高低,除了受社会和教育因素的影响以外,更依赖于个体对专业成长的追求。教师要成为一个成熟的专业人员,需要通过不断的学习与探索历程来拓展专业内涵,提高专业水平,从而达到专业成熟的境界。因此,个人因素也是影响教师专业化的重要条件。

一名教师既要有良好的师德修养,更要有较高的专业素养、专业水平和专业技能,在育人过程中不断实现自身专业成长。教师专业化发展不是外人让你发展,不是来自外部压力下的被动发展,而是来自内心自发的、主动的发展。教师要在教书育人过程中主动发展自己,为学生全面而有个性的发展提供支撑的同时,实现自身的价值。

自主发展源于理想信念。每个人都有自己的理想,这个理想决定了努力的方向。自主发展源于整理反思。教师的成长源于大胆的教育教学实践,但这种实践不应是盲目的实践,而应是对实践的不断"整理"。自主发展源于与时俱进。要自主发展不能只是"埋头拉车"而不"抬头看路"。总之,教师的专业发展是一个不断学习提高的过程,是一个不断遇到问题并不断解决问题的过程。教师只有不断提高自主发展的意识和能力,才能不断提高自己的教育教学水平,促进学生成长,提升教师幸福感。

一、教学反思是优秀教师专业成长的实践动力

美国学者舒尔曼认为："对于专业人员来说，最难的问题不是应用新的理论知识，而是从经验中学习。学术知识对于专业工作是必需的，但又是远不够的。因此，专业人员必须培养从经验中学习和对自己的实践加以思考的能力。"教师这个职业是应用性很强的职业，也是创造性很强的职业。这种职业要求从业人员不仅要有良好的文化素养、深厚的学科知识和教育理论素养，还应该依靠现有的专业知识，解决实践中的问题，并能不断反思和改进自己的教学实践。而只有创造型的教师才能培养出创造型的人才，创造的基础是不断的研究和反思。没有一项职业像教师这个职业那样富有挑战性，因为教师面对的是永远变化着的环境、变化着的个体，很难确定一个固定不变的目标和与之相关的一成不变的教育教学手段，而且没有任何一个教学策略永远是最佳的。教师只有不断研究新情况、新环境、新问题，并不断地反思自己的教育教学行为，才能不断适应、促进教育教学工作，使教育教学工作有效地展开。也就是说，当代教育专业要求教师成为反思型教师。

所谓反思型教师，除了具有专门学科的知识和技能以及能力等外，还应具有深厚的教育理论修养、广阔的教育前沿视野、敏感的教育问题意识、过硬的教育科研能力。教师不可奢望仅靠职前教师教育就能获得这些特征，而需在长期的教学实践中，借助反思不断探究和解决教学问题，掌握科学研究的本领。这使得教师必须把反思性教学作为自身发展和获得较多自主权的手段。

反思性教学思潮是20世纪80年代从美国、英国等西方国家兴起的，他们从杜威那里找到了理论源头，并从认知心理学、批判理论、后现代主义等思潮流派里吸收丰富的营养，充分发展为新的教学思潮。自美国教育家舍恩于20世纪80年代出版《反思型实践者》一书以来，西方许多教育学人对"反思"与"反思型教师"等问题进行了多层次研究，取得了丰硕的成果。此后，"反思型教师"等口号似乎成为被国际社会，特别是美国、加拿大、英国、澳大利亚等西方国家的教育工作者和教育科研者们所广泛接纳，"反思型教师"也似乎已成为衡量优秀教师的当代标准。在这一背景下，"反思型

教师”成为理想的教师类型。英国教育家斯腾豪斯认为,教师是课堂的负责人,而从实验主义者的角度来看,课堂正好是检验教育理论的理想实验室。对偏爱自然观察的研究者而言,教师是名副其实的有效的实践观察者。不管从任何角度理解教育科研,都必须承认教师职业生涯中充满了丰富的研究机会。

与传统的操作型教师相比,学者们认为反思型教师在认知、情感、意志等方面,都表现出一些特质。斯腾豪斯强调“解放”在教师专业化中的重大意义,对把教育视为机械地传递文化的趋向和“遵照执行”的教学观提出了严厉的批评。他主张“教师成为研究者”,认为反思和研究是通向“解放”、实现教师专业自主的有效途径。

埃利奥特更多地使用“教师成为行动的研究者”这一概念来表达发展教师专业能力的期望。在长期的研究中,埃利奥特发现,教师改变教学策略的行动先于理解力的发展,即“以行为思”。他认为,教师可以在教学实践过程中进行有关教育理论的研究,使研究与行动合二为一。教师专业运动的进展使埃利奥特的“以行为思”模式广受中小学“校本培训计划”的欢迎,教师“行动研究能力”的发展也成为校本培训计划中一项重要的内容。

凯米斯则进一步强调“解放性行动研究”的集体性、共同性价值。显然,在他们看来,“做中学”、在教学中反思和探究、在反思和探究中教学,是教师实行专业化的有效途径。没有反思的经验是狭隘的经验,最多只能形成肤浅的认识。如果一个教师仅仅满足于获得经验,而不对经验进行深入思考,不将经验升华到理性认识的高度,那么,这些经验永远不能真正发挥作用。同时,教师的知识结构是非常复杂的,学科知识、教育专业知识和教育情境知识之间也存在着千丝万缕的联系。任何教师都应该在对自身知识进行反思的基础上,形成一种对教学的反思能力,来组织和重构自己的知识结构,以提高自己的整体素质。

我国台湾学者欧用生教授认为,传统师范教育的模式依据职业训练和就业准备的假定,偏重技术性能力的培养,这种训练观的师范教育使教师渐被“无产阶级化”,沦为“教书匠”或“技术员”,师范教育沦为技术训练,因此师范教育模式需要根本的转变。于是,研究本位的教师教育、探究导向的教师教育、实践的教师教育、诠释观的教师教育和社会重建的教师教育等应运而生。这些新模式都强调培养教师反省、批判的意识,加强行动、实践的能力,使教师成为专业的实际工作者,关心社会、关怀人类,反省自己的现状和未来,敏锐地感应教育和社会问题,并能加以研究和解决。这种反省、探究、研究和实践导向的教师教育模式才能使师范生有别于"教书匠"或"技术员",成为教育专业人员,成为一个"有转化能力的知识分子"或"解放的公民"。

为了促进教师反思,欧用生提出,在专业知能方面,要教导教师探究学科的主要概念和组织原则,不仅学习学科知识,也学习如何将知识传递给学生,使教师在经验中反省和学习,发展获取新知识的能力;更要提供机会给教师考验其对学科知识的信念,去除隐藏的偏见或假想,使它们不影响教学。在专业组织方面,更要加强教育社区或学习社区的建立,使教育者之间,或教育者与学者、专家、家长等组成一个社区,在民主、平等的气氛下进行专业对话,实施批判的反省,以促进教师的科研能力,使他们探讨自己的教学知识,发展自己的教育哲学。总之,反思性教学使教学落实于实际生活中,在反省、批判和行动中,提升教师的专业能力,使他们敏于社会,政治觉醒,道德复兴,不仅能理性地批判,而且能同情地了解;不仅具有冷静的认知,而且具有关心社会的热情。

优秀教师=教育过程+反思,这是林崇德教授的主张。他从认知心理学、教师心理学的角度提出了"教师教学监控能力"的概念,强调教师的教育教学工作,多一份反思与监控,就多一份提高,就与优秀教师更接近了一程。他认为,教师教学监控能力是指教师为了保证教学的成功、达到预期的教学目标,而在教学的全过程中,将教学活动本身作为意识的对象,不断地对其进行积极主动的计划、检查、评价、反馈、控制和调节的能力。人的主观能动性的重要体现之一,就是人具有反思能力,可以对自己的内部心理和外部活动加以认识。教学监控的实质就是对教学过程的自我意识和调控,即反思。根据教师教学监控能力在教学过程不同阶段的表现形式不同,教学监控主要可分为:课前的计划与准备、课堂的反馈与评价、课堂的控制与调节、课后的反省。教师教学监控能力结构的这四个组成部分实际上是从教学监控的全过程来区分的,是一种过程性、动态性的结构。

谢维和教授提出,教师的教学实践能力不仅表现在教育学生方面,而且也体现在对自己教学活动的反思上。这种反思是教师教学实践的重要内涵。不能及时反思自己的教师绝不是一个好的教师,而这种反思是教师不断提高自己素质的一个重要途径。它包括以下几点:

(1)把课程期望与当下的教学实践结合起来反思。

(2)把学生的需要与自己的教学实践结合起来反思。

(3)应用各种资源修正和精炼教学实践。

因此,教师的反思本身就包含了这种实践的含义。这种调整不仅需要大量的资源来修正和充实自己的教学实践,而且更重要的是使自己的教学活动更准确和精炼,具有更高的水平。

熊川武教授对诸多文献给出的反思性教学的含义予以反思、提升,提出反思性教学即是指教学主体借助行动研究,不断探究与解决自身和教学目的以及教学工具等方面的问题,将"学会教学"与"学会学习"统一起来,努力提升教学实践合理性,使自己成为学者型教师的过程。他认为反思性教学与操作性教学(即按照教材或上级的要求等按部就班进行的常规性教学)至少有三点本质区别:

(1)反思性教学以解决教学问题为基本点,与操作性教学仅求"完成"教学任务不同,反思性教学千方百计追求"更好地完成"教学任务。

(2)反思性教学以追求教学实践合理性为动力,而操作性教学是教师凭自己有限的经验进行的简单重复的教学实践。

(3)反思性教学是教师全面发展的过程,操作性教学仅教学生学会学习,似乎目的很专一,但其实没有教师的不断学会教学,学生的学会学习很难保证。

中央教育科学研究院俞国良教授等综合国内外的有关研究成果和教学经验,提出了包括"录像反思法""对话反思法""教学反思法"等在内的一系列完整的反思训练方案,在国内大量实验学校的中小学教师应用后,收到了良好的效果,对提高教师的专业能力起到了促进作用。其中,教学反思法又划分为三种类型:

(1)内容反省,指从认知层面上去了解假设或问题本身。

(2)历程反省,指通过与他人讨论或是反省的方式来思考某种想法与价值观。

(3)前提反省,指对问题的前提进行反省。

教学反思的具体方法很多,主要有以下几种形式:

(1)详细描述。教师相互观摩彼此的讲课,并描述他们所观摩到的情境,然后再与其他教师相互交换。

(2)专业发展。这是学校利用反思的方法支持、促进教师发展的一种方式。

(3)行动研究。这是指教师对他们在课堂上所遇到的问题进行调查研究。

(4)模拟与游戏。这是透过模拟情境或电脑的虚拟情境来让我们对事情产生不同的观感,或由不同的角度来发现问题。

(5)生长史与自传。通过访谈教师本身、访谈同事、教师自己写下意见、教师写下的意见给同事分析等方式,协助教师了解自己的改变历程。这种方式可以使教师更清楚地认识自己,更有效地提高自我意识。

(6)接触新知。这是指经过书籍、演讲、讨论等来获得与个人过去不同的想法、价值观。教师接触到的新知与以往越不同,越容易提高个人的自我意识。

(7)反思日记。教师可以将自己的生活和工作上的问题反映在日记上,通过日记的撰写与分析,同样可以激发教师进行批判的自我反省。日记的撰写最主要的是运用自我分析的方法,检验自己的观点、想法和感触,以达到自我反省的境界。

总之,良好教学需要反思的、理性的和自觉的决策,教师职业的特征决定了教师本身应是一个研究者。反思在本质上是教学和教师教育好的、合理的方面。而且,教师越能反思,在某种意义上越是好的教师。反思,不是简单的内省,而是一种思考教育教学问题的方式,要求教师作出理性选择,并对自己的选择承担责任。教师针对实际问题,自己思考解决问题的办法,在确定策略后再慎重地投入实践并观察和评价实际效果。反思性实践就是要使教师在其职权范围内,改进自己的教学实践,成为更好、更有效率、更富有创见的行家。教师要以自己的教学实践为思考对象,对自己所作出的决策以及由此产生的结果进行多重视野的审视和分析,从而提高自己的教学水平,改进自己的教育行为,使之更富理性特征。反思性教学反映了人类对教学实践合理的不断追求,是现阶段培养优秀教师、学者型教师,加速教师专业化的有效形式。

二、终身学习是优秀教师专业成长的持续动力

一般认为,学习是指学习者因经验而引起的行为、能力和心理倾向的比较持久的变化。这些变化不是因成熟、疾病或药物引起的,而且也不一定表现出外显的行为。加涅认为,学习是指人的倾向和潜能的一种变化,这种变化要能持续一段时间,而且不能把这种变化简单地归结于生长过程,这种所谓的学习的变化本身表现为一种行为的变化。学习是个体在一定情境下由于反复的经验而产生的行为或行为潜能的比较持久的变化;是个体在一定情境下,由于经验或练习的原因,使行为或行为潜能发生较为持久的变化过程,亦即获取知识和掌握技能的过程。

目前,心理学界对学习的解释众说纷纭,每个学习理论家都对学习下了定义。归纳起来大致可以分为三类:其一,学习是刺激—反应之间连接的加强(行为主义);其二,学习是指认知结构的改变(认知学派);其三,学习是指自我概念的变化(人本主义)。

综上,我们可以得出:其一,学习是一个掌握经验和练习的过程,具有过程性;其二,学习是在一定的情境下发生的,具有情境性;其三,学习会引起行为或行为潜能(倾向)发生较为持久稳定的变化,具有效果性。

教师职业是一个特别需要学习的职业,通过持续不断的学习以及改变自己的知识结构和从教能力是教师工作与生活中重要的组成部分。教师学习是教师因经验和对经验的不断反思、实践,引起的教师自身和他人(主要是学生)行为和心理倾向的相对持久的变化,这里的经验包括教师的直接教学经验和参加培训等学到的间接经验。教师学习是一种多维度的活动:从时间维度上来看,它是过去、未来、现在这样三个时间点上构成的一个连续体;从空间维度上讲,它在学校、社区、国家、世界这样范围大小不一的空间中,使教师认识自身、发展自身。教师学习的主体是教师,是成人的自主学习,同时又有不同于其他行业成人的学习。教师学习不仅是为了学生的发展,同时也要实现自身的发展。教师学习具有以下特点:

(1)教师学习过程具有不断深入性。教师学习需要对自己的经验不

断地深入反思。教师的工作主要是教学,而课程内容、目标都是由国家统一制定的,在短时间内相对稳定,缺乏外在的新异性。教师要想通过学习不断地提高自己的教学水平,就要对教学内容进行反复深入的思考;对自己的直接经验进行不断的反思、尝试;对于其他优秀教师的间接经验,结合自己的教学实践进行不断思考。教师的工作对象——学生具有很强的可塑性,教师的教学永无止境。教师学习需要对相对固定的教学内容、教学方法和学生的心理进行不断的反思,深入学习,只有这样才能深入地理解教材、了解学生。

(2)教师学习具有成人学习和学生学习的双重性。教师学习是成人的学习,具有独立的自我概念、丰富的生活经验,其学习有着自身的特点:①学习态度的自觉化。成人的自我实现的需要和社会发展对成人的要求使得成人主动学习的愿望越来越强。②学习需求的多样化。成人生活在现实的社会中,按照马斯洛的需要层次理论,有些人为维持生计而学习,有些人为满足归属感而学习,有些人为赢得尊重和自我实现而学习等。③学习内容的实用性强。成人学习多是基于现实问题的学习等。④成人学习者的社会地位、社会角色、社会经济条件都对其学习过程有着决定性的影响。⑤教师工作的场所是校园,生活在青少年学生的周围,在不断探究提升学生学习能力和优化学习效果的过程中,教师的思维方式会受到学生的影响,因此其学习具有学生学习的特点。

(3)教师学习的效果具有相对滞后性。教师学习的效果主要通过学生体现,学生某些方面的能力是否得到很好的发展、是否能够把学到的知识运用到实践中,则需要在学生成年后,在社会实践中进行检验。而这段时间少则几年,多则数十年,最快的体现方式也只能在学期结束后通过学生的成绩体现,而在学期过程中,很难及时准确地反映出教师学习的效果。

1965 年 12 月,法国著名教育思想家、成人教育家保罗·朗格朗,在联合国教科文组织巴黎国际成人教育会议上以终身教育为题作了学术报告。他认为,数百年来,个人的生活被分成两半,前半生用于受教育,后半生用于劳动,这是毫无科学根据的;教育应是个人出生到死一生中继续着的过程,因此,要有一体化的教育组织。今后的教育应当随时能够在每一个人需要的时刻,以最好的方式提供必要的知识和技能。此后,朗格朗在一系列著作中进一步阐述了其终身教育思想,终身教育思想很快得到世界范围内的广泛认同,成为许多国家改革教育的指导思想,并发展成为当代教育思想宝库中一面显著的旗帜。终身教育思想促进了教师教育观念的更新,并把师范教育只具“职前教育”功能,扩展为职前和入职、在职三种教育功能,为教师教育和教师专业化发展理论的形成奠定了基础。

1996 年,由雅克·德洛尔任主席的国际 21 世纪教育委员会向联合国教科文组织提交的报告《教育:财富蕴藏其中》强调,在未来的学习化社会中,正规教育体系即学校,仍将是每个人学习知识的基础。其中最核心的将是教师与学生的关系。在传授人类积累的关于自身和自然的知识方面以及开发人类创造力方面,教师将始终是主要的责任人,始终起主导的作用。教师必须面对新的任务:把学校办成更能吸引学生的场所,并向他们提供真正理解信息社会的钥匙。报告建议:把终身教育放在社会的中心位置上,重新考虑并沟通教育的各个阶段。终身教育的思想确立了教师教育的如下新原则:

(1)连续性原则。把教师教育的视野扩展到教师一生的专业发展,教师教育要打破职前、在职教育各自为政和相互割裂的局面,通盘考虑教师的专业发展,保证教师一生都能受到连贯、一致的教育。

(2)一体化原则。终身教育要求把具有促进教师专业发展功能的各种教育机构相互联系起来,实施一体化的教师教育。

(3)可发展性原则。可发展性是要求教师的专业发展具有自觉、综合的更新能力,教师教育要把教师的态度、技术、知识和能力等方面的专业发展内涵有机地结合起来,实施知识、技能、情意一体化教育,并使教师成为一个终身学习者。

《教育:财富蕴藏其中》报告指出,世界整体上的演变如此迅速,以致教师和大部分其他职业的成员不得不接受这一事实,即他们的入门培训对他们的余生来说是不够用的,他们必须在整个生存期间更新和改进自己的知识和技术。

教师作为社会文明进步的推动者,理应成为热爱学习的典范,成为终身学习的带头人。知识的更新、课程的变革、教育对象的变化、信息技术手段的现代化,都要求教师不断地去适应和学习。要实现优秀教师的专业成长,教师必须加强个人的学习,激发学习的动力。学习动力是学习主体在对学习行为价值判断基础上激发学习活动的心理驱动总和。学习动力是指个体身上表现于学习中对认知操作起调控作用的一种内部力量,是在学习需要的基础上产生的激发学习的各种能量。学习动力就是促使学习者自觉从事学习活动的心理驱动力量,它由学习需要、学习兴趣、学习自信心、学习态度、学习情绪等各种非智力因素构成。中国古代就有一句名言,“非不能也,是不为也”。意思是说,不是不会做,而是不肯做。推动一个人进行某个行动,不仅要其“能”,而且要其“为”,因此教师学习动力就包括教师学习的能力和教师学习的主观愿望。

教师职业是一种特殊的职业,从其工作对象来看,教师的工作对象是充满朝气和可塑性的青少年,具有主体性、多样性和发展性;从其工作内容来看,教师工作不仅仅是“教书”,而且还要“育人”,教师工作具有全面性和艰巨性;从其工作方式来看,教师的工作是极其复杂的脑力劳动,具有极大的创造性和灵活性,具有鲜明的示范性,工作方式具有个体性和独立性;从工作结果来看,教师工作价值具有迟效性和间接性,工作成果具有集成性和社会性。

结合教师职业本身的特点我们可以推测,教师学习动力是一个结构极其复杂的动力系统,既有来自教师自身的因素,也有来自工作环境(学校、社区等)的因素;既有来自学校领导和教育行政部门的要求,也有来自学生的要求;既有来自社会、家长对教师的期望,也有教师自身发展的潜在要求。教师学习动力的因素中,既有社会的制度,也有社区的文化;既有先进教育理论的影响,也有传统文化的影响;既有教师职业本身的要求,也有教师自身作为一个社会人的生活需求;既有作为教育理想的促进力,也有人人都有的惰性阻碍力。

随着社会的发展,教育在促进社会发展和人的发展中发挥着越来越重要的作用,教师素质的高低直接影响到青少年一代的发展,因此,在新课程改革过程中,要调动教师学习的积极性,增强教师学习动力。教师学习动力是指促进教师为学生和自身发展而不断进行学习的力量,包括内部力量和外部力量、认知的力量和非认知的力量。从学习行为的过程分析,教师的学习动力结构是一个复杂、动态的系统结构,包括学习产生过程中的潜在力和激发力系统、学习维持过程中的维持力系统、学习结果评价过程中的反馈力系统，在各个系统中都包括内部和外部的影响因素。

从影响教师学习动力的因素在教师学习过程中的作用分析，教师的学习动力结构是一个层次结构，处于核心地位的是教师的职业理想、教育爱，对教师学习有着深远的决定性作用；第二层次是教师学习行为的组织层，包括教师对现实问题的关注、反思，教师拟定的学习目标、学习计划，教师学习的投入、学习的持久性和对学习结果的评价等；第三个层次是教师生活的庇护层，包括政策法规对教师的外在要求，社会、家长、学生和学校领导对教师的期望，所在学校的物理环境和文化环境等。

教师学习动力的系统结构和层次结构中包含着共同的因素，这些因素又由于教师在专业发展不同阶段的关注点的差异而产生着不同程度的影响，显示了教师学习动力的动态性。

增强教师的学习动力，需要教师不断加深对教师职业价值的认识，提高对教师职业的热爱，树立崇高的职业理想；不断完善对自身的认识，发挥个性优势，选择适合自己的学习方式，在学习过程中不断反思，促进自身和学生的共同发展；培养坚强的意志品质，从而克服学习过程的困难和诱惑，保持积极的心态，调动自身的智力因素和非智力因素进行高效率的学习、研究。教育部门要在制度上给予教师学习的保障，提高其社会和经济地位，使教师培训能够满足不同教师的需求。学校、社区也应为教师创设良好的外部环境，与教师学习工作紧密联系的学校领导要以身作则，尽可能地丰富学校可利用的学习资源，对教师的学习进行及时的发展性的评价和指导。

三、人格塑造是优秀教师专业成长的精神动力

随着商业化、市场化与竞争的飞速发展，教师的传统行为、职业定位与自身的效能都受到了挑战。教师的道德目标、教师的情感认同等素质对于成就一个富有激情的教师具有重要意义，保持这种激情至关重要，而这也应该是教师教育工作的核心。教师的责任承担与教师的教学效能密切相关。教师需要充满激情地从事教学。现实中，人们对教师职业的理解，往往关注它的职业性，而低估它的“人格”含义。其实，教师在诉说有关学生

的问题的时候,更多地反映了教师自己在人格方面的不健全。塑造和培养健全的教师人格是优秀教师专业成长的目标之一。人格示范是教师通过自身高尚的人格力量给学生以良好的示范。它是教师职业道德的主要特征,是教师应当遵守的基本的教师职业道德原则,是教师在教育教学活动中处理各种利益关系、调节和评价一切道德行为的根本规则。

(一)教师人格的基本内涵

一般来说,“人格”就是做人的根本之路,是由生理遗传与后天经验共同形成的、包容有人的各种心理要素并能根据客观条件变化的、相对稳定的内部行为和外部行为的统一,是现实中体现个人特色的思想和行为的综合。换言之,人格是人们在社会生活中通过自身的言、行、情、态等所表现出的为人的品位或格调。在这里,社会个体的言、行、情、态等外在表象是展示人格的媒介,人格是其内核。人格正是借助人的社会活动,把渗透在言、行、情、态中的人格水平以一种可以被他人知觉的方式呈现出来,由此完成一定社会个体的人格定位。

人格是做人的根本,它影响着社会生活中人生的价值取向,也影响到社会个体的价值认同。人格是人际交往的基础,人们社会交往的产生、维系和发展是由多种因素造成的,其中起着基础性作用的是人格因素。人格是社会风尚的表征,全社会的人格水平不但表现在关系到国家、民族的根本利益方面即国格,而且更经常地表现在日常生活的社会责任与社会义务之中。人格是极其复杂的现象,它是由交互联系着的多种层次所构成,其中有主要层次和次要层次,有主导层次和从属层次。可见,人格是通过个体表现出来的,但人格不仅仅是个体的。人格是人的社会性的集中体现,它带有职业的烙印,不同的职业有不同的人格特质和模式要求。

教师职业是一种十分重要的职业。“学高为师,身正为范”,“教书育人,为人师表”,这是对教师职业特征的概括和要求,也是教师人格的基本要求和精华。所谓教师人格,是指教师作为教育职业活动的主体,在职业劳动过程中形成的情感及意志结构、合理的心理结构、稳定的职业意识和个体内在的行为倾向。古人云:师者,人之模范也。教师不但是知识的传授者,而且是信息鉴别者、思想教育者和道德示范者。因此,教师人格又是在一定的社会政治制度、物质经济关系和文化道德因素交互作用下,通过教师个体所表现出来的道德品格、精神素养、价值取向和行为方式的综合体。他们的人格模式要求应当先于、高于和优于其他职业的人格模式要求。换言之,教师人格应该是全社会的表率。

(二)教师人格的职业品质

教师的教育行为能否有利于促进学生人格的健康发展,往往取决于教师人格的职业品质。一个优秀教师职业人格品质的基本内核是"促进",它指的是教师对学生行为有所帮助,包括提高学习能力,增强自信心,缓和焦虑,以及克服优柔寡断,等等。这种促进的教育态度,可综合成以下四类:理解学生、与学生和谐相处、积极的自我意识和教育的期待。教师人格的职业品质是可以在职业活动中检验出来的。

一个好教师能告知他的学生关于许多问题的良好答案,但是最好的教师能够不说话,而帮助他的学生自己去思考出答案。

一个好教师是热情亲切的谈论家,但是最好的教师知道,当他的学生争取用自己的语言形成他们的思想时,如何保持镇定和忍耐。

一个好教师是谦恭的,他很自然地感到他积累的有关学科的知识和智慧,远比他自己更为重要,但是最好的教师甚至是更谦恭的,因为他尊重年轻人的感情,这比对待一位朴素的老人自然更为重要。

一个好教师知道他的学生必须是忠诚、负责的良好公民,但是最好的教师知道负责任、诚实和良好公民的条件不能在一门课程中"教"出来,因为这种品质是通过日常活动而不是通过日常演讲而形成的。

一个好教师力求使他的学生在他的控制下,但是最好的教师知道首先必须控制自己。

一个好教师得到比他的工薪高几倍的酬劳,但是最好的教师还得到深刻的内心的愉快,这种愉快是无法用言语形容,也是不能用金钱来折算的。

一个好教师的学生学完他们的课程，毕业并找到了好的工作，但是最好的教师的学生在每天生活中得到报酬，因为他们已经发现充满探索精神的生活是激动人心的。

（三）教师人格的力量

教师劳动是以自身高尚的人格去影响、教育学生的一个感化过程，该过程是其他方式所无法代替的，其作用之巨大是难以估量的。

首先，教师职业这种以人格感化人格的特点，促使教师自身人格的提高。教师在以人格感化人格、塑造人格的过程中，对自身的人格有更高、更全面的要求。教师要点燃别人，首先自己心中要有火种。只有具备了美好品德，才有资格去塑造学生的品德。从事教师职业，就意味着在整个人生航程中，将始终面临着一种人格上的挑战，教师必须鼓足勇气，义无反顾地朝着人格发展的新高度不断攀登。而以身立教、为人师表，就是教师在自身人格塑造上的落脚点。

其次，教师以人格感化学生，促使教师威信的确立。威信是威望和信誉，是一种无穷的精神感召力。教师的威信是教育学生和搞好教学工作不可缺少的条件。教师有崇高的威信，才能达到教育的最佳效果。当然，教师在学生中威信的树立，不是靠威吓、粗暴的手段来实现的。一个教师如果经常靠威严来逼迫学生服从，就会使学生敬而远之，甚至产生"逆反心理"，造成不良后果。教师威信的树立，靠的是教师精湛的业务能力和高尚的品德。教师威信的形成，主要通过"言教"和"身教"表现出来，而"身教"的作用往往大于"言教"。可见，教师在提高教学专业水平的同时，要不断塑造和完善自己的人格。教师威信一旦在学生中形成，将会变成一种强烈的感召力，使教育达到理想的效果。事实告诉我们，有威信的教师，会使学生感到他值得尊敬、可以信赖，会使学生愿意亲近他、乐意听从他的教诲。

再次，教师的人格感化有利于对学生教育的实施。"身教重于言教"，"榜样的力量是无穷的"。这些格言都说明以身立教是强有力的教育手段。教师的思想、行为、作风和品质，每时每刻都在感染、熏陶和影响学生。而青少年学生正处于身体、知识的增长时期，他们的模仿性和可塑性都很强，他们对真假是非、善恶美丑的辨别能力还不很强，需要有正面的引导和教育。他们往往希望在自己所崇敬的教师身上看到应该做、学到如何做的榜样,同此,教师的一言一行、一举一动,都会在学生心灵上产生积极或消极的影响,有的甚至会影响他们的一生。能够以身作则、为人师表的教师,在施教过程中,不仅能增强德育的效果,而且还能增强智育和体育的效果。教师的人格精神,可以不需要教师说一句话,而使学生受到感染,产生影响。正所谓"此时无声胜有声",而且这种影响往往是久远的。

最后,教师的人格感化还是提高国民素质、推动社会发展的巨大力量。教师以身立教,为人师表,既直接影响着学生,促进良好校风的形成,又通过学生影响到他的家庭成员,影响到社会,进而影响到整个民族及其将来。

(四)教师人格与教师成长

从教师的成长与发展的阶段理论中,我们可以看到,教师人格对于教师的成长是十分重要的。这主要表现在:

1. 教师的成长过程是其敬业精神形成并发挥作用的过程

教师对教育事业的认识和态度,是在多种因素的影响下,通过自己的学习、实践、体验而逐渐形成的。也正是教师在需要、理想和信念三方面都表现出良好的动力系统特点,推动他们在教书育人的工作中不辞劳苦,取得卓越的教学和教育成果,并为其他个性品质的发展创造了有利条件。而一旦形成了这种敬业精神,他们就会在工作中发挥巨大的作用。教师人格有利于铸就师魂,陶冶师德,培养师能。

2. 教师的成长过程是其教育教学素质不断提高和结构更新的过程

教师的成长过程是他们的素质结构调整的过程。一个人的素质具有一定的结构性,随着工作性质和工作过程的变化,所要求的素质结构也应变化。素质结构的变化包括新素质的增添、旧素质的退化与更新、各种素质的主次关系和比例结构的调整。研究表明,根据教师各种素质形成密度的时期分布和时间跨度,可以分为四类因素。

第一类是早期发展因素,即在大学前的阶段基本形成的因素,它属于最基础的那一方面,主要包括基础道德品质和对待现实的基本态度,如同情或关心他人、诚实、办事认真负责、与人友好相处、有自信心等。

第二类是连续发展因素,即需经历一个较长时期,从大学前年龄段开始到职后继续发展最终形成的因素。此类因素形成是一个长期渐进的过程,单靠任何一个阶段都无济于事,主要有政治观点、思想方法的形成、事业心以及为人师表的意识。

第三类是间断性持续发展因素,即主要在大学前和职后两阶段有明显发展的因素。这类因素的特点是基础形成早,但成熟晚,因为成熟尚需依赖两方面条件:一是有待心理发育的成熟,它是受年龄阶段的特征制约的;二是有待在实践工作中锻炼成长。因此,尽早尽多地进行实践活动,有利于这部分因素的成熟。这类因素基本上都集中于心理素质方面,而且可以概括为对事、对人、对己的基本能力和种种要求,如办事的条理、计划性,人际交往能力,控制自己情绪的能力等。

第四类是晚期发展因素,主要在职后期间形成,属于对教育和教学实际工作能力的要求以及对工作态度的高层次要求。主要有组织控制课堂,设计教学,教育机智,班级管理,主动地、创造性地工作以及严谨治学的态度和对学生充满爱心等。显然,这些都离不开教师人格。

3. 教师的成长过程是一个不断学习、不断实践、不断创造的过程

学习、实践、创造是教师生活的主要内容,这三种活动在形成教师素质过程中有着不同的作用。学习活动的作用在于继承前人和他人创造的知识及间接的知识,通过学习,可以扩大视野,增长知识,以便在较高的起点上进行实践。实践活动的作用在于锻炼实际工作能力,提高教育教学实践所需要的素质。创造活动的作用在于解决教育活动中提出的新问题和课题,把教育质量提高到一个新的高度,同时也形成教师自己独特的教育思想或教育方法。优秀教师在教学中能够敏锐地发现存在的问题,并在观察与分析、广泛搜集关于自己活动信息的基础上,以批判的眼光来分析问题,积极寻找新思想与新策略来解决所面临的问题,并在教学实践中对新思想与新策略的实施进行检验。通过"实践—反思—更新—实践"的循环,使自己的教学能力与教学水平不断得到提高。要成为名副其实的优秀教师必须有远见卓识,自觉跳出"眼前功利"的小圈子。许多教师成功的经验充分说明了这一点。

(五)教师人格的塑造

一般说来,人格由三个因素塑造而成:一是智力因素,它包括人们知识的水平、才智的高低和能力的大小；二是道德因素，主要指人们对自己、他人、社会的某种真诚的态度和倾向性；三是意志因素，主要指人们克服内心障碍的自制力和克服外部环境障碍的坚忍性。人格三因素的塑造是互相依存、互相制约的，它们共同作用使人形成一种比较稳健的内在的精神结构。人格是在人们的社会生活和社会关系中形成的，形成人格的途径是人们的社会实践活动。在社会实践活动中，一个人如果能自觉地把自己当成人，做到自爱、自尊、自重，并以创造性的劳动来履行对社会的义务，用人道和崇高的思想来指导自己的言行，那么就能塑造出高尚的人格。相反，一个人如果奴颜媚骨、自暴自弃，甚至出卖灵魂，那么，就会塑造出低下的人格，甚至会最终使自己的人格沦丧，失去做人的资格。

教师高尚人格的塑造，同教师个人道德品质的培养一样，需要从个人和社会两方面共同努力。塑造教师的完美人格，关键在于教师自身的追求与努力。在个体方面，应选择健康的人格理想作为人格发展的价值参考系，加强个体的道德修养和磨炼，发挥教师主体对自身人格塑造的能动性、自主性和创造性，从点滴入手，逐步达到较高的道德境界。在社会方面，也应创造一个健康的环境，在家庭教育、学校教育和社会教育等方面为个体人格的健康发展创造良好的外部条件。同时，还应加强政治引导，改善社会政治环境，缓解个体与社会的矛盾冲突；加强舆论引导，用健康向上的舆论环境来促进个体人格的健康成长；加强美育引导，以唤起崇高美好的思想情感；加强道德引导，以提高道德实践主体的自律能力，营造良好的社会道德风尚。我们只有不断地认识自我、充实自我、完善和超越自我，才能塑造完美的教师人格，才能实现我们的人生价值，才能更好地为人师表、教书育人。

第四章　让教师在教学中成长

教育的真正发展取决于教师行为的变革。如何使教师在工作实践中不断打破僵化的行为模式,创造性地从事教育教学活动,始终是教育改革要解决的问题。我国中小学教师的工作行为正在发生变化,创造性的教育教学案例大量涌现,因而提醒我们要对教师行为上的变化加以分析和研究。对教师教学行为规律进行研究,将为广大教师自觉地、有意识地、创造性地从事教育教学工作提供理论与方法上的指导。

第一节　现代教师教学能力的构成

一、把握学科本质的能力

把握学科本质是指教师能够掌握所教学科的基本知识与技能,并掌握这些基本知识背后所渗透的思想与方法。例如,作为小学数学教师,必须把握小学数学的基本概念,既包括这些基本概念的内容也包括这些基本概念的形成过程。如对"数概念"的把握,不仅要知道作为"计数的数",还应从"数量的数""度量产生数"等方面来认识数,还应了解"数概念"的形成过程,并掌握这一概念背后所渗透的思想方法,如"一一对应"思想、函数的思想等。

"数概念"的形成过程

由于没有文字记载,在原始时期人类到底是如何认识数的,我们现在只能进行猜测。一般来说,人类"数概念"的形成过程主要经历了以下几个阶段。

1. 数——集合的质阶段

原始人首先有了“集合”的概念，如天空的星星、自己部落的人、获取的猎物等，至于所了解的集合有多少元素，则不太清楚，他们对集合元素的了解是通过对元素的质的特征了解的。例如，原始人打猎时带着猎狗，他虽然不知道所带的猎狗到底有多少只，但如果丢了一只他还是知道的，他记忆“猎狗”是通过猎狗的颜色、皮毛、大小等特征。

2. 手算阶段

随着社会的进一步发展，人类不仅需要认识集合，而且还要能再现它们，这时就出现了所谓的手算。原始的计数方法是使用“算筹”以一一对应的原则进行的。“算筹”先是利用人的手指、脚趾或者身体的其他部分器官进行计数，例如，每有一只羊就扳一个手指头。随着数量的增加，手指等不够用了，人们就用石头、木棍等，或者在绳子上打结，在石头、木头上画“道道”。

3. 数——集合计数阶段

随着商品交换的进一步发展，一些物体开始聚集为一定的集合，构成一群。这些物体结合为“群”的数量不同，例如，筐子每10个一堆，椰果每100个一堆，并给它们特殊的名称，如“十”“箩”，但不是所有这样的集合都有特殊的名称。这时数还没有从对象中抽象出来，但人们已经意识到某个集合的“数量”方面的意义。

4. 结绳数阶段

随着经济和商品交换的发展，物体群中的一个变成了其他群的尺度，成为测定它们的标准和完成货币职能的特殊形式，如“动物群”“贝壳群”等。后来，这些群就作为“标准群”，这样就逐渐产生了数的概念和它的名称。其他物体的集合就要和这些“标准群”进行比较逐渐产生“数”的概念，后来在数学史上把这些“标准群”叫做“结绳数”。

5. 结绳数的计数阶段

经济的发展需要越来越准确地确定数量，仅仅有结绳数还不够，结绳数之间还需要有新的数，这样就产生了“算法数”。例如，在罗马数码中，结绳数是Ⅴ和Ⅰ，算法数是Ⅱ、Ⅲ和Ⅳ，Ⅲ是数Ⅰ的三次重复,Ⅳ是五减一。也就是说,算法数是通过加减计算而得到的新数,这一点在罗马记数体系中最明显,并且在语言表述上也很明显。例如,在罗马记数体系中,18 就叫做“二十减二”。

A. M. 列乌申娜. 学前儿童初步数概念的形成[M]. 曹筱宁,成有信,朴永馨,译. 北京:人民教育出版社,1982.

在把握学科本质的基础上,领会课程标准和分析、处理教材的能力就是教师教学能力的基本成分。

中小学各科课程标准是根据国家的教育方针和教育计划制定的指导教学的纲领性文件,是中小学教师进行教学工作的主要依据,也是评估教学质量的重要标准。广大一线教师必须认真学习各科的课程标准,领会其精神实质。教材是根据课程标准编写的教学用书,是教学的主要媒体,影响教学质量的一个重要方面就是教师驾驭和运用教材的能力。为此,教师必须熟悉、钻研教材。

教师对教材内容不仅要知其然,而且要知其所以然,达到理解透彻,融会贯通,内化为自己的知识,真正做到“使其言皆若出于吾之口”“使其意皆若出于吾之心”,只有深刻理解教材,才能挖掘教材的精髓。教师对教材的分析,一要深刻,二要全面,三要独到,有真知灼见,这样才能揭示教材的本质,才能真正利用好教材。

二、调研学生、了解学生的能力

(一)为什么把“调研学生、了解学生的能力”作为教师教学能力的核心

由“从教出发”转向“从学出发”——两种不同的立场:过去的教学基本功主要是从教师教的立场出发的。教师要认真研究大纲、准确把握教材;教师要注意新旧知识的联系,由浅入深引导学生;教师讲解知识要科学、清晰、生动,板书设计要美观;教师要有调控课堂的能力……这些基本功对于每一位教师都是非常重要的。

但问题是:很多学生在幼儿园都已经学过语文、数学了——我的学生的知识、技能、情感态度水平是高于课标还是低于课标?教材上设计的各

种动手操作活动对于农村的孩子来说缺少材料——教材上内容是否适合我的学生？面对一批不太爱学习的“懒散”学生，我怎么办——如何分析学生的学习态度？板书是事先设计好的还是根据学生课堂反应所做的建构——板书主要属于教师还是属于学生？学生的回答总是超出教师的“预设”怎么办？

从以上分析中可以看到，教学基本功的最大变化是立场的变化，现在的教学是从学生的发展需求出发，用这个终极目的审视整个教学过程，因此调研学生、了解学生的能力应该成为教师教学能力的核心。

有的教师往往认为，天天和学生在一起，已经教过一批又一批的学生了，难道我还不了解学生吗？其实不然，仅凭自己的主观感觉和经验推断学生的发展需求，会造成主观认识与客观现实的差距，从而导致教育教学活动的低效甚至无效。因此，要促进学生发展，首先要到学生中对学生发展的真实需求进行比较科学的调查。但是在实际工作中，真正深入了解尤其是有意识、有计划地了解学生真实的发展需求的教师并不多，能够科学地进行学生调研的教师则更少。

（二）学生调研的内容

学生调研的内容非常广泛，可以说是无止境的。如何对学生调研工作的内容做出一些界定以便于操作呢？学生调研的内容要根据调研的目的确定。例如，为了进行教学设计要做的学生调研内容如下：学生关于新知识的已有知识基础如何？已有经验如何？已有经验与新知识的结合点在哪儿？过去的学生在学这部分知识时的兴趣点和难点分别在哪儿？学生对所学内容的态度是什么？作为课后反思有机组成部分的学生调研内容如下：教学目标是否实现？学生对知识理解得如何？学生的兴趣状况如何？学生还有哪些地方没有弄清楚？学生还想了解什么？

以小学生为例，从宏观方面看，学生调研的内容主要有：

1. 从整体上了解当今小学生个性特征、认知发展水平的显著变化

今天的小学生几乎都是独生子女，独生子女特殊的家庭环境和复杂的社会背景，使得他们有独特的个性。例如，优点主要有充满自信，弱点主要有唯我独尊、心理承受能力比较弱、孤傲等。小学教师要有独特的职业敏感,及时洞察学生群体中出现的非正常现象,采取有效措施有效地做好教育教学工作。

对小学教师而言,应了解小学各阶段学生的特征。小学低年级的学生求知欲强、好动,精力旺盛,还没有形成集体观念。尤其是小学一年级学生还存在一个从幼儿园到小学阶段的适应期,由于对小学的行为规范还不适应,对什么都好奇,容易出现纪律问题,为此教师一定要满足学生的好奇心,努力保护维持而不应打击损伤,不应对小学低年级学生的纪律过分苛求,而应在顺应学生特点的过程中加以引导,使学生顺利度过适应期。

小学中年级(三四年级)的学生大多数有了群体意识,有较强的集体荣誉感。经过了两三年的学习,他们已经适应了学校生活,对学习有比较强的自信心,勇于向各种事物挑战,努力获得成功,精力充沛,无论对什么事物都显示出浓厚的兴趣和强烈的好奇心,但也会把社会上的复杂问题不加选择地带到课堂上来,问的问题甚至使教师难以回答。

小学高年级是从童年向少年转折的过渡期,在这一时期的学生生龙活虎,但同时又常常在心理上出现一种挥之不去的烦恼,内心总存在一种反抗,一旦与教师关系弄僵,就很难恢复,但是也有的学生如果喜欢某个教师,就喜欢这个教师所教的课。越来越多的学生都有自己内心的秘密,开始喜欢向同伴吐露心事,有的直至出现所谓的“早恋”。

只有了解学生的整体特征,先从整体上把握学生才能使教育者有的放矢。

2. 了解作为独特个体的每一个学生

由于学生千差万别,仅仅了解学生的整体特征和水平对于教师了解学生还远远不够,教师还必须了解每一个学生的特点。对于每一个学生,教师主要应了解以下几个方面。

第一,了解学生的爱好、特长和发展需求。爱好、特长一般可以通过学生外在的行为来了解,既可以观察学生,也可以与家长沟通。学生的发展需求包括两个层面:一是学生的主观需求,二是学生的客观需求。例如,在一节英语课上,需要学生掌握几句基本的礼貌用语:“Can I get you a cup of tea?”“Would you like to do something?”等。但是,学生在学习过程中主要精力都放在了新的词汇和小组交流上,却没有认真去用这几个句子。课后进行学生访谈时,发现学生的主观需求是增加词汇量,而客观需求则应该是对句子意义的理解和掌握。进行主观需求和客观需求的区分,对于促进学生进一步发展是非常必要的,停留在主观需求上的学生的发展是有限的。教师在学生发展上的主导作用,就是体现在不断揭示学生的客观需求并将其与主观需求结合从而转化为学生的主观需求,也就是将学生的发展需求层层引向深入。这里需要说明的是,客观需求并不是教师可以随意强加的。我们往往会从课程标准的要求和学生发展阶段出发,提出学生发展的客观需求,这是必要的。但这种客观需求如果不与学生的实际情况结合,不转变为学生的主观需求,就会永远处于一种外在的、客观的状态。其实,学生发展的客观需求不仅存在于课标中,还客观存在于学生的困惑或者实际困难中。例如,学生说英语的时候,可以说出很多词,但往往难以形成完整的句子或者总是用那几个句型,即所用句型过于单一。这恰恰说明学生需要进行句型的训练。

第二,了解学生个体的思想表现和品行修养。学生的思想表现、道德行为千差万别,需要教师深入细致地调查才能准确地把握学生的思想脉搏、行为倾向,进而有效地开展教育。例如,有的学生安分守己却不热心助人,有的秉性耿直但做事却不讲策略,有的爱打抱不平而不分青红皂白,等等。

第三,了解学生的学习基础、学习能力和学习动机。可以通过测验、交谈了解学生的学习基础、学习能力、学习动机。学生的学习基础、学习能力和学习动机的强弱,往往受多种因素的影响,既有先天因素,也有后天教养。教师从这两方面进行深入了解、具体分析,有利于在教学过程中因人而异,促进学生快速发展。

第四,了解学生的心理素质。每个学生的心理素质各不相同。有的果断,有的优柔;有的承受力强,有的弱;有的受到打击,一蹶不振,有的却愈挫愈奋。

(三)学生调研的方法

所谓学生调研指的是教师带着自己的问题及其涉及的问题框架,通过对学生进行访谈、过程观察、作品分析、问卷调查等方式,获取有关问题的真实、系统的信息，并在此基础上对信息加以分析、处理得出结论的过程。

学生访谈、过程观察、作品分析、问卷调查等都是学生调研的重要方法，它们之间是相辅相成的，是教师教学基本功的基础。其中，作品分析（作业分析）和问卷调查是教师比较熟悉的。

在确定了学生调研的内容之后，要根据调研内容选择适当的调研方法。有时为了完成围绕一个目的比较全面的调研内容，需要同时综合采用学生访谈、过程观察、作品分析和问卷调查等调研方法。

三、教学设计能力

所谓教学设计能力，是以对教学活动和教学内容的理解为基础来对教学活动各要素进行总体设计的能力。简言之，就是教师在上课前对教学过程中的各要素进行最优化组合设计的能力。教学设计能力是诸多技能的组合，其基本内容主要有以下几个方面：

（一）根据学生特点整合教学内容的能力

教学设计中分析学生特点和教学内容，在本质上就是教师课前的备课。备课一直是教学过程中基本的、重要的教学环节，是中小学教师必备的基本能力。备课绝不仅仅是背教学内容和写教案，更重要的是掌握每一个学生的原有知识结构状况、认知发展水平和心理发展水平，即教学设计必须将学生特点和教学内容整合起来。具体说来要做到以下两点：

第一，根据学生的实际状况，对教学内容进行最恰当的组合。一般说来，教材的内容是按照学科知识的结构与学生发展的一般水平来编排的，在一定时间内具有一定的稳定性。但在实际教学过程中，由于学生之间的差异比较大，因此，教师在将教学内容内化成学生的知识与技能时，必须根据学生的特点对教学内容进行整合。

第二，教师要有结合自身教学内容进行优化组合的技能。教师个人的教学风格是其个人特征与教学过程相互融合的产物，在教学实践中，教师充分运用自己的教学风格，将教学内容传授给学生，这是教学中创造性的体现。所以教师应有发现自己教学特长并与教学内容进行组合的能力。

（二）选择恰当的教学模式和教学策略的能力

为了完成预定的教学任务，必须借助具体而有效的教学模式和教学策略，因此，选择教学模式和教学策略就成为教学设计的核心部分。从教学理论和教学实践两方面来看，可供选择的教学模式和教学策略很多，学习和掌握这些内容是教师素质的一个重要方面。更为重要的是，教师应该选取最适合自己教学实际的模式和策略，对这一点在教学设计时必须加以重视。

对常见教学模式和策略的理解和掌握是选择恰当教学模式和策略的基础，目前适合于小学的教学模式主要有个别化教学、小班化教学、讨论式教学、合作教学、分层教学、情境教学等。每种教学模式都有各自存在的理由和依据，同时也有其运用的范围和限制，教师只有对这些教学模式有所了解，才能根据教学内容和学生的特点选择适当的教学模式。

（三）把握教学重点、难点的能力

在进行教学设计时，教师必须把握教学的重点和难点，这样才能在教学中做到有的放矢。一般说来，不同教师的教学重点是一致的，基本上是根据课程标准、学生情况以及教材来确定的，但教学的难点可能有所不同。教学的难点主要是根据学生的个性来确定的，一节课一定有教学的重点，但未必有难点。

四、教学操作能力

这里主要介绍教学操作能力中的语言表达能力、课堂组织管理能力、运用现代化教育教学技术的能力。

（一）语言表达能力

教师的语言表达能力是教师应该具有的职业能力之一，是教师职业要求的最基本条件，缺乏这种能力就无法正常地与学生进行交流，更谈不上对学生进行教育。充满知识性、智慧性、启迪性且准确、明了、生动的教学语言，是提高教学质量的一个重要手段，也是教师、学校充满魅力之所在。

一般而言,教学语言可分为口头语言(有声语言)、书面语言(教学板书)和身体语言(无声语言,如表情、动作等)三种类型。

1. 教师的口头语言表达能力

苏霍姆林斯基说,教师高度的语言修养是合理地利用时间的重要条件,在极大程度上决定着学生在课堂上的脑力劳动的效率。因此,教师要努力加强口头语言锻炼与修养,提高口头表达的科学性和艺术性,力求把语言学家的用词准确、科学家的逻辑严密、演说家的雄辩论证、艺术家的情感丰富集于一身。

教师口头语言表达能力有以下几点要求:

第一,说好普通话,吐字清晰、准确。大力推广普通话是我国的一项国策,在课堂教学中使用普通话,也是教育教学的基本要求和规范。教师的普通话水平对学生影响非常巨大,特别是小学教师,必须具有说好普通话的能力。

第二,准确简明,富有教育性、启迪性。教师向学生传授的知识具有严格的科学性,只有用准确严密的语言表述,才能保证知识传授的正确性,学生才能正确理解知识。而词不达意或模棱两可的含混语言,只会造成学生思想混乱,破坏教学气氛,影响教学效果。此外,课堂教学的目的,还在于激发学生继续学习的动机,即求知欲和学习兴趣,而这方面在很大程度上依赖于教师在课堂中富有教育性和启迪性的教学语言。

第三,教师的口头语言必须符合学生特点,通俗生动,富有幽默感。一般说来,对低年级学生,教师的语言表达要通俗、活泼、口语化,同时还要具备打比喻的技能;对高年级的学生,教师的语言要求准确、严密和精炼,在教学中可采用含蓄、典雅、庄重的语言和语气。另一方面,教师的语言要富有幽默感,幽默的语言能增加讲授内容的形象性和鲜明性,容易使大脑皮层处于兴奋状态,有助于学生的理解和记忆。

第四,语调抑扬顿挫,富有节奏感。教师的口头语言表达要讲究声调、音速和节奏。声调要有高有低,有起有伏,但高时不可嗓门过大,震耳欲聋,低时不可嗓音过小,使人难以听清,要高低起伏适当。语速要快慢适宜,过快使学生没有思考的余地,过慢又白白浪费学生时间。教学语言的节奏,是由教师内在感情引起的语言的轻重缓急变化。节奏要使语句的断续疏密、语气语调的刚柔抑扬与思想内容的转换节奏和教师感情的变化起伏相一致。就一堂课而言，起始阶段的语言应新颖有趣，简明并舒缓进行；分析阶段的语言应准确、深邃、犀利且波澜起伏；高潮阶段的语言应精彩、激昂；结束阶段的语言应概括重述，渐进尾声。

2. 教师的书面语言表达能力

教师的书面语言主要指教师的板书，它是促进教学内容完成的有效途径。教师写一手漂亮字，画一幅流畅的简笔画，不仅能激发学生听课的兴趣，还能得到学生的敬仰和模仿，从而提高教师在学生中的威信。生动、形象、直观且清晰的板书将有助于学生理解知识、形成技能。对于小学教师来说，板书尤为重要，小学教师的板书能力有以下要求：

第一，书写要正确规范、美观大方。所谓正确，是指教师书写文字、符号及图表要准确无误。规范一是指字体规范，书写时字体工整、清晰；二是指写简化字必须以国家的规定为标准；三是指笔顺笔画要规范，严格遵循汉字的笔顺笔画，不可主观臆造，以防贻误后人。此外，书写还应美观大方，力求艺术。

第二，书写之前要进行板书的设计。板书设计是板书能力的核心，包括设计板书的内容和布局。在备课时就应预先设计好正、副板书。正板书是讲授提纲，即教材的纲目和要点，尤其是教学的重点；副板书是教师在讲授时黑板上书写的一些生字词、数据、图表、简表等。板书设计应从教学内容出发，揭示教学内容，展现所学知识的网络结构，体现教学目标。

第三，能画形象的简笔画和图示、图表。简笔画和图示、图表的运用能把抽象的知识原理变得形象生动，激发学生的学习兴趣、调动学习的积极性，因此，简笔画在课堂教学中广泛被采用。例如，有的教师在讲骆宾王的诗作《鹅》时，顺手在黑板上画出鹅的简笔画。在图画中，白鹅嬉戏绿水的活泼画面便美妙地展现在学生面前，这种形式让学生很容易地掌握了诗的内容，领会诗的美妙意境。

3. 教师的身体语言表达能力

人们彼此之间传递信息，除了靠有声的口头语言、无声的书面语言外，还可以借助人们的表情、体态、动作，这种通过人的表情、体态和动作的变化传递信息的无声语言，叫做人的体态语言或身体语言。身体语言对教师来说尤其重要。教师的面部表情、手臂动作、身体移动等动作,有助于教学过程的展开,在教学中产生“此时无声胜有声”的教学效果。教师的身体语言能力有如下要求:

第一,目光分配要合理。眼睛所发出的体态语言信息丰富多彩,通过教师不同的目光,学生可以窥见教师的心境,从而引起相应的心理反应,产生或亲近或疏远、或敬重或反感的情绪体验。合适的做法是把目光的中心放在倒数第二三排的位置,并兼顾其他,既不要长时间地直视某个学生,使其如坐针毡,也不要使任何一个学生有被忽视、被冷落的感觉,更不能东张西望、目视天花板或地面,使学生以为教师心绪不宁,分散听课的注意力。教师要特别注意使自己的目光与全班学生的目光保持“对流”,以便随时调控,真正使自己的目光变成课堂气氛和学生情绪的“控制中枢”。

第二,面部表情要适宜。一要自然。要让自己的内心活动与外在表情相一致,使学生看到教师表里如一的真实形象,以赢得学生的充分信任。二要适度。教师的脸色、脸形的变化不可过分、过频,要恰如其分,做到嬉笑不失态,哀痛不失声。三要温和。教师的面孔像一面 X 光屏幕,各种情绪心态都能毫无保留地透露出来。教育心理学常识告诉我们,教师的表情温和、亲切、平易近人,师生间的角色差异给学生造成的心理压力就会减少甚至消失,这样不仅能打开师生间的感情通道,学生的思维之门也会为之敞开。反之,如果教师的面孔冷漠,“阴雨连绵”(尤其小学教师),则会使学生产生惧怕心理,从而妨碍师生之间的感情沟通,阻塞学生的思维,给学生的心理和学习带来不良影响。

第三,动作姿势要恰当。教师的动作姿势主要指手的动作和站立的姿势。一要动作准确。既不能不伦不类或花样百出,也不能不讲分寸,过于夸张,而应根据需求灵活掌握、慎重使用。需要迅速有力就不能软绵缓慢,需要强调关键字句就不能平铺直叙。二要站立自然平稳。在课堂上,教师不同的站立姿势,对学生的心理有不同的影响。站着讲课有助于教师的动作、表情的阐述,易使教学富有感染力。站着讲不是只站立一处,呆若木桩,当需要阐述、分析时,应稍离开讲桌,或轻松自然走动,或稍微分开双脚,既能保证动作、姿势的灵活施展,又能在微量运动中求得休息,还能使学生感到教师端庄严肃而又亲切自然。当学生埋头习读时,教师可以用手掌撑住桌沿,把重心移到某只脚上,但不宜长时间用手撑桌面,以免学生认为教师疲劳不堪,影响听课情绪。当学生回答问题时,教师的身体要微微前倾,侧耳倾听,这样能增加学生对教师的亲切感,获得较好的教学效果。课堂上,教师不能举止无措,甚至有厌倦、失望的动作姿势。

(二)课堂组织管理能力

课堂组织管理能力是指教师对课堂教学中各种要素进行调控,使教学得以顺利进行的能力,主要表现为有序实施课堂教学、营造课堂学习气氛、调动学生积极参与教学和控制课堂教学的节奏等。

1. 教师必须具有按照教学设计实施教学方案的能力

教学效果不仅依赖于成功的教学设计,更关键的还在于教学过程的顺利进行,因此,教师必须具有按照教学设计实施教学方案的能力。按照教学过程来分,具体包括以下三方面:

第一,导入新课。导入新课是课堂教学的起始环节。良好的开端是成功的一半,如果教师一走上讲台,就能以新颖别致、富有情趣的语言讲课,必然会"先声夺人",牢牢地吸引学生。课堂教学的导入没有固定的模式,一般可采用设疑式导入、故事式导入、温故式导入等方式。教师应掌握多种导入方式,以便结合具体教学内容合理地选取适当的方法,使教学迅速且有效地进入主题。例如,讲授《七根火柴》一文时,不同的教师采用了不同的导入方式。一位教师是这样导入的:"火柴是我们的日常生活用品,极为平常。可是你们可曾想到在艰苦的战争年代,在红军行经荒无人烟的草地时,这小小的火柴发出多少光?放出多少热?具有怎样的价值和意义?课文《七根火柴》回答了上述问题,描绘了一个动人心弦的故事,谱写了一曲感人肺腑的赞歌。"这位教师从激发学生的感情入手,使学生形成渴望求知的心理状态。另一位教师的开讲也很有特色,他巧妙地设置了三个问题:这篇文章的主人公是谁?为什么主人公是无名战士?既然是无名战士,作者为什么花费许多笔墨写卢进勇?这三个问题紧紧围绕文章的中心设"障"立"疑",以激起学生解决问题的强烈愿望。可见,教师的教学风格不同,在导入方式上也往往独具匠心,各呈风采。

第二,创设最佳教学情境。最佳教学情境是指师生之间关系融洽、教学气氛和谐。在该教学情境中,学生积极参与,思维活跃,师与生共同体会教学的快乐。教学是一个认知过程,在这个过程中,需要有学生的想象和情感的参与。所以优秀的教师在教学过程中,总是千方百计地创设最佳教学情境以引起学生的想象和联想,以期取得最佳教学效果。

不同的学科、不同的教学内容有不同的创设教学情境的方法。一般有以下方法:一是实物直观法,即引导学生通过演示或参观来观察实物,如通过显微镜观察细胞、细菌,通过实物来认识数字等。二是模像直观法,即根据所学习的内容,制作、观察模型、图片、多媒体图像、幻灯片等。三是语言描述法,即教师通过生动、形象的语言逼真地描述出所教内容、事物的性质、事物的发展、景观的状貌等。例如,讲授古诗《登鹳雀楼》时,教师可给学生描述这样一幅图画:远眺"白日依山尽",巍峨的中条山笼罩在苍茫暮色中,落日正沿着山脊徐徐下沉;俯瞰"黄河入海流",汹涌澎湃的黄河一泻千里,奔向大海。一副壮丽的山河画卷展现在面前,怎不令人心驰神往,唤起赞美之情!然而诗人并不满足于此,他还要欣赏更美、更壮丽的美景,于是又写出了"欲穷千里目,更上一层楼"的佳句,寓登高才能望远的生活哲理于其中,使诗的寓意得以深化。教学中,学生借助想象和联想,深切感受到"诗中有画,画中有诗"的意境美。

第三,教学总结。课堂教学总结的能力是衡量教师教学能力的又一个方面。一次完美的教学,不仅要有精彩的开头,还要有令人回味的结尾,只有这样才能将课堂过渡自然、首尾呼应、简洁明快。此外,还应重申课堂教学内容的重点,帮助学生把新学的知识有机地融入原有知识结构,找出学生学习中存在的问题以引发学生进一步学习的欲望。

2. 教师要能有效地管理学生

管理学生包括课堂内的管理和课堂外的管理。这里的管理不是训斥、恐吓学生,使学生服从教师的意志,而是教师采取"温和"的措施,事先讲清楚要求,使学生愿意主动跟随教师的教学思路,自觉自愿地听教师的"吩咐"。

有效地管理学生,需要教师具有极强的亲和力,能深入了解学生、热爱学生,能有效地驾驭课堂。

(三)运用现代化教育教学技术的能力

教学过程是一个信息传递过程,在该过程中,现代化教学媒体发挥了重要作用。现代化教学媒体指利用现代科学技术传递信息的工具,如幻灯机、录像机、计算机及其相应的幻灯片、录像带、计算机软件、教学课件等,都属于现代化教学媒体。现代化教学媒体以其信息量大、形象化、丰富的表现力等,在教学中起到提高教学质量、教学效果等积极作用。教师除具有使用传统媒体(如教科书、黑板、挂图等)的能力外,还必须具有使用现代教学媒体的能力。

多媒体技术是当今社会信息处理工具中最为先进的技术。随着时代的进步,多媒体在教学中的含义也发生了变化。过去我们把幻灯、投影、录音、录像等媒体组合称为多媒体,而现代多媒体技术则是计算机同多种信息媒体诸如文本、声音、图形、视频等交互作用,并对之进行综合处理的技术。将现代化多媒体技术应用于教学而构成的多媒体辅助教学系统,就是一种以计算机为中心,并通过计算机对文字、图形、图像、视频、动画和声音等各种教学媒体信息进行组合加工,使各种信息之间建立联系,使之能够在不同界面上进行流通的综合性教学系统。

教师运用现代教育教学技术的关键,不仅仅是教师能够使用各种教育教学设备,而且是使用这些设备提高教与学的质量。现代化教学媒体不是教育的装饰品,而是发挥教学作用的工具。

教师运用现代化教育教学技术的能力,要求教师不仅要知道怎样使用该技术,而且必须知道什么时候使用以及为什么使用该技术。

第一,运用现代化多媒体教学手段,要注重发挥教师的主导作用、学生的主体作用。与传统教学相比,运用多媒体教学手段对教师提出了更高的要求。教师不仅要根据教学内容、教学目标选择教学媒体,制作教学课件,而且要在教学过程中创设有利于发挥学生主体性的教学情境,调动学生积极地参与课堂教学,真正实现学生的主体地位。虽然多媒体能够提供直观形象的材料,使学生获得充分的感性知识,但与此同时教师还必须通过引导、概括、提问或强调等方式,使学生明确观察学习的重点,将认知引向深入,使所学知识结构化、系统化。

第二,多媒体的使用应符合学生思维发展的特点。以小学生为例,小学低年级学生的思维处于直观、形象阶段,而且集中注意力的时间短。根据这一特点,教师在进行教学媒体设计时必须做到内容生动形象,形式多样,且时间不宜过长。中高年级学生的思维逐步向抽象思维过渡,所以在教学媒体设计时要考虑利用直观形象材料来着重培养学生分析综合和抽象概括的能力。

第三,多媒体的使用应符合教学内容的特点。这里有一个误区:有的教师往往认为只要使用了现代化多媒体,教学就体现出了现代性,教学方法就先进。这种观点不正确。在使用现代化多媒体技术时,一定要分析这节课的内容是否适合用多媒体,不用现代化多媒体而用传统媒体是否也能取得同样的效果。总之,教学时不要为使用多媒体而使用多媒体。

五、教学监控能力

国内学者通过研究认为,在教学能力的诸成分中,教师的教学监控能力是其最高级的成分,它不仅是教学活动的控制执行者,而且是教学能力发展的内在机制,是教师教学能力的重要体现。

(一)教学监控能力的含义

教师的教学监控能力,是指教师为了保证教学的成功,达到预期的教学目标,而在教学的全过程中,将教学活动本身作为意识的对象,不断地对其进行积极、主动的计划、检查、评价、反馈、控制和调节的能力。

(二)教学监控能力的构成

教学活动的复杂性决定了教学监控能力的构成要素的复杂性。可以从不同的角度来分析它的构成,如可以从教师教学监控的对象、发生过程和教学阶段三个方面来考查教师教学监控能力的构成。

1. 根据教学监控的对象划分

根据教学监控的对象,可以把教学监控能力分为自我指向型和任务指向型两类。自我指向型的教学监控能力主要是指教师对自己的教学观念、教学兴趣、动机水平、情绪状态等心理操作因素进行调控的能力。任务指向型的教学监控能力主要是指教师对教学目标、教学任务、教学材料、教学方法等任务操作因素进行调控的能力。这两类教学监控能力之间是相互联系、相互影响的。

例如,自我指向型的教学监控能力不仅直接影响到教师教学的积极性水平、努力程度以及对教学效果的情绪反应,而且也间接地影响着教师教学计划的制订、教学材料的选用、教学方法的选取以及教学效果的评价与补救等。同样,任务指向型的教学监控能力不仅直接作用于教师教学的具体过程,而且它对教师的教学观念、教学积极性等也存在间接的影响,进而影响到教师自我指向型的教学监控能力。

2. 根据发生过程划分

从发生过程来看,教学监控过程可分为三个有机联系的部分:自我检查、自我校正和自我强化。自我检查是指教师对自己的教学活动进行有意识的、自觉的检查、审视和评价的过程。它是教师对自己教学活动的一种敏感反应,是教师对自己教学活动进行有意识监控的开始阶段。自我校正是教师在自我检查的基础上,对自己教学活动中存在的问题所进行的主动改进、纠正和调节的过程,它是教师教学监控能力的外在表现。自我强化是自我校正过程的延续,在这个过程中,教师主动寻找自我强化的方式和手段,以期巩固自己已经出现的好的教学行为,防止原有问题重新出现,这是教师教学监控过程一个循环的结束。值得注意的是,教师的教学监控能力得到不断提高,教学效果会越来越好。

3. 根据教学阶段划分

根据其在教学过程不同阶段的表现形式的不同,教学监控能力可以分为以下几个方面:

第一,计划与准备。即在课堂教学之前,明确所教课程的内容、学生的兴趣和需求、学生的发展水平、教学目标、教学任务以及教学方法和手段,并预测教学中可能出现的问题与可能产生的教学效果。

第二,课堂的组织与管理。即在课堂上密切注视学生的反应,努力调动学生学习的积极性,随时准备有效地应付课堂上的偶发事件。

第三,教材的呈现。这个过程是教师课堂教学的一个核心,在这一过程中,教师应对自己的教学进程、教学方法、学生的参与和反应等方面随时保持有意识的反省，并能够根据这些反馈信息及时调整自己的教学活动，使之达到最佳效果。

第四，言语和非言语的沟通。在课堂教学中，教师与学生之间言语和非言语的沟通是非常重要的。教师在这方面应努力以自己积极的态度去感染学生，以多种形式鼓励学生努力学习，并保持对自己和学生之间交流的敏感性和批判性，一发现沟通过程中的问题，就立即想办法纠正。

第五，评估学生的进步。教师教学的效果最终要落实到学生对知识的掌握程度和他们能力的发展速度和水平上，因此，教学监控能力强的教师必然会认真地了解学生的掌握情况，采用各种方法评估学生的进步程度，以便改进自己的教学。

第六，反省与评价。在一堂或一单元的课上完后，教学监控能力强的教师会对自己已经上过的课在哪些方面上得成功，在哪些方面还有待改进进行分析，分析自己的教学是否适合学生的实际水平、是否能有效地促进学生的发展等。相反，教学监控能力不够强的教师一般就不认真地考虑这些问题，课一上过就完事，不考虑学生是否接受，或即使考虑了也不准确，不经常反思自己教学的得失。

（三）教学监控能力的特征

教学监控能力是教师对自己教学活动所进行的积极、主动的评价、反馈和调节，它具有以下几个特征：

第一，能动性。教师的教学监控能力有别于各种形式的外在监控，它是教师自主地管理和调节自己的教学活动的能力，而不是在外界压力和要求下被动地进行反馈和调节。这种能力最重要的特征就在于其能动性。

第二，评价与反馈性。教学监控能力要求教师不断地获取教学活动系统各要素变化情况的有关信息，审视和检查教学活动的效果，并据此及时调节教学活动的各个方面和环节，表现出很强的评价与反馈性。而且这种评价与反馈贯穿于教学活动的始终，每一次的评价和反馈都对以后的教学产生影响。可以说，评价与反馈性是教学监控能力的基础，教师的教学监控过程都是从他对教学活动的反思、评价与反馈开始的。

第三，调节与校正性。如果说评价与反馈性是教学监控能力的基础，那么调节与校正性则是教学监控能力的目的。教学监控能力的根本作用就在于它使教师能够有意识地、自觉地对自己的教学活动进行调节和修正,使之达到最佳效果,能最大限度地促进学生的发展。

第四,普遍性。虽然教学活动千差万别,但一个教师一旦形成了教学监控能力,那他就能对千差万别的教学活动进行有效的监控。教师对自己教学所进行的监控活动是不同教学活动所具有的共同特征,也是决定教学效果的主要因素。教师在不同教学情境下所进行的监控从本质上说是相同的,因此,教学监控能力具有广泛的迁移性,它可以应用于不同的教学情境和不同学科的教学过程中。

第二节　优秀教师教学风格的养成

教学是教师的"教"和学生的"学"相互作用的过程,教师的"教"应是合规律性与合个性的统一。当教师的教学经常而稳定地表现出合规律性与合个性时,教师就会在此基础上形成相应的教学风格。教师形成自己的教学风格,是其职业能力水平的标志,并因教师在教学过程中的特殊作用而影响学校的教学质量。教学风格的形成,对一位教师而言,意味着其教学艺术的成熟。教学能力的日臻完善,是一切优秀教师执着追求的理想境界。

一、教学风格是优秀教师教学艺术的理想境界

教学风格是一项标志着教师教学艺术高度成熟的桂冠。因为教学艺术集中体现在教师是否形成了独具个性的教学风格。没有独特个性、没有风格的教学,只是教科书的传声筒,终将为教学机器所取代。所以优秀教师都以形成自己的教学艺术及风格作为追求的目标。确实,每个教师都有可能形成自己的教学风格,关键是看你能否像这些优秀教师一样在充满挑战的教学艺术实践中自觉追求教学风格的形成与完善。

(一)教学风格是优秀教师追求的最高境界

歌德曾指出:"风格,这是艺术所能企及的最高境界。""照我们看来,

唯一重要的是给予风格这个词以最高的地位，以便有一个用语可以随手用来表明艺术已经达到和能够达到的最高境界。”他进而认为，艺术家应当学会唱别人不会唱的音调，只有超群出众的东西才对世界有益。教师在教学艺术实践中也要有“追求卓越”的精神，要将“第一流”作为教学的追求目标。形成独特鲜明的个人教学风格，往往被人们看作是一个教师达到高度成功时才具备的重要标志，因此它为一切有志于教育事业的教师所孜孜以求。如鲁迅先生，在教学思想、教学方法和教学语言上，都经过艰苦探索，形成了自己的教学个性，达到了成熟的教学艺术境界。他走上讲台，站在讲桌边，总是习惯性地用锐利的眼光望一下听讲的学生，随后就开始讲课。他重视以革命思想和科学知识启发学生，条理清晰，重点突出，语言精练，而且姿态从容，从不照搬教科书。他总是由近及远、由浅入深，有时借助于图表，有时辅以手势，有时还讲点自己的亲身经历，学生听了感到亲切、津津有味，往往都恨下课钟敲得太快了。即使他用极平常的语句讲课，教室里还是时时爆发出一阵阵笑声，以致讲课不得不中断一会儿。在学生眼前，美与丑、善与恶、真实与虚伪、光明与黑暗，都赤裸裸地呈现出来，那样爱憎分明，那样打动人心。法国学者布封说“风格即其人”，而这也就是独一无二的鲁迅教学风格，标志着鲁迅先生的教学艺术达到了最高境界。

（二）教学风格是教师教学思想的直接体现

教学风格是内容与形式、主观与客观的统一。德国的威克纳格在《诗学·修辞学·风格论》一文里说，风格一部分由表现者的心理特征所决定，一部分由表现的内容和意图所决定。换句话说，风格具有主观的方面和客观的方面。艺术上的人和流派或风格的根本区别，都在于各自有自己独特的思想灵魂。以京剧表演艺术为例，其众多的风格流派绝不仅仅是唱、念、做、打等表演形态和程式上的不同。可见，纯粹在形式上谈教学风格是没有现实意义的。教学风格根源于思想内容而表现于外部形式。任何一种有影响力的教学风格，总有其深厚的教学思想底蕴。如上海市特级教师钱梦龙，在几十年的教学实践中，善把“金针度与人”，好在“碧波深处采珍奇”，寻找知识与智能的最佳结合点，因此就形成了“教师为主导、学生为主体、练习为主线”的“三主观点”和“自读、教读、练习”的“三种基本课式”的完整、系统的语文教学体系与独特的教学风格。可以看出,教学风格确是一个教师教学思想的直接体现。如果背离了正确的指导思想,只是在某些形式和方法上东挪西借、花样翻新,甚或争奇弄巧、哗众取宠,那么教学只是"穷困"的教学,或者叫"教学游戏",势必迷失方向,误入歧途。只有思想精神丰富,才能创立意蕴深邃的教学风格。

(三)教学风格是教师教学创造性活动的表现及结果

现代心理学研究表明,一个富有创造性的教师应当在教学活动中超越任何一种模式的束缚。教学是一项创造性极强的工作,教师的创造性在教学上的表现就在于带有鲜明的个人特色。有些人做了一辈子教师,但充其量也不过是知识的搬运工、教科书的传声筒,教出来的学生也只能是书呆子。而有些教师的教学,从内容理解到教的方式方法等,都有自己的东西,创造性地组织教学,灵活地运用教学机智,在教学中逐渐形成自己独特的风格。所谓"条条道路通罗马",富有创造性的教学是不会被一种固定模式所制约的。正如英国学者 N. 恩特威斯特指出的:不可能存在着一种绝对"正确"的学习方式或一种"完美无缺"的教学方式。由于人们在智能、态度和性格上存在着相当大的差别,因此他们在学习、教学、进行研究或著书时都会采取截然不同的方针,而在这些方针中,没有任何一种可以适用于许多人。优秀教师都是非常注意发挥自己的创造性,善于"走自己的路"而获得成功。教学风格的形成,既是教师在教学上创造性活动的表现,也是创造性教学的结果。

(四)教学风格是教师教学艺术成熟的重要标志

人们往往把是否形成风格和风格审美价值的高低,作为评价教师教学艺术成就的一个重要标志。评价一个教师是否已经成熟,最重要的一点,是看他在教学艺术上是否已形成了自己独特的教学风格。教学风格一旦形成,就会在教学的几乎所有方面表现出来,并且每个教师的风格都不会与他人雷同。对于教学艺术成熟、形成独特风格的教师,我们仅凭其课堂教学实录,就能准确无误地道出执教者的姓名来,因为他们已形成了独具特色的教学风格。如在语文教学方面,"情感派"在课堂上提倡以情感人;

“设疑派”在课堂教学上注重引导学生积极思维;“畅想派”着重在开拓学生思想上狠下工夫;“剥笋派”则是从字词教学入手,逐步扩展学生的智能;等等。

可以说,教学风格是学生借以认识教师教学个性的重要依据。教师教学风格的成熟,往往凝聚了教师在教学艺术上倾注的心血,具有吸引学生的魅力。如著名数学家、教育家苏步青在他的教学生涯中,积累了丰富而宝贵的教学经验,逐步形成了独具特色的教学风格:既有严与爱结合的教学,又有通俗易懂、深入浅出的启发式教学,还有以身作则、严谨治学的科学作风所带给学生的启迪。他所创建的讨论班小型科学报告会教学形式培养了数学研究中的“浙大学派”,已成为高等学校教学的重要方法,为一代代人才的脱颖而出奠定了坚实的基础;他倡导的教学与科研相结合的教学原则,已成为高等学校培养人才的重要途径。可以说,苏步青教学风格的形成标志着他的教学艺术达到了高度成熟的水平。

二、教学风格的含义、特征及构成要素

(一)教学风格的含义

什么是教学风格?目前有多种解释,归纳起来,可分为四个方面:

(1)把教学看成是一种特殊的表演艺术,教学风格是这种表演的艺术特色。由于研究者的观察起点和重点是教学活动的表演性或表现性,所以,它揭示的只是教学风格的“风范”“格局”特征,弱化了人本身的个性对教学风格的影响。因此,从全面角度来看,这种描述忽视了教学风格可能具有的其他内涵,很难全面地揭示教学风格的含义。

(2)从教学论角度来研究教学风格,认为教学风格是教师在教学过程中对诸要素的操作特点。研究者把教师行为符合教学规律作为有教学风格的前提,揭示了教学风格的合规律性。但这只涉及了教学风格的最基本层面,忽视了教学风格与教学个体的同一关系,因而很难从本质上揭示出不同教学风格的区别。

(3)从心理学角度来定义教学风格,强调了个性对教学风格的决定性,从而弱化了教学规律对教学活动的作用,未能反映出教学风格的教学意义

和作用。

(4)以形成过程来描述教学风格。这只是对教学风格的某种解释,从定义方式来讲,它不容易把握概念的实质。

以上所列四种解释,从各自的研究角度均对教学风格的含义给予了揭示,对全面认识教学风格的含义是非常有帮助的,我们至少可以从中汲取如下三个观点:第一,教学风格受教师个性特征制约,是个性的表征。第二,教学风格的形成前提是教学活动既符合教学规律,又要在教学中充分显示其"有用"性。第三,教学风格是教师内在特征与外在特征的统一,其实质是一种功能形式。据此,从全面完整的角度来理解,教师的教学风格是教师对教学过程的个性化理解,以及特有的处理方式在课堂教学行为中的具体而稳定的体现,是教师的教学理念与教学行为相一致的外部表现。

(二)教学风格的特征

教学风格应是对成熟教师教学状况的一种描述,是对教师有效的教学行为规律及促使其行为的内在动因的揭示。因此,对教学风格特征的认识既应从风格出发,又要依据风格创造者的主体特征来分析。据此,我们可以归纳出教学风格具有如下特征:

1. 独特性

独特性是教学风格的根本属性,是教师在教学活动中区别与他人的行为方式,其核心是教师教学活动的独特性。教学风格的独特性首先是由教师主体的独特性决定的。由于每个教师都有不同的生活经历、不同的个性特征、不同的知识结构、不同的习惯,因而对教学规律的理解与运用是各不相同的,这种不同反映在教学过程中,就形成了教师教学风格上的独特性。其次,教学过程是一个由多因素交织在一起,并相互作用和影响的过程,教师在教学过程中同时受到学习者、教学内容、教学手段等因素的影响。而这些因素的特殊性,必然会反映在教师的教学风格上。

2. 程序性

教师的教学风格一旦形成,就将以相对稳定的形式或"行为模式"表现在各种不同的教学情境中,一般表现为教学行为的程序化。程序性是教学风格的基本特性,因为教学规律要求教师的教学行为首先应具有相对的稳定性。教师采取相对稳定的教学行为模式,对学生的学习习惯的养成至关重要。可以说,教师教学行为的程序化也是学习者需要的。总之,教学过程是一个系统运行过程,没有相对的稳定状态,它的内部就会出现紊乱,系统就不能正常运转。

3. 高效性

教学风格的高效性,一方面是由风格的“风范”“格局”决定的。因为构成教学“格局”的主要特征(教学过程的程序性和节奏的变化),是由教师对教学过程的理解和把握决定的。相对稳定的程序、富有变化的教学节奏,是保证效率的基本前提。而效率的高低,反过来可以印证教师的教学是否符合教育的基本规律。另一方面,由于教学风格具有鲜明的艺术特征,对教学情境具有渲染作用,特别是对学生的学习主动性和创造性具有强烈的刺激作用,从而使得学习更加高效。高效性是构成教学风格的基本内涵,是教学风格的功能所在。

4. 可变性

可变性就是指教学风格的发展性。任何事物的稳定性都是相对的,而发展和变化是绝对的。教学风格虽然具有程序性,但这种程序是建立在发展的基础之上的。首先,在教学风格相对稳定时,局部则处在变化之中,因为一切都不变,教学风格就会僵化、老化,进而失去色彩。只有局部不断变化,才使得教学风格不断完善。其次,教学风格形成的基本条件之一是教学的创造性,没有创造就没有风格。而这种创造既表现为对原有风格的局部变革与完善,使其精益求精,更在于对教学行为的刻意求新,甚至是风格的转换。

(三)教学风格的构成要素

研究教学风格的构成,不仅可以使我们对教学风格有更加清晰的认识,而且对教学风格的分类,尤其是对教学风格的评价研究有着重要的作用。一个教师只有经过长期艰苦的教学实践,才能逐步走向成熟,形成自己的教学风格。教学组织、教学语言、课堂教学境界是构成教学风格的主要因素。

1. **教学组织**

教学组织是指教师在课堂教学中,用以保持学生适宜的学习行为而进行的操作活动。教学组织是教师对课堂活动的总体把握,是构成教学风格的重要因素之一,它构成了教师教学风格的"格局"。首先,教学组织是教师在一定的教育思想指导下进行的,但由于理解上的不同,其行为方式有所不同,因而在教学的格局方面就有所不同。其次,教学组织是教师把握教学内容,科学合理地运用教学方法、手段的重要标志,是教师对教学深度、坡度、密度、速度等因素的独特处理。教学进度的适宜性、教学内容重复的科学性和变化中的艺术性、课堂结构的连续性,以及教学停顿的必要性,共同构成了协调、均匀、律动的教学格局。再次,教学组织还是教师机敏、风趣、机智的表现。教师在面对教学中各种偶发事件的干扰时,以其充满智慧、幽默、极富教育影响力的教学机智,构成了教学风格的独特魅力。

2. **教学语言**

教学语言是教师课堂教学中使用的一种语言。首先,教学语言具有专业性,是教学风格区别于其他艺术风格的重要因素。教学语言的专业性是科学性与艺术性的统一。其中,科学性是学术性与教学规律的完美结合,是教师在对所教学科认识与理解的基础上进行的符合教学规律的再创造。艺术性则是以学生迅速理解所讲内容为前提,由教学语言的生动性、形象性和灵活性所形成的极具感染力和主体特征的语言特色。其次,教学语言是构成教学过程的重要环节。在教学内容与学生之间,教师是通过语言把他们联系在一起的,而语言的组织方式、表现形式与特色既制约着沟通的效率,又反映出教师对教学过程的理解与掌握程度,成为教学风格的重要表征。再次,教学语言还是创造和推动教学风格形成的动力。教学语言是创造的产物,其创造性表现为课前的创造与即兴发挥。事实表明,在教师教学风格形成、发展、完善的过程中,必然伴随着教学语言的更加科学化和艺术化,反过来,教学语言无时不在昭示着教学风格的成熟水平与特色。

3. **课堂教学境界**

课堂教学境界是对课堂教学情境和效果的描述。它是以学生学习状态为标志,以课堂教学气氛为烘托,师生共同达到的一种教学状态。它是教师驾驭课堂,调动学生学习潜能的体现。课堂教学境界所反映的是教师独特的“教”与学生自主的“学”所形成的一种课堂氛围,是构成教学风格的又一重要因素。第一,教师是教学境界的创造者和调控者,学生的情绪体验和学习状态是其标志和体现。这种创造与调控不仅体现为课堂的组织与管理,更主要的是教师人格魅力的作用,它是由教师的角色热情、对科学的追求和对学生的爱交织在一起产生的,表现为一种强烈的、对学生的学习尤为有意义的推动作用,因而使得教学更加有效。第二,作为学习的主体,学生的学习情绪、学习方式方法是对教师的“教”的回应,这种回应不是被动的、游离于课堂教学之外的。它是在课堂氛围刺激之下引起的、随着教学进程而不断自我增强的,是教师、学生交相呼应的结果。因此,这种“回应”明显带有教师“教”的痕迹。第三,课堂教学境界是教学风格的功能体现。教师为形成独特的教学风格所做的一切努力,最终都必须落实到具体的教学情境之中。

三、优秀教师教学风格的养成

优秀教师来自普通教师,而超越普通教师。德国教育家、哲学家雅斯贝尔斯曾这样评价过大学生:“他们不是普通人,而是敢拿自己来冒险的个人。这种冒险既是现实的又必须带有想象力。”优秀教师也正是如此,他们凭着对教育执著的信念、不懈的追求、恒定的毅力,以勇于进取、敢于创新的精神抒写着教育的新篇章,从普通教师中脱颖而出,成为教师群体发展的引领者与指导者。

(一)关于读

我国宋代文学家苏轼曾言,“博观而约取,厚积而薄发。”此言恰恰成为优秀教师成长的关键词。庄子也曾说,“水之积也不厚,则其负大舟也无力;风之积也不厚,则其负大翼也无力。”可见,教师的专业成长需要持之以恒的阅读。

教师的“读”需要进行全面、系统的设计,拟出具体的读书计划,并掌握科学有效的方法。比如,教师要广涉精览以丰富其文化底蕴、拓宽知识结构。除了读有字书外,还要读“无字书”,即要“读人”“读时”。“读人”尤其要解读世界名人的思想,吸取精髓为己所养,为己所用。“读时”是指读通古代、近代、现代、后现代等各时代的教育思想,把握本质与精华,使自己的教学更加理性,发展更具方向感。

(二)乐于听

兼听则明,偏听则暗。教师要从业师、经师发展为良师、人师,必然要了解各方对自己的期待与希冀,明确存在的问题和差距。因此,教师要以"海纳百川,有容乃大"的胸怀去聆听学生、家长、同行、专家、社会的不同声音,勇于、乐于、善于倾听,从而了解学生的需求与心声,把握共性与个性,捕捉其迸发的思维火花,这样学生才会被"唤醒""激活",实现自身主动的建构。我国教育家陶行知认为,如果你不肯向你的学生虚心请教,你便不知道他的环境,不知道他的能力,不知道他的需要,那么你就是有天大的本事也不能教导他。教师要尊重学生个性,发展学生特长,善于根据学生的认知风格与学习风格来教学,充分激活学生学习的兴趣和热情,使之"乐学""会学"直至"学会"。

此外,教师还要善于去了解家长的期望与困惑,吸纳同行的优势与长处,领悟专家的点拨与见解,把握社会的脉搏与期望,以提高教育教学的自觉性、有效性与针对性。总之,教师可以通过"听"来了解学生与学生的不同,把握良好的教育时机,促进学生的全面发展;通过"听"来审视自己,反思自己,从而提高教学能力与绩效,实现自身的专业发展。

(三)敏于看

古人曾说:"处处留心皆学问,勤察深思出真知。"教师更应如此。优秀教师并非是"闭门造车""孤军作战"就能成就的。它需要整合教育群体的优势资源,需要博采众家之所长、吸收"我师群贤"之精华,从而开阔教师的专业发展视野,提升教师专业发展水平。这里的"看"是指要有敏锐、深刻的洞察力,要"观其形""探其意"而"知其人",要在"平凡中觅精彩,现象中究本质"。比如,要走近全国知名的教师,观摩研讨他们的教育教学、科学研究之术,参悟其成才之道。总之,通过各种渠道,学习一切可学之人与可学之处,从中吸收合理的养分,将其内化为自己的思想,并落实于教学中,形成独具特色的风格。

（四）精于做

教育教学归根结底是实践性活动。教师要将所读、所听、所看、所想具体落实于教育教学活动中，更需要勇于实践、敢于探索，这样才能真正实现自身的发展和学生的发展。也就是说，教师要躬行践履，要乐于做、善于做、精于做。“做”是优秀教师所具有的核心竞争力，优秀教师的水平就表征于“做”的效率与效果上，因此，“做”是优秀教师成长的关键条件。

（五）习于思

成为优秀教师，尤为重要的是能时常反思。美国心理学家波斯纳曾提出教师的成长公式是：经验+反思=成长。在经常性的反思过程中，教师会不断地对自己的认知过程进行自我评估。通过这种“批判性的控制”，教师能够超越自己认为理所当然的经验世界，将从经验中获得的隐性知识显性化以及将显性的理论知识转化为个人的实践经验，从而完成针对自身知识的转化、调整和重组过程。强烈的反思倾向和有意识地思考问题的习惯使他们不但加深了对知识的理解，也直接促进了其自身良好知识结构的形成。因此，教师要有反思的习惯，精于反思——反思教学行为，反思与教育有关的观点，反思某一个教育现象，反思自己的专业成长，反思学生的学习过程，在反思的习惯中实现从实践到理论的升华，实现从教师到优秀教师的飞跃。

（六）勤于写

从某种程度上说，“写”是“做”的提升。“写”可以架通心灵的桥梁、聚焦问题的症结、荡涤现实的尘埃、勾画明天的蓝图，是教师与学生心灵、教育问题、教育现实、教育明天对话的方式。它可以提高教师反思的能力，培养其敏锐的洞察力和深刻的分析力，可以将教师感性、零散的教学经验提升为理性、系统的教学理论。教师的“写”并非专指学术论文的撰写，它可以是“风行水上，自然成文”的教学随笔，可以是“客观审视，理性深刻”的教学反思，可以是“春风化雨，润物无声”的教育案例，也可以是“情节生动，行云流水”的教育故事。教师通过“写”来实现经验的提升、理论的建构，从而形成独特、深邃的教学思想。

(七)巧于说

优秀教师有别于一般教师的重要特征还在于能“说”、会“说”、善“说”。“说”不仅是传递信息、交流思想的手段,也是思维再创造的一种方式。“说”可以将教师的隐性知识显性化、抽象知识具体化、零散知识条理化,可以把教师的情境性、技巧性、个体性知识转换为普遍化、符号化、社会化的知识,达到共享知识、创新知识的目的。教学中,教师通过有限的语言来构建无限的世界,用巧妙的语言去引导生本对话、生我对话、生师对话、生生对话,从而促成学生的发展。教师任何角色的实现均依赖于“说”来达成,教师要勇于“说”、巧于“说”,加强语言功底的修炼。

优秀教师的成长是一个系统、全面的工程,需要读、听、看、做、思、写、说齐头并进,达到“胸藏万汇凭吞吐,笔有千钧任歙张”之境界,逐渐成长为引领教师群体发展的教练型与裁判型的优秀教师。

(八)善于处

教师与学生之间的交往是教育场中最基本、最重要的关系,师生“在对话中发展”;教师之间的交往表现为“合作中的伙伴”,教师“在协作中共进”;教师与家长的交往表现为“交流中的朋友”,家校“在协商中共振”;教师与领导的交往表现为“共事中的手足”,干群“在理解中支撑”;教师与社会的交往表现为“主旋律中的和谐音符”,教师“在开放中吸纳”。在教育教学过程中,教师要调动一切可用之力来促进学生的发展,通过彼此间真诚的对话实现多种视界的沟通、汇聚、融合,促进学习的发生,提升学生的生命与人格,构建起“促进学生发展的共同体”。

第三节　优秀教师教学创新的推动

21 世纪已经步入知识经济时代,社会的发展迫切需要具有创新能力和实践能力的创新人才。在新课程改革中,培养学生创新精神与创新能力成为教育教学核心目标之一。学生创新精神与创新能力的培养,首先要求教师要有创新精神与创新能力，能够创造性地实施教学改革。教育的真正发展取决于教师行为的变革。如何使教师在工作实践中不断打破僵化的行为模式，创造性地从事教育教学活动，始终是教育改革要解决的问题。一线教师是教育改革的主角和关键人物。要想通过创新教育培养出具有创造力的学生，为社会培养创新型人才，必须首先关注教师在教学过程中的创新，培养具有创新能力的教师。

一、教师的教学创新与教学创新能力

教师的教学创新是针对传统教学过分教条化、流程化而提出的。当前教学创新正成为教师教学活动的一个有机组成部分，成为每一个教师教学的自觉要求。一个墨守成规的教师对于学生创造性的发展无疑是一种近乎灾难性的障碍。要培养学生的创新能力首先就要求教师进行教学创新。那么什么是教学创新？

林崇德认为，教学创新是从发展学生创新思维出发，将创新意识和创新能力有机地渗透到整个教育教学过程中，以获得教育教学实践的新颖性和高效率。富有创造力的教师，是那些善于吸收最新教育科学成果，将其积极应用于教育教学中，并且有独特见解，能够发现行之有效的教育教学方法的教师。

申继亮等认为，教学创新是指教师在教学过程中为了解决教学问题、促进学生全面发展，主动更新观念，学习先进教学方法，并创造性地应用于自己日常教学活动的过程。教学创新的内容包括超越自我、超越课堂、超越教材、超越现有师生关系的过程，最终的目的是培养学生的创新精神、创新意识和创新能力。

也有研究者认为，教学创新是教师不拘泥于现有的教学程序安排，而创造更适于自己特点和便于学生将新旧知识相联系的教学模式。教学创新是指教师能够不断地探索以便改进自己的工作，不断尝试新的教学方式和教学风格，能够试图从不同角度对那些习以为常、司空见惯、熟视无睹的事情作出新的解释，能够对那些理所当然、天经地义的事物抱以重新审视的态度，能够对那些似是而非、以讹传讹的种种说辞予以警示。教师的教学行为是围绕学生创造力这一关键因素展开的，教师在日常教学中理应表现出一种有利于学生发挥创造性的行为,从而促进学生灵活运用知识、合作学习指导等。

还有研究者认为,教学创新是指教师在教学前的准备、教学过程中及教学评量时具有创意,能反省、设计并运用新的、多元化的教学方法或活动,了解学生个别差异,激发学生的学习动机与兴趣,提升学生的学习效果。

因此,可以认为教师的教学创新是指教师在教学过程中,以学生更好地成长与发展为目标,不断形成与采用新的教学理念、更新教学内容、运用新的教学方法与手段,以提高教学效果的教学实践活动。教师的教学创新主要包括教学理念的创新、教学内容的创新、教学组织方式的创新、教学方法与手段的创新等。

目前对于教师的教学创新有较多的论述,但对于教师教学创新能力的论述较少。国外研究者提出,教师的学习能力和教育能力是影响教师教学创新表现的重要因素,教师教学创新能力包含学习能力、教育能力和社会能力三个方面。国内研究者也认为,教学创新能力是指教师实施教学创新的实际能力,包括学习能力、教育能力、社会能力、现代教育技术能力等基本要素。也有研究者指出,教师教学创新能力包括对自己教学行为的反思、对具有挑战性的教学情境的研究以及研究成果的表达等多种能力。这些关于教师教学创新能力的解析对解析教师教学创新能力的实质有一定的启示作用,但这些解析抽空了教师教学的具体事件、活动、过程与目标,似乎没有触及教师教学创新能力的核心。

实际上,教学创新是一种教学实践活动,而教学创新能力就是组织实施教学创新实践活动的能力。因此,结合教师教学实践的内容、方法、活动、过程与目标等,可以认为教师教学创新能力体现在教师能够超越现有的限制,形成新颖的、与众不同的教学方式方法与手段,创造性地实施教学过程与解决教学问题,创造性地完成教学任务,达到更高水平的教学效果与目标。这种能力即教学创新能力。

二、教师教学创新的内容

（一）超越自我

超越自我主要是指教师自身素质和专业化程度的提高。当前我国基础教育中教师发展的现状表明：由于多方面的压力和教学工作量的加大，许多教师不同程度地出现了职业倦怠现象，其在教学水平、科研能力以及工作满意感、职业承诺等方面均无法得到有效的提高和发展。教学创新必须依靠创新型教师，这就要求广大教师必须在自身素质和职业能力方面不断进行自我锻炼和提高，不断超越自我，提高自身的责任感和教学积极性。在这方面，应着重关注教师的批判性、质疑性、独特性等思维品质，以及教师知识系统、教学监控能力、反思能力等的形成与发展。它们既是教师教学创新的前提要素，也是教学创新的目标之一。

（二）超越课堂

传统的以教师讲、学生听为主的课堂教学模式无法适应教学创新的要求，为此，必须对之加以适当改造，有所超越。从教学活动的角度来说，可以以提问为切入点，培养学生提问的能力和探究性学习能力；从教学内容来讲，可以增加日常生活与课外活动的内容；此外，还可以从课堂氛围的创设以及对学生评价的角度来对之加以改进。这是教师实施教学创新的主要途径。

（三）超越教材

超越教材指对传统教学内容的超越。教学创新要求改进现有的教学活动和学生在教学活动中的参与程度，为此，必须对现有教材内容进行改革。从教师的角度来说，可以在现有教材内容的处理、组织等方面多下工夫，可以适当引入一些有本地特色或与生活联系紧密的实例，可以从学生的实际情况出发进行教学例题的设计、作业布置等。这是教师教学创新的对象之一。

(四)超越现有师生关系

如果仍然遵循传统的教师讲、学生听的课堂教学模式,师生关系就必然是严格的上下位关系,这非常不利于教学创新的开展和学生创造力的培养。因此,必须打破传统的师道尊严、教师绝对权威和“一言堂”式的师生关系,充分发挥教师的主导作用和学生的主体作用,建立新型的师生关系,创设民主、平等、融洽、开放、宽容的教学氛围。这是教师教学创新的一个必要条件和有力保证。

三、教师教学创新能力的心理结构

教师教学创新能力不是单一心理结构的功能,而是一种综合心理结构功能的体现。正如斯滕伯格等人曾指出的,创新能力是一种由创新思维、创新人格及相关的知识与技能等共同构成的复杂能力。因此,教师教学创新能力也同样是一种复杂能力,是教师教学创新认知系统、教学创新动力系统、教学创新人格系统以及教学创新行为系统等多种心理结构共同体的综合反映。

(一)教学创新认知系统

教师教学创新本身就是教师的认知活动过程,教师的感知、注意、记忆、思维与想象等认知过程是教师教学创新的基础,因此,教师对教学内容、事件与问题的感知判断力、思维想象力是教学创新能力的关键。在教学过程中,诸多教学问题有时候交织在一起,要创造性地解决教学问题,需要教师的感知判断力与决断力,这种判断力与决断力也是教师教学智慧的重要体现,是教师教学创新能力的重要组成成分。而教师的创新思维能力是教师教学创新能力的核心,创新能力需要在创新思维的支配下才能形成和发展。研究认为,各领域的杰出人才在发挥创新能力时都会经过特殊的创造性思维过程。教学创新思维是指教师以超越常规的眼光从不同的角度观察、思考教学问题,提出与众不同又能经得起检验的新观点、新思路、新方案以解决教学问题,达到高水平教学效果的思维方式。教学创新思维也是根据一定的教学目的和任务,有效利用已知信息与现有的条件,创造性地解决教学问题，达到理想的教学效果的思维活动。因此，教师的创新思维能力是教学创新能力的核心构成要素。

斯滕伯格也提出知识与技能在创新能力发展中的作用。在教师教学创新能力中，教师的专业知识与技能也是教师教学创新能力的重要组成成分。教师教学创新能力是以教师的深厚专业知识为基础的，也是以教师的教学技能为条件的。教学创新能力不是一种独立于专业知识与技能之外的存在，而是植根于教师的专业知识与技能之中的。

（二）教学创新动力系统

教学创新动力系统是教师教学创新活动的力量源泉。国内研究者认为，教学创新动力系统包括教学创新内部动力、外部动力以及创新意识。不同的动机对创新能力的影响不同。教学创新内部动力是教师进行教学创新的根本原因，是教师进行教学创新的主观因素，是教师开展教学创新活动的主要力量源泉。创新意识是开展创新活动的前提，只有在强烈的创新意识引导下，才可能产生强烈的创新动机，树立创新目标，充分发挥创新潜能和聪明才智。教师要有教学创新的意识和动力，同时也要有勇于创新、求新求变、积极探索的创新精神和创新激情，要勇于以新颖独创的新模式来处理教学活动，创造性地解决各种教学问题。

另外，研究也表明教师的积极情感对学生高效率学习和健康成长具有重要的促进作用。实际上，教师教学情感不仅会对学生的学习产生直接的影响，而且教师的积极情感也是教师教学创新的重要动力源泉，是教师教学创新的重要构成。教师对教育教学充满感情，热爱教育教学，尊重学生，具有强烈而炙热的工作激情，就保证了其在教育教学中能投入更多，运用更灵活的教学方法，增强了教学创新的主动性。教师对教育教学充满感情，热爱教育教学，就能够更多地吸纳新的教学内容，尝试新的教学手段，采用新的教育教学观念，寻求教学内容的变革，更容易接纳新的课程要求和目标。只有充满感情和激情才会有洞察力和感悟力，才能够充分地运用新的方式看待事物，在熟悉的看法中发现新的关系。

（三）教学创新人格系统

教师教学创新人格是在先天遗传和后天训练基础上形成的一种相对

稳定的特质,是在创新活动中表现出来的稳定的人格特征。与智力相比,创新人格对创新过程更为重要。塞林等研究了创新型教师的人格特征及在班级内的行为表现,认为成功的、富有创新能力的教师在个性品质上往往表现为六种特征:幽默、热情、乐观、自信、乐于接受不同观点以及对其工作之外的其他事情也表现出强烈的兴趣并积极参与。

对于创新型教师应该具备怎样的性格特征,不同的研究者提出了不同的看法。林崇德将创新人格概括为五个方面的特点及表现:(1)健康的情感,包括情感的程度、性质及其理智感;(2)坚强的意志,即意志的目的性、坚持性、果断性和自制力;(3)积极的个性意识倾向,特别是兴趣、动机和理想;(4)刚毅的性格,特别是性格的态度特征(如勤奋),以及动力特征;(5)良好的习惯。也有研究者总结发现,大多数研究认为创新型教师具有自信、勤奋、奉献、独立、自主、进取、合作、开放、包容、富有想象力、善于思考、有责任心等性格特征。教师的创新人格特征是教师实现教学创新的重要心理基础,教师的创新人格系统也必然是教师创新能力的心理基础。

(四)教学创新行为系统

教学创新行为是教师教学创新能力在教学行为上的表现,是指教师能够改变自己现有教学方式方法,以新颖的、与众不同的、更加有效的方式组织教学,实施新的教学样式等。有研究者提出,教师教学创新行为是指教师在教学活动中,依据一定的教育理念和教学条件,以与学生共同创设出与以往不同的、更加适宜学生学习的课堂情境为目的,所实施的新颖而独特的教学行为。教师教学创新行为表现在教学问题的解决中,是对教学问题进行创造性解决的行为方式。教学创新行为系统,是由创新活动的各种外显行为和技能等组成的,主要表现为教学创新技能和教学创新社会技能。

创新技能是创新主体行为技巧的动作能力,是在创新智能的控制和约束下形成的,属于创新型活动的工作机制。创新技能主要包括信息加工能力、动手操作能力、运用创新技法的能力、创新成果的表现能力和物化能力等,掌握动手操作技能是进行创新活动的基础。教师的创造性教学技能具体表现为创造性地把握教材的技能、创造性地运用教法的技能和创造性的教学应变技能等三个方面。

首先,应善于从教材中发现问题,创设积极的问题情境,创造出符合教育对象与教育教学规律的教学活动。其次,创造性地运用教法的技能要求教师要根据具体教学内容、教学条件和学生现有知识,运用行之有效的、培养学生创新精神和实践能力的教学策略进行教学设计,培养学生的综合运用知识能力、解决实际问题能力和创造性学习能力。再次,创造性的教学应变技能要求教师根据教育对象和条件的变化,抓住最佳教育时机,运用有效的教育方法,取得显著的教育效果。

教学创新社会技能主要是指团队合作能力。一些创新活动要求团体合作完成,因此,团队精神和人际沟通能力对于教学创新行为也是至关重要的。

四、教师教学创新能力的发展

(一)学习教育教学理论,提高教学创新观念与意识

培养教师教学创新能力,首先要打破传统的教育观念。教学创新须依靠创新型教师,这就要求广大教师必须在自身素质和职业能力方面不断超越自我,提高自身的责任感和教学积极性。比如,要确立终身教育、终身学习的观念,发展而非筛选的观念,科学的人文主义价值观,教学创新的学生主体观、民主观、发展观等。在这方面,应着重关注教师的批判性、质疑性、独特性等思维品质,以及教师知识系统、教学监控能力、反思能力等的形成与发展。它们既是教师教学创新的前提要素,也是教学创新的目标之一。

(二)鼓励教师开展教育科研与教学改革

在教学目标明确的条件下,要鼓励教师开展教育科研与教学改革。教师教学创新能力的培养,必须通过教师的教学实践来实现。在教学实践中,教师通过开展教学行动、教学反思与教学叙事研究,探讨不同的教学方式方法的有效性、灵活性与适应性等来提高教师教学的创新意识与创新能力。开展教育科研是创新型教师成长与发展的关键。教学过程是学生成长与发展的过程,在教学过程中,教师要不断地探索更加有利于学生发展

与成长的教学方式方法,只有这样才能够成长为一个创新型教师。在教学实践中要根据需要,鼓励教师开展教学改革,学习与实施新的教学方法,这是提高教师教学创新能力的必由之路。

(三)改变教师评价方式,鼓励教师教学创新

在教师教学业绩考核中,应突出教师平时教学创新能力表现情况和教学创新成果的考核,对教师教学创新能力作出恰当的评价。例如,可以建立教师教学创新成果奖励机制,制定教师教学创新成果奖励办法,在考核教师创新能力表现情况和教学创新成果的基础上,定期对教学创新能力强、教学创新成果显著的教师给予一定奖励,以激励教师不断提高教学创新能力。学校要营造一种文化氛围,强调教师的教学改革与教学创新,鼓励教师进行教学创新,从而提高教师教学创新能力。

第五章　让教师在课程开发中成长

课程开发与教师专业发展都是我国新一轮课程改革中的焦点和热点问题，这两者之间又有着相互促进的关系。在我国新一轮课程改革背景下，课程开发对于中小学教师专业发展有着重要的影响。在宏观层次，课程开发的有关理论对于教师专业自主的提升以及教师专业发展的范式有着积极影响；在微观层次，课程开发对于教师专业信念、专业发展需要和意识、专业动机、专业知识、专业能力等有着促进作用。

第一节　教师是课程开发的主体

随着课程改革的深入，人们逐渐认识到，教师应该主动参与课程开发。这不仅是课程改革的成果得以落实的需要，也有着社会变革的深刻背景，国内外相关的研究也为此提供了理论支持。但是，对于长期以来一直处于被动执行地位的教师来说，参与课程开发无疑是一个巨大的挑战。因此，参与课程开发对未来教师素质建构提出了新的要求，也要求学校管理者确立新的理念。

一、课程开发的内涵与层次

（一）课程开发的内涵

课程开发是一个古老而又年轻的议题，国内外学者也是仁者见仁、智者见智，纷纷提出了自己的观点。

就宏观而言，课程开发是指课程从古到今的发展，即历史发展；就微观而言，课程开发是指课程从研究、编制到实施、评价以至反馈、修订完善的发展,是循环往复的发展,即过程的发展。

关于课程开发的概念,大致有广义和狭义两种:广义的课程开发涵盖了课程设计、课程实施和课程评价等所有环节,狭义的课程开发仅指课程设计或课程实施一个单独的环节。

1974 年在日本东京召开的课程开发国际研讨会上所提出的课程开发的概念是从广义来理解的。它认为,课程开发是指新的课程的编订、实验、检验—改进—再编订、实施、检验……这一连串作业过程的整体。这是国际上目前比较认同的观点。从这一概念中可以看出,课程开发是一个连续不断的过程,其最根本的目的在于通过实践的检验不断地对已有的课程进行改进,使之趋于完善。

丛立新认为,课程开发就是对课程的各个方面做出规划和安排。一种课程开发的理论,经常会全面涉及课程目的、课程内容、课程评价、课程结构等各个范畴,在每一个范畴都提出具体的观点、主张以及实现这些观点和主张的程序、方法,并且经常形成特定的课程开发模式。

也有很多学者从狭义的角度来理解课程开发,如沃克将课程开发分成三个层面:一是课程政策的制定,指确立课程标准、纲要以及课程必须遵守的宗旨和原则,而不是开发学生和教师使用的真实计划和材料;二是普适性课程开发,指课程计划的准备以及提供教师和学生可能会使用的材料的准备;三是现场性课程开发,指特定学校或学区所采用的标准给本地带来的课程变革。

日本学者佐藤学是从课程实施的角度来理解课程开发的。他认为,课程开发是根据教育的构想,将教材与学习活动加以具体化,有策略地组织儿童成长与发展之基础的文化经验的活动。

张华认为,课程开发是指决定课程的过程及其所依据的各种理论取向,是国家或地方政府政治决策的过程、专家与权威相互作用的过程。它不单是教育学者和课程专家的工作,也是社会各方面共同合作的事业。

综上所述,可以把课程开发定义为完成一项课程计划的整个过程,包括确定课程目标、选择和组织课程内容、实施课程和评价课程等阶段,这样可以表达出“development”的完整涵义。课程开发是一个需要不断完善的过程,如果仅理解为设计课程或实施课程,就限制了课程的发展。因此,作为广义的课程开发,它涵盖了完成一套特定的课程材料所必需的编定、实验和检验的各种程序。它还包括实施和评价一套特定的材料所必需的教学活动,是一个连续不断的过程,各部分构成一个循环的系统。此外,课程开发是在长期的课程理论研究和实践中,以不同的哲学、社会学、心理学和文化学等学科为基础,代表不同的课程理念与实践规范的课程结构的发展,并对课程进行改造与设计,包括课程组织与结构的拟订,课程标准、目标、计划的制定,课程内容的选择和组织,课程的实施与评价的整个活动与过程。具体情况可用下图表示:

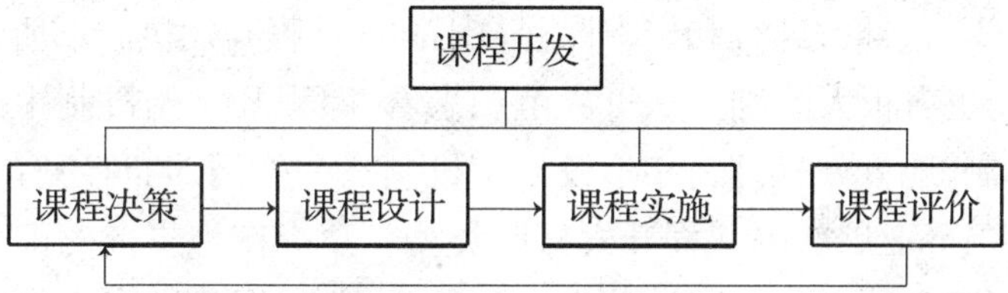

图 5-1 课程开发流程图

(二)课程开发的层次

从课程开发过程所承担的任务和产生的结果来分析,课程开发可以分为宏观、中观和微观三个层次,不同层次的设计,完成不同的任务,产生不同的结果;从教育行政机构的角度来分析,课程开发又可分为国家、地方和学校三个层次,不同层次的课程开发反映了对课程要求的不同标准。

国家课程开发是由中央政府委派专门的课程开发机构或专家小组,依据整个国家的政治、经济发展的需要,针对全国中小学教育中普遍存在的问题,确立新的课程目标和课程方案,修订或新编教材,然后选择一些学校试验,再向全国推广,最后学校普遍实施,并接受国家考试机构或其他评估机构的检测。这种开发模式是一种"研究—开发—实验—推广"的自上而下、由中心向边缘的课程开发。

地方课程开发是地方教育主管部门以国家课程标准为基础,在一定的教育思想和课程观念的指导下,根据地方社会发展及其对学生发展的特殊需要,充分利用地方课程资源所设计的课程。地方课程立足于课程的地方适应性,并关注地方发展的多样性,为学生提供了更多的选择机会。地方课程主要是综合课程,也可以是分科课程,它不追求知识的体系化,而更注重知识面的拓展，注重与地方政治、经济和文化的整合。

学校层面的课程开发即校本课程开发，是以学校教师为主体，在充分利用地方和社区课程资源的基础上，根据学校的办学思想而开发的多样的可供学生自主选择的课程，包括对国家课程的开发和学校校本课程的开发。校本课程开发是完全出于学校内部需要，完全依靠自身的条件和资源的全员参与、自我评价的课程开发活动。它是“实践—开发—反思—改进”的草根式开发模式，充分尊重和反映了学校中教师和学生的独特性和差异性。

国家课程、地方课程和校本课程在不同的课程开发机制下所占的比例不同，地位也有很大区别。从世界范围来看，课程开发的机制主要包括中央集权机制、地方分权机制和学校自主机制三种类型，同时还有文化传统和社会参与等亚层次的课程开发机制类型。其中作为主导的课程开发机制是中央集权、地方分权和学校自主三种类型，它们分别在不同的教育系统中起着主导课程开发机制的作用，其他各种层次的课程开发机制则起着不同程度的补偿和强化作用。

我国主要采用的是中央集权的课程开发机制，地方课程、学校课程开发作为补偿机制。美国主要采用的是地方分权的课程开发机制，而英国主要采用的是学校自主的课程开发机制。随着经济和社会的发展，各国对课程开发机制也进行了不同方向的改革，中央集权机制为主导的国家开始进行权力下移的改革，地方分权和学校自主机制为主导的国家开始进行权力集中的改革，目的都是确立一套健全的、多层次的课程开发机制系统，充分发挥各种开发机制的优势，同时对单一的课程开发机制进行补充，建立一种动态的、平衡的、充满活力的课程开发系统。

综上所述，课程政策的实施无论怎样都不是脱离社会的，而是受着社会或明显或隐蔽的权力关系制约的。因此，一个健全的课程开发系统的建立，不仅需要国家、地方和学校三类课程开发行政主体的统一协调，同时教育和课程的发展也需要政府、课程专家、学科专家、教师、学生、家长和各类社会人士对课程开发的积极主动的参与。任何国家的教师都代表着一个巨大的知识资源，要提高教育质量，就必须像对待其他任何自然资源一样，将这个知识资源充分挖掘出来。因此，教师作为课程发展中的必要因素，在课程开发过程中也应该作为其中的一个主体发挥他们的重要作用。

二、教师参与课程开发的社会背景和必要性

(一)教育的个性化与课程的多元化要求教师参与

20 世纪中叶,苏联人造卫星上天,引起美国的震惊和恐慌。美国不得不重新审视本国的教育,并掀起了教育现代化改革的大潮。自此,教育在为经济发展服务、促进经济腾飞的过程中迷失了自我。为了满足经济迅速发展对人才的大量需求,学校几乎成为人才批量生产的工厂——教学目标整齐划一,教学方式机械呆板,教学管理专制强化,抹杀人的活力与个性。随着知识经济时代的到来,创新成为人才素质的核心要求,经济发展对人才的需求日趋多样化。在这种背景下,人们逐渐认识到传统教育重共性轻个性、重知识轻能力的弊端,开始重新审视教育的本体价值,追求教育的个性化。教育个性化要求承认学生在智力、经验、社会背景、性格爱好等方面的差异性,关注每个学生潜能的开发和个性的发展。为此,学校课程必须实现多元化,以适应学生的个别差异,促进学生个性的发展。而对学生的差异最为了解的莫过于教师,因此教师理应主动参与课程开发,充分考虑学生的个别差异,培养有个性的人。

(二)课程改革的深化需要教师的积极参与

20 世纪 80 年代以前,教师经常被剥夺了课程开发的权利,被要求忠实地采用指定的教材和实施事先确定的活动内容。进入 90 年代以后,人们逐渐意识到,课程改革能否成功,课程改革的理念能否落到实处,在很大程度上取决于教师的积极参与。

国外相关的研究也证明了教师参与课程开发的必要性。20 世纪 70 年代以后,人们开始意识到教师内在的实践经验、科研能力、创造能力是客观存在的,并应该在课程发展中展现出来。斯腾豪斯、施瓦布及“行动研究”的倡导者都非常重视教师的作用。20 世纪 80 年代中期,美国的霍姆斯小组、卡内基教学专业工作组等组织相继提出报告,强调通过提高教师的力量、提高教学专业化水平等学校系统内部因素来提高教育质量,引起

了人们对“赋权于教师”等问题的普遍关注。此外,80 年代像康内利等人提出的“课程即经验”、格兰迪提出的“课程即是实践”等这些新的课程观念,降低了课程的结构化程度,使教师参与课程开发得到了理论上的支持。

(三)科技迅猛发展与课程滞后性矛盾的解决有赖于教师的参与

知识经济时代,知识无限膨胀,高新技术成为推动社会进步的重要力量。课程作为知识的载体,必须对这一深刻的社会变革及时做出敏锐的反应。但课程本身具有滞后性,从课程专家着手研究到开发实验,再到推广普及,要经历一个漫长的周期,最终推广的课程很难及时反映日新月异的科技发展成果和社会发展的需要。这就要求教师树立课程开发意识,并积极参与课程开发。教师自身要关注社会发展,了解科技最新成果,通过媒体、图书馆、网络等途径挖掘新的课程资源,在教学实践中及时将科技前沿知识补充到课程当中,使学生保持与社会发展同步前进。

(四)我国地域特征也决定了教师应参与课程开发

我国是一个地域广阔、民族众多的国家,各地区经济、文化、科技、教育的发展水平相差悬殊。在这种背景下,教师应根据本地区的实际状况开发有针对性的课程,以适应本地、本校学生的需要。

三、教师是课程开发的主体

教师是课程开发的主体,从国家课程开发的角度来讲主要有三个维度。

(一)教师是课程决策的审议主体

教师作为课程开发的主体,首先表现为是课程决策的参与主体。教师与教育行政人员、课程专家、学科专家等共同组成开发小组,以自己的教学实践为依据,对课程目标、课程标准和课程计划提出实践性的指导原则。教师作为审议主体参与课程决策和课程编制。麦克劳林在“兰德课程变革动因研究”中指出,课程政策制定者和其他教育行政人员所认为的教师的需要与教师实际感觉到的需要往往是不一致的。而且在教育中,最了解学生需要的是教师,最贴近教育现场的也是教师,没有教师参与的课程开发是不完整的,教师不参与到课程决策中来,就不能更好地参与到具体的课程实施中去。因此,课程决策一定要体现教师的实践需要。

(二)教师是课程实施的实践主体

教师作为课程开发的主体,在课程实践层面表现为课程实施的实践主体,即教师在国家课程标准的基础上,根据学生的特点和课程的内容,对课程进行再加工,与学生共同创生课程。随着课程范式由“课程开发”转向“课程理解”,教师对课程的实施就不仅仅只是被动执行,而是对课程进行积极的创生,把“制度课程”转化为学生需要的“实际课程”。任何课程要发挥其实效,都必须经过教师的运作和学生经验的重新建构。教师真正讲授的内容和传递给学生的内容是经过加工的内容,是适合教师和学生的内容,是教师根据自己的知识、信念和态度而解释了的内容,所以教师必须要参与到课程开发中,从而丰富课程的内容。

(三)教师是课程评价的反馈主体

教师是课程开发的主体,在课程评价层面上主要表现为作为反馈主体对课程的开发提出改进建议,教师的教学实践是课程发展的重要推动力。课程评价的第一种作用是满足政策制定者、行政管理人员以及其他社会成员获得教育体系方面信息的要求,这将帮助他们制定出影响课程的重要决策;课程评价的第二种作用是满足教师、课程专业人员、学校行政管理人员以及其他负责课程编制人员的需要。

课程开发是一个包括课程编制、课程决策、课程实施和课程评价的循环系统,作为教育场域中核心因素的教师有必要参与到课程开发的全过程中,尤其是参与到课程评价中来,把教师有价值的经验记载下来。课程开发的过程不仅是一种理论的建构,更是实践在理论中的升华,教师的实践研究是课程开发的重要依据。

四、教师作为课程开发主体的有效形式

教师是课程开发的主体,即教师要积极、主动地参与到课程开发的全

过程中,在不同的阶段,教师进行课程开发的方式也不同。

美国著名课程论专家古德莱德将课程分为五个层次,这五种不同层次的课程表明了课程从决策、设计到实施经历的不同阶段的层次的转化。这五种课程是:

(1)理想的课程,指由一些研究机构、学术团体和课程专家提出的应开设的课程。由于这些课程尚处于观念之中,因而又叫"观念的课程",如果被官方采用即成为"官方的课程"。

(2)正式的课程,指由教育行政部门规定的课程计划、课程标准和教材,也就是列入学校课程表的课程。

(3)领悟的课程,指任课教师所领会的课程。由于不同教师对正式课程会有自己不同的理解和解释方式,因此教师对课程"实际是什么"或"应该是什么"的理解,与正式课程之间有一定的距离,从而会对正式课程作用的发挥产生积极或消极的影响。

(4)操作的课程,指由教师在课堂中实际实施的课程,是教师根据自己的经验和学生的特点进行调整后的课程。

(5)经验的课程,即学生实际体验到的课程。每个学生从同一课程中所获得的体验或学习经验是不同的,因而对课程的实际理解也有所区别。古德莱德认为这是所有课程中最重要的课程,是被内化和个性化了的课程,该层次的课程是对课程组织的最终检验。

(一)教师民主参与课程决策与课程设计

决策分享是指所作出的任何有关课程开发的重大决定,都必须是相关人员集体参与、共同商讨和审议的结果,即我们所说的"参与式决策",而"集体审议"制度就是要从制度上确保所有的决策参与者享有平等的地位,确保每个人都能发出自己的声音。对于国家课程开发而言,它要求在课程决策的全部过程中都必须有教师代表的参与,而且要保证一定的人数比例及平等的发言权。参与课程决策是教师课程开发权利的首要体现,也是课程民主化的重要体现。课程开发过程的复杂性和多人参与的必要性,对课程方案和材料的选择有不少益处,具体表现为:(1)基于多元视角;(2)及时反映了最前沿的学术成果;(3)能够适应课程实施地区的主要特征。

教师参与课程开发并不排除国家层面会对这些事务进行主要的决策，也不意味着教师将单独决策。决策要有一个决策小组，教师是课程审议的主体之一。“审议”的目的是做出特定情境中行动的决策，它同时考虑了目的和手段，而且把两者看作是相互决定对方的要素。在课程审议的过程中，来自不同领域的成员之间互相交流，对可能的备选方案从不同的视角予以评价，从而得出一致的意见。

此外，在课程设计层面，课程开发需要由来自不同领域的人群，包括课程专家、学科专家、教师以及社会人士等组成设计小组，他们一起致力于某一共同的课程项目或课程计划。教师的实践性学识是教师知识中最宝贵的财富。对于国家课程设计的参与，教师可以作为读者阅读最初以及随后的课程材料的草案；实施课程材料并让专家、学者观察正在进行的课程材料的教学情况；测评学生的表现。同时教师可以充当专家、学者的参谋，与专家、学者讨论、交流，积极反映自己在第一线教学实践中所遇到的问题，从而使所确定的国家课程在内容范围和结构安排上既合乎学科本身的逻辑，又最大限度地与学生的身心发展水平、兴趣、需要相符合，以不断形成新的对课程的成熟理解，进而不断增强国家课程的科学性和权威性。

（二）教师创造性主导课程实施

课程实施主要是在学校和课堂层面进行的。学校层面的课程实施主要存在三种取向：一种是忠实取向，一种是相互适应取向，最后一种是课程创生取向。所谓“忠实取向”，就是将课程实施过程看作是忠实地执行课程计划的过程。所谓“相互适应取向”，就是将课程实施过程看作是课程计划与班级或学校实践情境在课程目标、内容、方法、组织模式诸方面相互调整、改变与适应的过程。而“课程创生取向”认为真正的课程是教师与学生联合创造的教育经验，课程实施本质上是在具体教育情境中创生新的教育经验的过程，既有的课程计划只是供这个经验创生过程选择的工具而已。创生取向的课程实施使教师不再是课程的被动实施者，而是课程知识、教育经验的主动建构者和创造者。根据古德莱德的课程分类理论，教师主导课程实施即领悟的课程、操作的课程和经验的课程，也就是教师在学校层面对国家课程和教材进行的二次开发。

教师对教材的二次开发弥补了国家课程因强调统一标准而操作性不强的缺陷，是教师和学生共同创造的课程。教师对课程的二次开发是教师根据实际教育情境的需要，对课程内容进行适度增删、调整和加工，从而更好地适应学生学习的一种课程行为。教师对原有课程的二次开发，一方面服务于教师本人个人化的教学需求，体现出教师对课程内容的理解与诠释；另一方面也有利于原有的课程更适合于具体的教育教学情境，有利于学生将课程内容转化为自己知识结构的组成部分，从而促进学生的发展。而这其中，需要教师主体性和创造性的发挥。

教师对国家课程的二次开发，也被看作校本课程开发的一个方面。如吴刚平认为，校本课程开发包括两大范围，一是指校本课程的开发，二是校本的课程开发。其中，校本的课程开发指学校根据自己的具体实际情况对国家课程计划进行校本化的适应性改造和创造性实施。此时，国家依然是课程开发的权力主体，但教师并不只是课程开发的执行者，而是课程开发的实践主体。

教师在教育实践中的主体性参与，是教师发展的根本性动力。教师参与课程决策及对课程计划和课程标准的制定，并不代表着教师在实际教学中就可以完全依照以上标准去做。在具体的课程实施中，教师重在对教材、课堂和学生全面的把握，并在对课程和学生深入了解的基础上，形成自己有特色的教学，积极主动地做课程开发的实践主体。

（三）教师主动进行课程行动研究

教师的课程开发能力和创造性依赖于对教学实践的积极反思和主动研究。行动研究是社会学科学研究领域的一种方法，已被英、美等西方国家普遍采用。课程行动研究是由美国学者麦克纳提出的一种课程研究的方法，是指教师或相关人员在自然的教育情境中，创造性地运用理论研究和解决不断变化的实践情境中的具体问题，并将研究结果在同一情境中加以应用，从而不断提高课程实践质量的一种探究活动。行动研究是实践工作者开展的系统的、自我反思的科学探究，其目的在于改进实践，并提高教师的研究意识和教师的课程参与意识。它是教师对自己教学实践的一种积极反思和课程创造过程，也是教师参与课程开发的一种有效方式。

教师主动进行行动研究,主要通过以下程序实现:

首先,明确地界定困难。课程实施中的问题是教师行动研究的中心,问题来源于实践,来源于自己的教学、丰富的课堂和拥有个性差异的学生。研究的问题重点应以微观层次为主,寻找针对性强的问题,避免一些华而不实或者难度过大的课题,以免脱离实际,或由于问题过大,需要过多地关注而影响自己的正常教学工作。这就要求教师进行的课程研究要立足于自己的教学实践,着眼于改善自己的工作,以提高自身的反思能力和科研能力。

其次,确定行动计划。确定问题之后就需要教师对实施的各个方面进行分析,作出具体的规划。例如,针对自己学科的特点,如何实施探究性学习、合作学习,如何实现信息技术与学科教育的整合,如何体现新的评价理念和进行新颖评价方式的使用,课堂教学模式如何变换等;在这些问题中,主要的困惑和困难在哪里,如何克服,如何对实践的过程,即行动研究的过程进行记录、交流等,都需要在行动计划中有所体现。

最后,实践工作者反思、解释、改进自身行动,同时与行动研究群体交流这些结果。教师只有深入研究在特定教学情境中的各种因素,努力尝试最好的教学行动,才能真正实现反思性教学。这种反思就像行动研究的倡导者埃利奥特所认为的那样,教师对实践中出现的问题进行系统的思考,获得比较周全的、较少偏见的解释和理解,在这种理解的基础上改变自己的教学。同时,教师在决定改变教学策略之前一定要有系统的思考和理解上的变化,或者是教师针对实际问题临时采取某种应急策略来改变自己的教学,在解决问题的进程中自我监控改革的效果,逐步修正自己原先的应急策略。通过自我评价,教师对问题的最初理解得到改变和调整。反思实践中的教师已经成为研究者。

行动研究最基本的功能是改进行动质量,即改进教育实践者自己的教学实践和教学质量,而它还有一个重要的功能,即通过教育实践者个人的行动研究提高自己的批判意识和反思意识,建立对课程的独特理解,这是提高教师课程意识和课程能力的重要手段。

第二节 课程开发对教师专业发展的影响

鼓励教师参与课程开发的重要原因之一，是教师参与课程开发可以大大促进教师的专业发展。参与课程开发，教师将面临新的教学观念、材料和策略的挑战，思考、应对这些新事物，有利于教师的专业成长；通过参与课程编制、课程改编和课程评价，教师将加深对自身和教育的理解，丰富其学科知识，并摆脱课堂的局限去思考问题和行动。此外，教师参与学校课程开发，可以增进教师对学校课程乃至整个学校的归属感，提高教师的士气、工作满足感和责任感，使教师对教育教学工作有更多的投入。以下从宏观和教师个体两个层面来具体分析课程开发对教师专业发展的影响。

一、对教师专业发展的影响——宏观层面

（一）课程开发与教师专业自主权

课程开发从其兴起的历史背景、核心理念、理论建构上都对于教师专业自主权的实现具有相当的促进作用，尤其是在教师课程决策这一领域。

从课程开发兴起的历史背景来看，课程开发兴起的历史背景之一就是教师专业发展需要。对于新课程运动失败的反思，使人们认识到教师的重要性，这包括了教师参与课程开发、课程决策的重要性，以及教师自身专业素质水平的重要性。因此，在课程开发中，核心理念之一就是对教师赋权增能，也就是要求赋予教师课程开发的参与权和一部分的课程决策权。伴随着“实践的课程范式”而兴起的校本课程开发赋予了教师专业自主权，回应了教师对专业自主权的需求。

课程开发的相关理论进一步从理论的高度赋予教师应有的专业自主权。课程开发理论的奠基人之一，约瑟夫·施瓦布在其“实践的课程模式”相关理论中，提出了“集体审议”这一重要的课程决策模式，为教师的专业自主权在课程领域的实现提供了理论上的依据和实施的基本模式。

施瓦布关于集体审议的课程理论集中成一系列的四篇论文，它们是：《实践：一种课程的语言》《实践：择宜的艺术》《实践：课程的转换》《实践：

课程教授要做的事》。施瓦布关于集体审议的课程理论认为,课程问题是实践的问题,而非理论问题,实践问题的解决,必然是运用实践的方法,而非理论的方法;实践的方法有程序的(技术的)和审议的,前者解决确定的程序问题,后者解决不确定的谋划问题和道德问题。课程问题主要属于不确定的问题,因此,课程问题的解决方式是审议。

施瓦布在《实践:一种课程的语言》中对审议的一般情形和基本特征做了详细的论述。其中,在论及审议的一般情形时,施瓦布提出审议将形成一个新的公众,其成员之间形成一种新的交流方式。要使审议获得最好的效果,就需要考虑到尽可能多的备择方案,每个备择方案都得从各个视角予以评价,并且要保证那些将直接承受到这一审议后果的人当中有广泛的代表参与,使他们感到并相信这一选择是值得追求的。这就可以打破专职研究人员与学校工作人员之间的屏障。施瓦布强调审议的集体性和教育性特征。具体而言,集体性是指参与审议的成员应包括多方的代表,尤其是将会受到决定影响的人们;教育性是指审议的过程是成员间彼此互动、相互启发的教育过程。施瓦布关于审议的这些论述,都是教师课程专业自主权的理论依据。作为课程决策影响的重要承受者的教师,在审议这一理论框架内,理所当然地找到了课程专业自主权的依据。

此外,施瓦布关于审议中四个基本要素之间平衡的论证中,也凸显了教师在课程中的重要性。施瓦布提出,学科内容、学生、环境、教师是课程审议的四项基本要素。在泰勒课程原理中,目标的形成有三个来源:学生、社会、学科。这样一来,教师便是在目标确定之后,实施课程目标的手段。集体审议则不同,教师是确定目标和解决问题整个过程中的一个基本要素。因此,教师与其他三个要素一样,是审议的第一手信息来源。施瓦布在《实践:课程教授要做的事情》中,描述了学校的课程决策办公室的成员构成(常规出席人员:4～6名教师代表、校长、1名校董会成员、1～2名学生代表)。这实际上是从组织制度上保证了课程审议的群体性,尤其保证了教师作为主导成员参与学校课程的决策,为实现教师的课程专业自主权提供了可实施的具体方案。20世纪80年代以来,施瓦布的这一构想在美国的课程开发中发挥了重要的作用。美国的校本课程开发更强调包括学校成员、课程专家及家长与社区人士等广泛参与的集体审议。

以后现代主义课程观著称的、西方教育界的美国学者威廉姆·多尔认为，无论是对国家课程，还是对地方课程以及校本课程而言，教师都应该是课程开发“平等者中的首席”。“平等者中的首席”，是指教师在课程开发人员群体（如行政人员、课程专家、智囊团等）中是一个平等成员（而非建议者、被动者），但他实际上又是一个领导者。这种首席地位一般表现在：在课程规划阶段，教学计划由行政人员、专家和教师共同制订，但教材和教学大纲的设计以教师为主；在课程实施阶段，教师直接面对学生，直接影响和教育学生，教师要在教学中不断修订课程，使新课程更符合学生和社会的需要；在课程评价阶段，宏观层面上的课程评价以教师和课程专家为主，微观层面上由教师以多种方式考查学生对新课程的掌握程度。

在课程实践的意义上，这一角色定位首先强调的是平等，即要赋予教师与其他课程开发人员相同的地位和权利，使教师由被动变为主动，在课程发展中的主体性和专业自主权得到提升；其次，这一角色定位要求教师成为开发人员中的“首席”，强调教师在课程发展中应发挥核心作用并承担主要责任。这种“首席”并非一种形式或荣誉称号，而是指教师在课程开发中的应有作用。

施瓦布和多尔的上述观点，都有力地从理论上赋予了教师在课程领域中的专业自主权。这些理论上的论证，为人们对教师专业自主权的认可提供了理论的支撑。同时，他们还分别提出了实施教师专业自主权的具体方式。

在我国，随着新一轮课程改革的开展，从课程政策的角度上也赋予了教师课程方面的专业自主权。2001 年教育部制定了《基础教育课程改革纲要（试行）》，进一步明确了“为保障和促进课程适应不同地区、学校、学生的要求，实行国家、地方和学校三级课程管理”。其中，对学校的课程权力作出了如下规定：“学校在执行国家课程和地方课程的同时，应视当地社会、经济发展的具体情况，结合本校的传统和优势、学生的兴趣和需要，开发或选用适合本校的课程。各级教育行政部门要对课程的实施和开发进行指导和监督，学校有权利和责任反映在实施国家课程和地方课程中所遇到的问题。”“三级课程”政策的出台，为校本课程开发机制的引入提供了政策支持，把原来属于国家的课程开发权利和责任部分地赋予广大基层学校和教师,使教师拥有了部分课程开发的权力,为教师专业化发展开辟了坦途。

(二)课程开发与"教师成为研究者"专业发展趋势

"教师成为研究者"如今已成为了教师专业发展当中的一种重要趋势。早在60多年前,英国教育家贝克汉姆就论证了教师研究对于增强他们的自尊心和专业性的重要意义与联系。他认为,教师拥有研究机会,如果他们能够抓住这个机会,不仅能有力地、迅速地推进教学的技术,而且将使教师工作获得生命力与尊严。万恩也曾于1952年发表了《教师成为研究者》一文。但学术界还是将"教师成为研究者"与斯腾豪斯联系在一起,一致承认斯腾豪斯第一次正式提出"教师成为研究者"并使之成为一种有影响力的运动。自斯腾豪斯正式提出这个口号之后,"教师成为研究者"在后来许多行动研究的倡导者那里几乎成为"教育行动研究"的代名词。斯腾豪斯领导的东盎格利亚大学教育应用研究中心将这个理念印刻在一块徽章中。

"教师成为研究者"这一理念的提出,是基于斯腾豪斯的"过程模式"课程理论以及他亲自主持的英国"人文课程改革"中的实践经验的。

斯腾豪斯的代表作《课程研究与编制导论》是为师范学院开设的教育理论课所写的一本教科书。他认为,师范学院教育理论的教学往往过于严格、精确,然而却不关注如何改善教学实践,而改进教学实践需要使各学科形成一个网络,通过详细地研究课程和教学可以形成这种网络。因此,需要在师范学院中设置课程研究的课,他写该书的目的就是为了弥补这门教材的缺乏。他的这本课程论教材展示了当时课程编制方面的多方面理论研究成果,还吸收了英国许多课程编制的实践经验,并在此基础上提出了自己的课程思想和课程编制方式——过程模式。

过程模式是针对目标模式提出的。过程模式的特征是不以事先确定好的、由仔细分解一般目的而得出的目标系统作为课程编制的依据,而是关注整个课程(包括教学)展开过程的基本规范,通过程序原则来指导和规范教师在教育过程中的决策和活动,从而使课程与宽泛的目的保持一致。程序原则主要是帮助教师制定和选择课程内容——根据知识、活动的内在价值而进行选择。此外,斯腾豪斯在其人文课程实验中,提出了指导课堂教学的过程原则,进一步指导教师的课堂教学行为。

1968 年夏,课程研究小组确定了 32 所实验学校并主持了由这些实验学校参加的会议。在会议上,研究小组向实验学校介绍了其确定的基本假设(过程原则)以及实验中可能遇到的问题。斯腾豪斯认为,既然这些实验学校表示了参与研究计划的兴趣,他们就应该暂时接受这些过程原则,但他同时强调,"我们对问题的诊断以及教学方法方面的建议只是等待接受检验的假设"。也就是说,它们只是临时的过程原则而并非不可改变的定论。实验学校被要求检验和发展这些教学方法以及检验和发展那些由中心指导小组提供的教学材料。

在斯腾豪斯看来,教学实际上是一个课程探究的实验过程,因此他在课程编制问题上提出"教师成为研究者"和"研究成为教学的基础"。他坚持"没有教师的发展就不会有课程的开发"。在坚持"教师成为研究者"时,斯腾豪斯认为,教师是课堂的负责人,从实验主义者的立场看,课堂是检验教育理论的理想的实验室,而教师则是课堂和学校潜在的实际观察者。因此,无论从哪个角度来理解"研究",我们都很难否认教师拥有大量的研究机会。我们应该承认,每一个课堂都是一个实验室,每一位教师都是教育科研的成员。

斯腾豪斯还进一步区分了教师参与课程研究的两种情况,一是由教师亲自操作的"一线研究",参与研究的教师被称为"内部研究者";二是由来自大学的研究小组操作的"二线研究",参与研究的研究者被称为"外部研究者",外部研究者的责任是促进内部研究者,激励"教师成为研究者"。"二线研究"实际上是建议校外的指导小组在指导教师从事研究时,指导者也成为学习者,指导小组内部也应具有行动研究精神。正是这种精神照亮了由斯腾豪斯领导的课程研究指导小组。斯腾豪斯以自己的教育理念、人格魅力以及他所倡导的"二线研究"方式极大地影响了他身边的同事,如埃利奥特、凯米斯等人。

斯腾豪斯所倡导的行动研究,在其人文课程改革中促进了校本课程的开发。人文课程研究既是一种行动研究方式,也是一种课程开发活动。斯腾豪斯在人文课程研究中倡导了一种课程开发的过程模式。他并不绝对地否认课程目标，但他明确反对传统课程开发中的目标模式，即反对简单地用固定的目标表格来限制具体的过程。自此，课程开发基本上成为行动研究的内容，行动研究几乎等同于课程开发，这种传统在后来的行动研究中一直被保存下来。

二、对教师专业素质的影响——个体角度

（一）课程开发激发了教师的专业动机

教师专业发展动力在教师专业发展过程中的重要性不言而喻，它是教师专业活动和行为的动力系统，直接关系到教师专业发展的动力和持久性问题。但对于这方面的专门研究就远远不如教师专业知识、能力的研究那么普遍和深入。

格拉特霍恩的有关教师发展影响因素的理论，把影响教师专业发展的因素分为个人因素、情景因素、促进教师发展的特殊介入活动三大方面。其中在个人因素方面就提及“动机发展”这一因素，认为教师专业动机是指教师努力争取达到专业目标的内在驱动力，并且归纳了影响动机水平的若干因素，如各种支援性环境、价值及意义、教师的信念、教师的目标、经常性的反馈等。

课程开发过程中的教师培训、教师之间的合作和互相学习，以及专家对于教师的指导、教师根据实际需要开展的自学等都是课程开发这一工作所直接引起的学习。课程开发是作为教师实际教学工作任务的一部分而出现的，并且它的开展与教师日常工作是密切相关的，因为它的开发是基于教师所在的教学环境、资源的。从对学生需求、学校环境资源的分析到课程设计、课程的实施全过程，都是与教师的日常工作环境、工作任务密切联系在一起的。在课程开发的过程中教师将遇到一系列的问题与挑战，它们都将有效地激发教师专业学习的动机。因为这种基于课程开发的专业学习是与教师具体工作目标相联系的，学习就是为了更好地达成工作目标。而工作目标本身对于教师就有着重要的激励作用。有学者认为，教师的学习动力源于工作目标，因此将学习和工作目标结合起来可以大大激发教师的学习动机，并且强调尽管教师学习的原动力来源于教师本人，但由

工作目标引起的学习动机是可以外部调控的。课程开发正是一种可以调控教师学习动机的工作目标。

与其他一般的教学工作任务相比,课程开发对于教师而言是一种有关专业能力全方位的挑战,要求教师具备相当的课程研究、开发、实施、评价等多方面的能力以及教学理念、手段不断更新。它是一项需要教师去反思、批判、突破、创造的工作。所以,课程开发与一般的工作任务相比,无疑是提出了更有挑战性的工作目标。正因如此,它更能激发教师的专业学习动机。与离开具体工作目标而提出的专业学习要求相比,课程开发更能保障教师专业学习的动机。

而在实际操作中,我们要做的是及时引导利用这种动机,及时给予教师必要的专业学习方面的帮助。在课程开发过程中的专业学习,是教师根据具体工作目标的需要选择学习内容的。也就是说在学习的内容上,教师具有一定的选择自由,他们根据课程开发中遇到的问题有针对性地选择学习内容,体现了其学习者的主体性,符合教师作为成人学习的特点。

课程开发对教师专业发展动机的激发不仅限于专业学习上,并且在于工作动机的激发。在教师的专业发展过程中,专业工作人员是他们担当的最重要的角色。教师对于专业工作的感受将直接影响到教师在专业工作上的投入感和积极性,进而影响到教师个人专业发展的动力。

课程开发可能更有效地提高教学质量。有学者认为,要避免把教师当成被动的消费者。教师了解学生的需求、能力、兴趣和特点,他们能够开发出学生满意的课程;教师能够比较充分地把握课程的意图,有助于提高教学质量;课程开发能提高教师对课程的兴趣和满意程度,从而增强教师参与学校其他工作的兴趣和积极性。总而言之,课程开发将更有可能使教师在教育教学过程中获得成功的体验,从而提高其自我教学效能感和工作满意度。较高的自我教学效能感和工作满意度对教师专业工作动机的维持是具有有力的促进作用的。

另外,课程开发对于教师自我教学效能感的提高又有利于教师积极应对职业压力。自我效能感高的教师在面对工作压力时,倾向于采取积极的应对策略,倾向于用较乐观的态度面对压力。

从对教师专业学习动机的促进到对教师专业工作动机的促进,课程开发都将共同增强教师的专业动机。应该注意的是,上面论证的是课程开发对教师专业动机产生促进作用的可能性。要把这种可能性转化为现实性还需要教师自身主观上的努力以及支援性客观环境因素的有力推动。

(二)课程开发强化了教师专业发展的需要与意识

教师专业发展的需要与意识的实质,是教师对于自己职业角色的全面认识和认同,以及在此基础上自觉自主地完善自己的职业角色。凯尔卡特曼提出“专业自我”的概念来说明教师的专业发展。其中首要的构成因素就是“自我意象”——对“作为一个教师我是谁?”这一问题的回答。从这一意义上来说,课程开发有助于教师形成对职业角色的全面认识。

教师是集传递者与创造者于一身的人,传递者与创造者的角色应当体现在教师工作的全过程和全方位中。对于教师作为传递者的观点,已普遍得到人们包括教师自身的认同。而对于教师作为创造者的角色定位,则往往受到质疑,往往会被看成仅仅是一句激动人心的口号。事实上,教师作为创造者的职业角色定位有着其理论根据和现实基础。尤其是在信息化社会的今天,教师作为创造者这一角色具有了更坚实的现实基础,教师要作为创造者的角色显得越来越重要。课程开发在彰显教师职业的创造性、激发教师的活力与热情方面能够起到重要的作用,从而大大提升教师对自身创造者角色的认同程度。

课程开发正是唤醒教师蛰伏的创造性,锻炼教师创造才能的一个大平台。一方面课程开发为教师创造精神和创造能力的发展提供了宝贵的机会,使教师由过去单一的课程实施者,成为具有课程研究者身份的人。课程开发的机制,拓展了教师关注的视野——由单纯的课程呈现,发展到课程生成。它要求教师不断地研究学生、研究课程设计方案、修改并实施方案,在这个过程中总有大量的不断出现的新问题,需要教师进行创造性思维。这种种的实践活动使得教师职业的创造性维持在一定的水平上,并且使教师对其职业的创造性重新定位,强化教师作为创造者的专业自我意识。

在课程开发的过程中,教师作为创造者的角色是具贯穿全程的,而不仅仅是阶段性的创造主体。这是当前以及未来社会对于教师职业的新要求，是增强教师职业吸引力的核心要素。课程开发的实施不仅能促进教师对自身专业角色的全面认识，而且使教师认识到自身专业价值的内部价值与外部价值的统一。

在当前教师专业自我价值意识中，对教师专业价值的认识，主要集中在对其外部价值的认同。具体而言就是对教师专业价值的评判，主要取决于教学的效果，也就是局限在外在的社会效果。受这一认识的影响，教师感受其工作的意义和价值只能完全来自外部，如社会的赞誉、学生的成就等。而教师专业的内在价值，也就是专业对于教师个人成长和发展的价值没有得到应有的重视。这种忽视将削弱教师专业发展的自我意识。

对于教师个体而言，教师这一职业的价值不仅仅体现在对社会的贡献上，同时它还是教师欢乐和尊严以及个体发展的来源。教师应该把自己视为一个有价值的个体，专业活动既是对学生发展的促进，也是教师自身成长、自我价值的实现。课程开发可以作为一种有效的方式，促进教师主体价值意识的觉醒，使教师工作的内在价值和外在价值统一起来。课程开发的过程需要教师不断地进行创造，而“创造”正是教师专业内在主体价值和外在社会价值的共同基点。正是对教师培养具有创造精神和创造能力的人的要求和对教师工作中创造性的要求，让我们找到了教师职业对于社会而言的外在价值与对于从业者的教师而言的内在价值之间共同的基点。课程开发生成性的特点，是教师创造活动持续不断的重要基础。伴随着校本课程的生成，教师能清晰地体验到自己诸多方面正在发生的更新与提高，从而体验到源自内心的尊严与快乐。

课程开发通过对教师职业角色的重新定位以及对于教师职业内部价值与外部价值的统一，使教师确立积极正确的教师专业自我意识，为教师的专业发展指明了正确的目标和路线。

（三）课程开发促进了教师专业信念的发展

课程开发对于教师专业信念的发展主要集中在课程观上，这种专业信念的转变从课程观出发，辐射到教育目标观、教学观和管理评价观等领域，引起了一系列深层次的观念上的转变。

课程观是人们对课程的基本看法，具体来说，课程观需要回答课程的本质、课程的价值、课程的要素与结构、课程中人的地位等基本问题。对于我国教师而言,增强教师的课程意识和观念显得尤为重要。由于过于受到苏联教育学理论体系的影响,我国教师所学习的教育学教科书中,课程作为教学内容而被纳入到教学论的范畴。再加上实践层面上,我国实行的是中央一统的指令性课程计划,教师也缺乏实际参与课程开发、决策的机会。由此造成了我国教师专业信念中,课程观的缺失。课程开发正是有效建立和强化教师课程观的独特途径。教师能否树立起与课程开发相适应的课程观将成为影响课程开发成功开展的首要因素。反过来,随着实践层面上一系列课程开发活动的开展,教师的课程观也会得到逐步的强化和发展。在课程开发中,教师将建立起生成的课程观。

生成的课程观认为,课程对于教师而言,不是给定的、一成不变的教育要素,而是与教师的人生阅历、教师的独特教育理念、师生所处的独特社会环境、教育情景直接关联的教育要素。生成的课程观强调以下三个基本命题:第一,教师是课程的创生者;第二,教师进入课程,或者"教师即课程";第三,课程实施的"创生取向"。生成的课程观尊重教师的专业自主权和学生的主体地位,重视教师和学生在课程的生成、实施中的实际作用,强调课程对于地方、学校和学生的适应性。

生成的课程观的观点和理念与校本课程开发是相吻合的。它们都强调了教师和学生在课程中的主体地位;它们都以学生的经验、兴趣、需要为本;它们都对课程持有一种动态的、发展的观点。对于我国教师来讲,他们有效实施课程开发的过程,实际是也就是在实践中理解、建构起生成的课程观的过程。

生成的课程观的建立可以视作教师个人专业发展上的一种进步。因为生成的课程观中隐含的教师特征与处于专业发展高级阶段的教师的重要特征是比较吻合的。生成的课程观对于教师的角色期待是一个以学生为中心的,富有自主精神、批判眼光、创造能力的课程设计主体。而这些也正是处于专业发展高级阶段教师的重要特征,包括:更多地关注学生、具有批判性判断力、富有创造性、在工作中能激发自我潜能等。因此,我们有理由相信生成的课程观对教师的专业发展在理念上起到一种价值的引领作用。尤其对于长期以来在管理主义课程观中处于消极依附地位的我国中小学教师而言,这种课程观念上的转变所能引起的更深层次的改变是远远超出了课程领域的。

(四)课程开发丰富了教师的专业知识

课程开发对于教师专业知识的丰富,不仅仅在于使教师知识类别和数量上的增加,更重要的在于它丰富了教师的知识观,为教师提供了专业知识增长和发展更多样化的机会和途径。这种观念的丰富、更新和转变,将成为教师专业发展的新的导向和推进力量。

从知识观的角度来看,课程开发体现的是后现代主义知识观。后现代主义知识观强调知识的开放性、变革性、整合性及个体主观体验的重要性。课程开发从知识观上明显受到后现代主义知识观的影响,强调学习过程中学生的主体地位,把知识的获得看作是一个师生共同探讨建构的过程,强调课程本身的生成性、动态性等。因此,作为一种专业活动,课程开发将给教师的知识观带来一幅全新的图景。

从后现代主义知识观的视角来重新审视教师的专业场景,我们看到了更丰富、更独特的内容,我们看到了与理论知识相对的实践性知识、我们看到了与显性知识相对的隐性知识,我们还看到了与公共知识相对的个人知识。教师的实践性知识、隐性知识和个人知识,都是教师专业知识中重要的组成部分。但在传统的教师知识观中,它们都成了缺失的成分,因为它们都背离了传统知识观关于知识的客观性、普遍性和价值中立等标准;然而它们却符合了后现代主义知识观认为的知识的基本属性应该是文化性、境遇性和价值性观点。后现代主义知识观赋予了它们知识的合法地位。

但事实上,隐性知识、实践性知识、个人知识比显性知识、理论知识、公共知识更贴近教师的专业实践活动,对教师的专业实践活动起到更加直接、内隐的作用。因为事实、价值、一套教学方法的知识以及教育哲学本身并不能准确地告诉我们在与一个或者一群孩子相处的具体情景中怎么做。实际上这些具体的情景性问题,更多地要借助于实践性知识、个人知识、隐性知识等这些具有强烈情景性和个人性的知识才能更有效地解决。

(五)课程开发提高了教师的专业能力

课程开发对教师专业发展的影响还体现在对教师专业能力结构的完

善上,它使教师的专业能力由原来的教育能力、教学能力两大组块增加到教育能力、教学能力、课程能力三大组块。课程开发有助于教师课程开发能力的获得。

由于我国长期实行的是国家本位的课程开发政策,因此对于广大教师来讲,课程开发是一个陌生的领域,在他们的日常工作中也缺乏这一工作内容,所以我国教师普遍都缺乏课程开发能力。随着新一轮课程改革的开展、校本课程开发的提出,社会向教师提出了要具备课程开发能力的要求,课程开发能力成了体现时代特征的教师专业能力的有机组成部分。教师只有在校本课程开发过程中,通过与课程专家合作、与其他教师合作、与校长交流、与学生探讨等形式,在课程开发的实践及反思中,才能积累起课程开发能力。

教师的课程开发能力是多种能力的综合,它的获得来自于相关的课程开发方面的培训以及课程开发的每一个具体环节。课程的开发过程包括确定课程目标、撰写课程纲要、选择和组织课程内容、实施课程和课程评价等多个环节。每一个环节都是教师课程开发能力获得的机会和过程。

在确定课程目标环节中,实际上是需要教师在国家的课程纲要与本校学生的特点、地方的具体情况之间找到一个平衡点。这一环节为教师的教育价值澄清能力、学生需求的分析能力以及对这两者的整合能力提供了很好的实践机会。撰写课程纲要,是教师对课程目标、课程内容、课程实施建议、课程评价建议等具体细节的把握,它有助于教师形成对于课程整体的观念和掌握能力。选择和组织课程内容环节锻炼的是教师资源开发和组织编排的能力和创造力,它是教师课程理论知识与具体实践的连接,训练的是教师对课程资源潜在价值的识别能力以及有效组织利用这些资源的能力。课程的实施环节,是对于教师教学能力、应变能力的发展。课程的评价环节,更多的体现的是教师分析、反思、批判的能力。课程开发的过程对于教师能力的锻炼是综合的、多方面的,包括分析、批判、诊释、决策、创造、反思等能力的锻炼。

对于课程开发和实施能力的促进,将进一步辐射到教学设计和实施能力。因为课程开发是从更宏观的角度对教学的一种把握。一般而言,教学都是站在一门学科的立场上。站在执行的立场上,只能看到课程的一个方面,缺乏对于课程的整体把握,而只有站在整个课程结构的高度,才能对教师自身所教学科有一个全面的、整体的认识,也只有站在整个课程发展与改革的高度,才能提高自己驾驭课程的能力,从而更好地作出更符合学生实际情况的教学设计和安排。此外,校本课程开发强调以学生为本,因而教师在进行教学设计时会更多地考虑学生。校本课程开发除了为教师在课程和教学方面的能力发展提供了机会以外,它还是培养教师的课程行动研究能力的有效方法。

此外,课程开发有利于提高教师与专家、同事的合作能力及师生人际互动能力。课程开发过程是教师、家长、学生、社区人员、课程专家多方力量合作的过程,这将有利于打破教师传统孤军作战的工作特点,提高教师的合作能力。课程开发是以学生的兴趣、需要、发展特点为起点的,教师首先要全面地了解和研究自己的学生。这一了解和研究的过程,需要建立在师生良好的互动和交流上,教师要真正地了解学生的需要、特点等,就要比平时更多、更主动地与学生进行交流,即人际互动。课程开发中的师生关系是教师与学生之间以课程为中介客体的发展性主体关系。课程开发中的师生交往范围更加广泛、深入,尤其强调在情感、意志、兴趣等非理性领域中与学生交流,这有利于促进教师的师生人际互动能力的发展。

第三节　教师参与课程开发的途径与策略

课程开发是一项系统的工作,教师在参与的过程中能实现其自身专业发展。教师作为这一项复杂而又严肃的工作的主体,必须具备丰富的知识和扎实的课程开发技能。但是,由于各方面的原因,现实中无论是教师的自身素质还是外部资源支持,都很难满足课程开发的需要。如何选择在课程开发中实现教师专业发展的路径和策略,是各级教育领导及学校领导所必须关注的重点。

一、教师参与课程开发的途径

（一）有效实施国家课程、地方课程

1. 提高课程内容的适应性

课程标准与教科书是教师组织和选择国家课程、地方课程内容的首要依据。新的课程标准和可供学校选择的新教材为教师留下了发挥自主性和创造力的空间，要求改变教师以往是教学大纲和教科书的“被动消费者”的形象。这主要是因为选择并确定课程内容的原则要符合学生的身心发展规律，贴近学生的生活经验，符合学生学习的特点，而这些原则的贯彻和体现，最终是由一线教师完成的。教师了解具体教育教学情境，了解自己学生的能力和兴趣，为了帮助每个学生获得发展，教师的体验和意见最有说服力，在如何对待学生的个性、差异性等问题上最有发言权，因此，每位教师积极地参与课程开发可以使课程更适应学生的实际，体现出课程的差别性。

新的课程改革要求教师在确保课程计划与课程标准严肃性的同时，应当结合学校的实际，广泛地利用本校和社区的课程资源，协调学校各类课程的关系，优化学校课程的结构，自主地、创造性地、合理地组织教学内容，提高国家课程、地方课程的适应性。

2. 贯彻课程实施的灵活性

课程实施是课程开发中重要的一环，教师主要通过课程实施这一环节参与国家课程、地方课程的开发。真正的课程是教师和学生联合创造的教育经验，课程实施本质上是教师和学生在具体教育情境中创生新的教育经验的过程。强调发现学习、探究学习、研究学习，是此次课程改革的亮点。要改变学生的学习方式首先必须改变教师与学生的教学互动过程，因此，教师应根据课程标准的要求，有效地利用现代教育技术，并采用灵活多样的教学方法；把学习过程中的发现、探究、研究等认识活动突显出来，使学习过程更多地成为学生提出问题、解决问题的过程；注重培养学生的批判意识和怀疑意识，鼓励学生个性化的理解和表达；积极引导学生从事实验活动，培养学生乐于动手、勤于实践的意识和习惯，切实提高学生的动手能

力、实践能力;改变原有的单纯接受式的学习方式,建立和形成充分调动、发挥学生主体性的学习方式。

3. 采取多样的课程评价方式

教师是课程评价的主体之一,教师不仅应该而且必须直接参与课程评价。课程评价同样也是促进学生发展的有效教育手段。评价并不是为了甄别学生在群体中所处的位置,而是为了让学生在现有的基础上谋求实实在在的发展,并形成学生自我认识和自我教育的能力。这就要求教师走出甄别的误区,关注学生的实际发展,采用过程评价与结果评价相结合,内部评价与外部评价相结合,定量评价与质性评价相结合的多种评价方式,挖掘学生在评价中的个性化反应,尊重学生的个别差异和个性特点。

(二)合理开发校本课程

校本课程开发是教师专业发展的机会。假如校本课程开发成功地开展,参与这一过程的教师将在他们的专业发展方面获得巨大的利益。但校本课程开发的成功有赖于教师真诚参与的意愿、他们在课程开发方面的能力和他们能够获得的资源。校本课程开发在学校中并不是什么新鲜事。许多教师自从进入这个职业以来就可能一直在从事某种校本课程开发的工作。有些学校的学科讨论小组、备课组也可能已从事校本课程开发工作很长时间了。校本课程开发活动的范围可以宏观到整体课程的革新,也可以微观到把外面的材料引进来补充课本的不足。事实上,所有上进的教师肯定要从事某种校本课程开发活动来促进课程教学。从这个角度来说,校本课程开发在多数学校中一直在进行,如果做得成功,它将成为学校教师专业发展的途径。

从更广阔的视野来看,仅限于个别教师范围的校本课程开发活动并不能推动整个学校的课程革新,但如果把校本课程开发作为整个学校的共同事务来做,效果将是极为显著的。教师将在校本课程开发活动中互相学习、互相支持,为变革课程而集思广益。一旦校本课程开发成为一项集体合作的任务,就为教师提供了课程研究和决策的机会。这样,校本课程开发就成了学校情境中教师专业发展的途径。

总之,在现代基础教育中,教师参与课程开发将成为影响课程改革的关键因素。唯有在广大一线教师的积极参与下，课程改革才能够取得重大突破。而教师也需要有参与课程开发的机会与空间，不断提高自己的专业水平和专业能力。

二、教师参与课程开发的策略

（一）政策保障

国家或地方教育行政部门颁布的课程政策和课程计划及大纲要体现统一性与灵活性特点，要考虑各地区、学校、学生的个别差异性，赋予学校及教师一定的课程自主权，允许并鼓励教师根据实际情况去创造性地开发更具适切性的课程。

（二）促进教师成长

首先，通过在职培训提高教师的课程意识，加强课程理论基础。以往对教师的培训往往追求外在学历的提高，培训的内容基本上是教育基本理论，很少融入有关课程的内容。虽然目前还未形成完整的课程理论学科群，但课程理论近几年发展很快，并逐步走向完善。因此，在教师的培训中，要逐步引入课程理论，主要包括课程基础科学（课程心理学、课程社会学、课程哲学、课程概论、课程原理等）、课程工程科学（课程设计、课程实施、课程评价等）、课程应用科学（课程开发、课程督导等）。同时，要帮助教师认识到参与课程开发的必要性和重大意义，使其逐步树立起课程开发意识。

其次，在课程改革实践中促进教师成长。目前，教师的确缺乏课程开发的素养，但我们不能等教师真正掌握了一定的课程理论和开发技术后再允许教师参与课程开发。何况，在职培训的内容都是以理论的形式出现，很难触动教师内隐的实践问题，常常会出现"听起来有道理，做起来老样子"的问题。因此，我们必须在课程改革、开发的实践过程中来促进教师的成长，提高其课程开发的技能。教师在尝试课程开发的过程中，会激活其头脑中的课程理论，并促使其反思以往的教学；当课程开发取得一定成效时，会给教师带来巨大的成就感或工作满足感，从而进一步激发其工作热情。在这一良性循环中,教师会逐渐强化课程开发意识,提高课程开发素养。

(三)学校管理者的支持

学校管理者要鼓励教师根据本校特点、个人风格及学生差异去开发、创造课程,并在物质精神上给予支持和鼓励。

首先,学校要有明晰的育人目标。教师参与课程开发不是随心所欲的,而是要以学校的育人目标为导向。因此,学校应该确立一个表述清楚的育人目标,并能在一定程度上具体化,从而保证教师开发的课程不偏离培养目标,在保证方向的前提下实现创造。

其次,要营造民主、合作、宽松的氛围。课程开发需要教师之间、教师与管理者之间的交流与合作,才能保证质量及相互间的衔接。学校管理者要通过各种集体活动有意识地促进教师间的交流与沟通,形成融洽的、合作式的人际关系。同时,不能急功近利,要考虑到教师经验与素养现状及现实中的困难,对教师的失误和失败给予同情和宽容,并给予适当的帮助。使教师在一个宽松的环境中工作,更有助于成功,过分的苛求只能扼杀教师的热情和信任。

第三,建立相应的评价机制。对于主动参与课程开发的教师应给予一定的激励。在完成基本任务的前提下,教师参与课程开发会加重教师的负担,需付出大量的时间和精力,应该对教师有所补偿,以鼓励教师的积极性。

第四,资源保障。教师在参与课程开发的过程中,需要各种设备、经费、器材、场地、书刊资料等物质支持,学校应尽力提供这些课程资源,满足教师的需要。

(四)加强师范院校及教育研究机构与一线教师的合作

高等师范院校及教育研究机构的科研人员应步入实践,与中小学教师肩并肩地交流合作,这样可以弥补中小学教师理论及课程开发技能的不足;而理论工作者在一些实践问题的激发下,能够更深入地认识课程理论与现状,拉近与现实的距离,使其以后的课程编制工作更符合实际需要。

第六章　让教师在科研中成长

苏霍姆林斯基说，如果你想让教师的劳动能够给教师带来乐趣，使天天上课不至于变成一种单调乏味的业务，那你就应该引导每一位教师走上从事研究这条幸福道路上来。

对教师专业发展而言，教育科研不是一种简单的牵引，而是唤醒教师自身专业自觉意识与内在情感的投入，它实现的是专业生活方式，是“滴水穿石”的守望。作为教师，其所从事的工作本身就是不断研究、不断反思、不断提升的过程，只是这种行为被许多表象所掩盖，成了一种无意识、无目标的行动，现在所要做是如何点击、链接，从而唤醒这种意识与情感，使之成为有意识、有情感的自觉行为。作为学校教育科研，它渗透在教师日常教学工作中，需要教师去捕捉、去激活、去领悟，从而让教学实践有更多的研究元素。

可见，教育科研是促进教师专业进步与成长的有效途径与方法，它不但解决了教师“教什么”的问题，更重要的是解决了教师“如何教”的问题。教育科研是一项任务，它让教师在完成任务的同时，也获得教育科研的知识与方法；教育科研更是一种责任，它不仅让教师获得了各种荣誉，更重要的是让教师真正投入地开展教育科研，这是一种对学校、对自己、对学生负责的责任，是教育科研的内在价值体现。

第一节　教师即研究者

“教师成为研究者”是英国课程专家斯腾豪斯在 20 世纪 60 年代提出来的。他的观点是：教师不仅是知识的传授者，而且还是教学情境的创造者。从教学的角度看，如果教学要得到更大的改进，就必须形成一种可以使教师接受的并有助于教学的研究传统。从课程的角度看，“教师成为研究者”和“研究成为教学的基础”将促进教师的发展，而没有教师的发展，就不会有课程的开发。从教师发展的角度看，斯腾豪斯提出“教师解放”思想，认为教师实现自身解放，摆脱“遵照执行”的被动局面，回避家长制作风和极权论，必须能够专业自主。而通向解放的一条有效路径就是“教师成为研究者”。

自斯腾豪斯提出“教师成为研究者”理念后，教师角色的内涵获得了极大的提升，从传统的“知识传授者”“课程执行者”“课室管理者”拓展为融教学、管理、研究于一体的综合性教育角色。在当今各国普遍重视教师教育的热潮中，教师成为研究者，或鼓励教师开展行动研究，已被视为实现教师专业成长的重要环节和必由之路。

一、教师应该成为研究者

（一）教师成为研究者是现代教育改革的需要

随着时代的发展和素质教育的不断推进，现代教育和传统教育的矛盾不断出现，涉及教育观念、教育方法、课程改革、教育模式等许多方面，因此，需要进行教育改革。但教育改革是一项创新性的工作，没有现成的模式照搬，这就需要进行教育科研。倘若广大一线教师进行教育科研，那么许多教育问题，特别是与教学密切相关的具体问题就不需要经过研究部门和教师之间的反复，在教育一线就可以顺利解决。

（二）教师成为研究者是现代教师职业素质的要求

教师工作的难度很大，要想找出解决问题的最佳方案，只靠主观想象和猜测不可能取得良好的教学效果，必须借助于科学的方法。教育科研是一种有目的、有计划、主动科学地探索教育内部规律的活动，它运用科学的方法和程序，通过表面现象探索教育的本质规律，是解决教育、教学活动中一些问题的主要途径。现代教师职业素质要求教师不再仅仅是知识的传授者，而应是学生的“谋士”，为此，教师必须成为研究者。

(三)教师成为研究者是提高自身素质的重要途径

教师从事教育科研为什么能提高自身素质呢?可以从以下几个方面来看:一是更新、丰富了教师的知识背景。从事教育科研的教师不仅要具有本专业学科的最新知识,更重要的是要具有教育学、心理学、社会学、哲学等相关学科的知识,这样不仅能促进教师知识的全面更新,也加强了教师综合运用各种知识解决问题的能力。二是从信息加工角度来看,教育科研的过程就是教师对各种信息进行发现、选择、获取、描述、存储、加工、分析和处理的过程,这大大促进了教师掌握和运用信息的能力,这是现代教师非常重要的一种素质。三是从研究过程来说,教育科研就是发现问题、认识问题、描述问题、提出假设、验证假设以及提炼经验的过程,它可以提高教师有效解决教育教学问题的能力。四是从研究的创新性来看,教育科学要解决以前教育界没有解决的问题,需要提出新问题、新方法,并进行验证和考察,这就锻炼了教师创造性解决问题的能力。

二、教师作为研究者的优势

教师何以应该并能够成为研究者?这是由教师身处的特定工作环境决定的,那就是校园文化环境、课堂教学环境、专业发展环境、家校合作环境,其中尤以课堂教学环境为根本的基点,它不仅为教书育人创设了一个恒常的实践平台,而且以每日原始的、鲜活的素材触发教师的思考,形成科研的问题和方向,为教师的专业发展开辟了道路。离开了科研,不对原生态的问题进行有意识的探索,教师的专业成长就成了无源之水。因此,相比于系统的校外培训一类常规的专业发展活动,教师开展科研,包括教学实践反思、围绕问题的行动探究,以及长期的多视角质性调查等,已被看成教师快速稳步获得专业成长的最有效方式。具体而言,教师作为研究者有如下的优势:

(一)原创性

以班级为基础的课室教学环境是教师实施教学活动的广阔舞台,他们借此贯彻教育理念、体验教育过程、反思教育行为、总结教育结果,从而在日复一日的实践活动中感受问题,思考对策,积累经验,获得真知。其科研的议题带有实践和原创特色。

(二)即时性

多重互动的课室教学环境是每个教师接触最经常、反馈最及时、影响力最大的职业环境,它恰如一面镜子,迅速、准确地映照出教师的专业知识积累,教学策略的有效与否,教学方法的优劣等。它时时以实效的信息,向教师做出提示,引导他们及时提出新的问题,调整科研的方向。

(三)全面性

围绕着教书育人,教师的工作场域是全方位和综合性的,从课程到教学,从课内到课外,从学校到家庭,从智育到德育,其中每一个环节都由教师亲历亲为,其成败得失都足以引发他们探究的兴趣,由此生成的方方面面的议题便是校本科研的源泉。因此,立足校本,全方位透视自己周遭的问题,乃是教师从事科研的主要途径。

三、教育科研的范围

教育科研是教师和教育理论工作者运用科学的理论和方法有目的、有计划地研究教育教学现象,探索新的、未知的教育规律,解决新的教育问题的创造性活动。参加教育科研,有利于教师端正教育思想,丰富教育理论,提高自身素质,深化教育改革,提高教育质量。

学校教育现象是纷繁复杂、千姿百态的,对它的研究也就多种多样。广大一线教师不是专业的教育科研者,因此其科学研究就有一定的特点和范围。其科学研究首先考虑的是自己的研究是否有助于提高教学质量,而且见效快,研究与教学紧密结合。中小学教师的研究范围从内容上来分主要有三方面:

(一)关于教育内容的研究

当前,我国正在进行大规模的课程改革,无论是中学还是小学,其教学内容都有质的改革。工作在教学一线的教师应积极投身到这场改革之中,及里、深化认识，形成符合教育规律的教育教学行为，最后又可以将一些普遍性的规律，转化为具有普世价值的创新型理论形态。故此，通过中小学教育科研，教师可以通过不断创新方法、途径、手段、模式等来调节自己的行为，更新自己的观念，运用新的教育方式和方法不断提高教育教学质量。所以说，中小学教育科研可以促进教师创新能力的提高。

总之，中小学教师要想提高专业技能，需要积极参加教育科研活动，在科研活动中把教育理论与教育实践结合起来，提高运用教育理论分析、研究实际问题的能力，提高自己的专业技能。

课堂45分钟，不仅是教师传授知识、教书育人的前沿阵地，也是我们发挥才智、开动脑筋分析问题、解决问题、培养能力的舞台。为什么有时我们殚精竭虑地备课、上课，全力完成教学任务，而效果却不是太理想呢？为什么我们把自以为宝贵的知识传给学生，可谓知无不言，学生的能力却依然平平？这其中固然有诸多原因，但是重要的一点，恐怕是我们所传授的内容、所采用的方法，还无法拨动学生的心弦……我在2002年6月，幸运地成为成都市教育科学研究所主持的“中小学语文实践活动实验与研究”课题研究组的成员，承担了其中的“小学语文课程口语交际能力培养”这一子课题。对于这一难得的学习和锻炼机会，我非常珍视。为了教好语文口语交际课，我广泛阅读了相关的参考资料，并积极向有经验的老教师请教，对教案进行反复的琢磨与推敲。各种辛苦，难以言表。白天不说，夜深人静，躺在床上辗转反侧，满脑子都是问题、答案，灵感袭来，其中喜悦之情也使我忘却疲劳，顺势一骨碌从床上爬起来，伏案而写。我想，只要自己努力，总会成功……然而事情并非我想象的那般顺利。在口语交际的课堂上，每次训练时，学生都非常热情、主动，满教室都是他们叽叽喳喳的说话声，我站在讲台上，心里满意极了，暗自得意学生的积极性被我充分调动起来了！然而当我满怀喜悦地走下讲台，检查他们的交流效果时，我的心立刻凉了半截。“你说吧，你说……”，“你先说，你先说嘛……”，我以为这组还没有准备好，于是立刻帮他们安排好发言顺序，并让他们再准备。过了一段时间，我又过去检查，心里想这下应该没问题了，可等待我的却是沉默。我只得启发，于是我说半截话，学生添上两句，我又启发两句，他们又补充几个词。说来说去，变成了我一个人的独角戏。这样走了一圈，情况大同小异。我心中一阵急躁，难道他们就这样上口语交际课？“停——停！”热闹的教室唰的一下安静了下来，面对着学生一脸的天真无邪，我心潮澎湃，无言以对。

下课后，我坐在办公室里无精打采的。看到这种情况，坐在我对面和我搭班的一位老教师说话了：“虽说教学是老师教，学生学，但是学生才是最重要的，所以你应该多在学生身上动动脑筋、下下工夫。”我一下幡然醒悟，可不是吗，今天口语交际课的不成功不就是最好的证明吗！光教师准备，而学生没准备，他们当然不知道说些什么。接下来，我调整思路，找到课题组的成员老师共同研究，制订新的口语交际课授课方案。低年级的学生就像一台没装软件的电脑，里面是空的，怎么会有输出呢？所以我们决定先给电脑输入各种信息和程序。根据年级特点，我们举行了古典诗歌朗诵赛、讲故事大赛、教材课文背诵大赛。通过活动，学生积累了一定的语料，增长了见识，可说的内容逐渐多了起来，语文口语交际课慢慢地开始走上正轨。然而，新问题又冒出来了。这种形式的交际只停留在优等学生中间，口语交际课实际上成了他们的舞台，更多的被动接受者与听众又该怎么办呢？为什么这些学生坐在同一个教室里，上着同样的口语交际课，却变成了听众？细细反思起来发现，开展的各项比赛活动，由于具有竞技性质，遵循的都是择优录取的原则，一些中等学生与后进生则缺少或者根本没有参与的机会。为了改变这种状况，我决定让所谓的“比赛”成为每日必练、人人参与的功课。我按照学号，每天安排三位同学利用语文课课前的时间在讲台上发表“演说”。说的内容不限，可以是书本内容、日常见闻、报上的新闻、杂志上的故事、笑话或者朗诵一首诗都可以。如此进行，每个学生都得到了充分锻炼的机会……由对语文口语交际课的研究与实践，我真正体验到，教育科研是一个最富有生气的舞台，这里实现着演员——学生与导演——教师之间的互动与交流。

刘旭. 一线教师教育研究指南[M]. 成都：四川教育出版社，2006：83-85.

从上述案例中，我们可以看出刘老师通过教育科研提高了专业技能。起初，刘老师内心具有上好口语交际课的渴望与动机，他认真阅读有关的参考资料，积极向有经验的老教师请教，对教案反复琢磨推敲。刘老师对科研抱有极大的热情，但为什么起初效果并不太好？这其中的问题就出在他没有立足于教学实际出现的问题，而单纯借鉴理论，结果是理论与实际之间出现了“两张皮”。在中小学，真正有价值的课题研究，就是立足本校实际，立足于教育教学实践中遇到的问题。以这些问题为中心，搜集理论资料，提出假设，开展研究，并进行对比反思，找到解决问题的方法。在听取老教师的建议、吸取教训、认真反思后，刘老师发现“光教师准备，学生没准备，他们当然不知道说什么”。于是，他与课题组的老师共同研究，制订新方案，依据学生特点，开展了古诗朗诵比赛、故事大王比赛等活动。通过这些比赛活动，学生的头脑中输入了语言素材，增长了见识，讨论的内容逐渐多了起来，口语交际课初见成效。但是紧接着，问题又出现了：表达的机会被优等生所独占，中等生与后进生成为被动的听众。针对这种状况，刘老师又进行了研究与改进。他按照学号，每天安排三位同学利用语文课课前时间在讲台上进行口语锻炼。这样一来，每个学生都获得了参与的机会。经过认真阅读资料、积极请教同行、反复推敲教案、记录点滴灵感、发现新的问题、思考改进措施，这一连串的研究足迹和实实在在的改进行为，以及在课堂教学实践中发现问题、解决问题的过程，刘老师提升了自己的教学能力，获得了新的发展。

由此可见，要想通过教育科研来提高教师的专业技能，首先必须要充分发挥中小学教师的主观能动性，确保教师在研究中的主体地位；其次需要同伴互助，更需要自我反思，这些都是保证教育科研促进专业技能提高的基本条件。

三、激励教师树立专业理想

教师的专业理想是教师在经历教育教学工作之后、在充分理解的基础上形成的对于教育本质、目的、价值的一些认识和信念。它是教师在教育教学工作中的世界观和方法论，是教师专业行为的理性支点和专业自我的精神内核。专业理想的发展，要求教师端正思想，树立与之相适应的教育理念,通过对教育实践的研究,建立起对学生真正的爱,用真诚与情绪稳定的个性品质努力工作,把教育工作当成一种事业和崇高的理想去追求。中小学教育科研可以激励教师专业理想的树立。

首先,中小学教育科研丰富了教师的学识,提高了教师教书育人的能力。中小学教育科研的重要任务在于,组织和指导教师积极主动地学习与汲取现代教育改革的成功经验和最新成果,并运用到教师自身的教育教学实践中。处于中小学教育科研中的教师,总是不知疲倦地汲取现代社会中的最新信息,展现在学生面前的永远是保持活力的"智慧宝库"的形象。

其次,中小学教育科研有助于保持教师良好的师表形象。通过中小学教育科研,教师进一步加深了对教育工作的深入理解和情感体验。教师不再仅仅把教书看成谋生的手段,而是毫无私心杂念地投入其中,以教书育人为崇高的职责,并能从中享受到人生的乐趣。教师以真诚去换取学生的真诚,以自己的正直去构筑学生的正直,以自己高尚的品德去培养学生高尚的品德。

第三,中小学教育科研使教师成为自主的、自觉的实践者,从而在很大程度上摆脱被束缚、被指挥的境地,成为教育实践真正的主人。长期以来横亘于教育理论与实践、研究者与实践者之间的鸿沟,使得广大的中小学教师长期处于指令接受者、理论实践者的劣势地位,使教师教育是一种规训的教育、教育实践是一种捆绑的实践和缺乏自由的行为。而中小学教育科研将研究的主体定义为广大中小学教师。这样,他们就不再受制于传统教育科研者的权威,提高了自身从事研究的自尊和自信。中小学教育科研,不仅是一个研究性的学习活动,也是培养教师对事业执着追求的专业理想的过程,有利于帮助教师树立开拓进取、不断创新的现代教师形象。广大中小学教师开展中小学教育科研,从理论及理论与实际相结合的多个层面,探讨教育中存在的问题及其成因,提出相应的解决或缓解措施,纠正违背教育规律和教育方针的做法,从而使教师增强了提高教育教学工作质量的自觉性。在工作中,教师从内心更加热爱教育事业,培养了终身服务于教育事业的专业思想,把教育工作当成一种事业和崇高的理想去追求。

中小学教育科研是教师在实际工作中主动寻找问题、分析问题和解决问题的过程,也就是教师工作责任感和敬业精神的一种具体表现。教师从事中小学教育科研有助于教师消除职业倦怠感，提高教师的理论水平、实践能力，有助于教师树立崇高的专业理想，促进教师专业发展。具体说来，教师乃教书育人者，是一个需要崇高理想的职业。教师需要不断完善自己的学识、人格和品行。但是，由于长期使用同样的内容进行教学，以及工作压力大等诸多原因，很多中小学教师在一定程度上存在着职业倦怠现象。而通过中小学教育科研，教师学习新理论，研究自己和自己学生的具体情况，找出适合学生的课堂教学方法。在这种激情的支撑下，教师自身理论水平、实践能力获得提高，研究方法也变得多样化。这种成就感的获得又反过促使教师立志成为专家型、学者型教师，积极投身于教学实践中去，坦然面对浮躁的世界，矢志不渝，更加热爱自己所从事的教育事业。

总之，中小学教育科研促使教师自觉地研究与掌握专业文化知识、教育理论与心理学知识，并综合加以运用去了解、分析、研究各种教育教学实践中的现象和问题，并在更高的层次上拓展自己的知识、完善自己的知识结构，形成自己的教学技能；在科研活动中把专业知识与教育实践结合起来，提高运用知识与理论分析、研究实际问题的能力，提高教育教学的技巧和教学能力；通过对教育实践的研究，成为教育实践真正的主人，在内心中把教育教学工作当成一种事业和崇高的理想去追求，进而将教师内在精神所蕴含的、潜伏的创造力转化为现实的生命力。这就要求中小学教师不仅要具备丰富的专业知识和较高的专业技能，而且要求中小学教师在工作中要不断地完善自己、更新自己的教育观念、培养自己对教育事业的兴趣与热爱，坚定终身从教的信念。从教师个人专业发展的要求来说，教师需要具备终身学习的理念和不断研究的动机与意愿，从而获得专业理想的不断提升。教师需要在专业发展中将外在的要求与自身的需要、教书育人的职责与自我价值的实现有机地融合起来，树立崇高的专业理想，更好地完善自我、实现自我、超越自我，实现主体的生命价值和意义。

第三节　教育科研的基本步骤

教师进行教育科研的基本步骤有：第一步，课题选择；第二步，查阅文献；第三步，研究设计；第四步，实施研究计划；第五步，分析研究结果；第六步，撰写研究论文或报告。教师的教育科研能力，可以从以上各方面表现出来，即选题能力、查阅文献能力、研究设计能力、运用方法能力、分析能力和撰写能力。下面简要论述主要步骤的具体内容。

一、选好研究课题，明确研究方向

中小学教师应善于从教育教学实践中选择课题，从日常工作遇到的问题中选择有实际意义的题目，根据学生的情况和学校的条件，确定自己有可能进行研究的教育科研课题。这样的课题不仅能解决实际问题，而且在研究过程中，能促进教师提高自身的研究水平，进一步提高教育教学能力。

北京师范大学裴娣娜教授指出，当前教育科研选题不当主要有以下几种情况：一是范围太大，无从下手；二是主攻目标不十分清楚；三是问题太小，范围太窄，研究意义不大；四是在现有的条件下课题太难，资料缺乏；五是属于经验感想之谈，不是研究课题。广大教师在选择科研课题时应注意上述几个方面，结合教学实践，时刻保持问题意识，了解和掌握选题的有关知识和方法，不断提高自己的选题能力和创新、判断、评价等综合能力。

中小学教师的科研课题来源广泛，有学者经过多年实践研究认为，中小学教师在选择课题时可以考虑以下几个方面：一是从班主任日常工作遇到的实际问题中提炼出课题。班主任每天和学生打交道，遇到众多的实际问题，这是科研课题的重要来源，从中提炼的课题有较强的实际应用价值，做这样的科研有利于班集体的建设和管理，并且具有加强德育实效性作用。二是从学科教学改革实践中发现课题。例如，小学数学、语文课程改革中，教师在使用新教材时就可以做一些实验研究，其中既包括教学内容的研究，也包括学生学习方法或教师教学方法的研究。总之，教师应抓住学科教学改革的时机，大胆进行科学研究。三是从合作课题中确定个人承担的子课题。这是中小学教师参加教育科研的一种重要方式。由一线教师和教育理论工作者协作进行的课题研究具有互补的优势，能发挥各自的特长，使课题研究进展顺利，取得良好效果。四是从成功经验中寻找需要深入的课题。在教育改革方面，国内外有许多成功的经验，中小学教师可以在学习他人成功经验的过程中得到启示。经过学习，要针对自己的教学实际情况，选择适合自己的科研课题。

二、做好研究设计

研究课题确定以后,就需要考虑如何设计研究的具体实施方案,即进行研究设计。研究设计是整个研究工作中的重要一步,研究设计是否合理完善,不仅直接影响到研究目标能否实现、研究工作效率如何,而且影响到研究结果的可靠性、科学性。因此,在实施研究之前,必须做好研究设计。一般来说,研究设计主要包括以下内容:

第一,确定研究类型和方法。要根据研究目的、课题性质确定研究类型,选择研究方法。教育科研课题的类型主要有两种:一是基础性研究课题。主要包括那些研究教育现象及过程的基本规律,揭示青少年身心发展及其影响因素间的本质联系,探索新的领域的课题。例如,现代教育功能的研究,现代课程论的研究,教育评价理论的研究等。二是应用性研究课题。主要包括那些为基础理论寻找各种实际应用可能性途径的课题,这些课题以改造或直接改变教育现象和过程为主要目的。例如,行为矫正法矫正学生行为问题的研究,大面积提高教学质量问题的研究等。中小学教师所进行的研究大多数属于后者。教育科研的方法很多,包括行动研究法、访谈法、调查法、问卷法、实验法等。在研究时,应选择合适的方法,并注意各种方法的互补,必要时应综合运用多种方法。

第二,选择研究对象。中小学教师做研究的对象一般是自己所教的学生,但在有必要只选择若干学生或大样本(研究对象30人以上)研究时,选择研究对象应遵循随机性和代表性原则,因为只有这样才能保证研究结果的可靠性。

第三,分析研究变量。任何一项研究都是研究各变量之间的关系,为此,在做研究设计时,应弄清何为自变量,何为因变量,什么是无关变量。自变量是由研究者主动操纵而变化的变量,是能独立变化并引起因变量变化的条件、因素或条件的组合,比如学习方法、教学方法、课外活动方式等。因变量是由自变量的变化引起被试行为或者有关因素、特征发生相应反应的变量,它是研究中需要观测的指标,如学生的学习成绩。无关变量是与某特定研究目标无关的非研究变量,由于它对研究结果将产生影响,所以在研究中要加以控制,故而无关变量也叫控制变量。在某一特定研究中,某个研究变量到底是自变量、因变量还是无关变量，需要根据研究内容、研究目的而定。

第四，形成研究计划。研究计划是对整个研究过程的全面规划，对研究的各项工作进行合理的安排。研究计划的基本内容主要有：研究题目；对研究课题目的及意义的简要说明；课题研究的基本内容，在较大型的研究中还需列出所含有的子课题，预计突破哪些难题；课题的研究思路和方法；研究工作方案和进度计划；研究课题已具备的工作基础和有关条件；研究成果的预计取向及使用范围；经费预算以及需要购置的资料、设备。

三、撰写研究论文或报告

从事教育科研像其他研究一样，最后要用书面文字将自己的研究成果表述出来，写成研究论文，这样才有可能经有关专家评估验收或公开发表，被社会所承认。

一般说来，中小学教师所写的研究论文可分为如下类型：

第一类，理论阐述式论文。该类论文是对某项研究理论、教育教学理论的阐释和论述，具有三个基本要素：一是论题，即其真实性需要被论证的新观点、新看法或新发现。二是论据，即证明论题的根据和材料。三是论证，即以论据证明论题的论述过程，论证必须合理严密，不能牵强附会。

第二类，研究报告式论文。该类论文是关于文献调查、教育教学现状调查或教育教学实验等研究所做的报告。它对研究的对象、采用的方法和研究的全过程以及研究结果的分析，都有比较详细的叙述。基本要求是：依据的理论科学可靠，事实真实可查；研究和论证严谨、合理；得出的结论正确科学，符合客观规律。它侧重于从已有文献资料或自我实践中提炼出认识和观点，其根本宗旨是客观、真实地反映现状，使人们能从纷繁复杂的现象中把握研究对象的本质，在内容上未必有创新。该类论文又可分为：文献报告式、调查报告式和实验报告式论文。

第三类，个案案例式论文。个案研究是一种常见的行动研究方法，是在对教育教学具体事实记述的基础上进行分析、推理以揭示事物本质和教育规律的研究方法，是一种非常适合一线教师采用的研究方法。该类论文的写法因研究对象的多样、研究方法的不同而各异，可以是第一人称自述式,也可以是第三人称陈述式;可以是对即时发生的事件的记录,也可以是对个案研究对象长时间观察的一组材料的积累;可以是一节课的实录评析,也可以是对教学中一个环节、一种教学手段的记述与评论。论文形式可以是个案调查报告式、谈论记录式、记述评论式,甚至可以采用日记、传记、回忆录等形式。

无论是哪种写作方式,好的个案一般具有以下特点:选材具有典型性,引用材料具有真实性,论述分析具有严密性,研究成果具有可操作性。由于教育类个案是对现实问题的干预、解决,因此作者在案例中往往采用“夹叙夹议”的方式。应注意的是议论不能太多,不能把事件本身和干预的办法掩盖起来。

第四节　教育科研促进教师专业发展的实施策略

中小学教育科研对教师专业发展有着积极的推动作用,有助于促进教师专业知识的丰富、专业技能的提高和专业理想的树立。具体实施策略包括四方面:多方位拓展学习资源、理论与实践相结合、关注教师多重需要、草根化研究。

一、多方位拓展学习资源,丰富教师的专业知识

通过中小学教育科研来推动教师专业知识的丰富,需要多方位拓展学习资源,这是因为中小学教育科研的研究内容具有灵活性特点。课题的选择与方法的运用不拘一格,学校的教育教学实践是中小学教育科研的土壤,课堂教学、课堂管理等一系列课堂教学中发生的问题都可以成为教师的研究对象。这就要求教师不但要有一定的经验,还要学习一些专业理论知识作为储备。教育科研促使教师依据研究的需要更有针对性与目的性地学习,更为集中、有效地丰富自身的专业知识。

(一)读书学习

子曰:“学而不厌,诲人不倦。”教师历来是一个学习者,尤其在教师专业发展越来越受到重视的今天,教师要通过教育科研不断地学习来丰富专

业知识,进而促进自身的专业发展。首先自己必须要“勤奋读书”。古往今来大凡名师硕儒必是博学之人,教育家苏霍姆林斯基也认为真正的教师必是读书爱好者,他说:“在你的科学知识海洋里,你所教给学生的教科书里的那点基础知识,应当是沧海一粟。”

如前所论,中小学教育科研要以课堂教学或课堂管理中出现的问题为研究对象,研究的问题具体而集中,而教师要充分把握问题,就需要对研究对象有全面、深入的了解,并对该相关领域知识有着整体性与透彻性的掌握。这样,在教育科研的过程中,教师始终保持清醒的问题意识,带着问题去学习,读书的目标更为明确、获得知识的动机更为强烈,如此必能使专业知识和理论素养得以迅速提升。教师通过中小学教育科研,不但积累起丰富的知识,充分掌握教育科研所必备的学科知识、教育学和心理学知识、课堂教学及与之相关的知识、普通的科学和人文知识,而且在教育科研这一发现问题、思考问题、解决问题,系统的、层次性与综合性的研究过程中,还可实现多层面知识的互相支撑、渗透与有机整合以及对理论的深入探索。读书是教师吸取新知识的重要途径,教育科研是教师专业发展的不竭动力。所以教师平时要勤于思考,结合自己研究的问题有针对性地进行读书、学习,内化先进的教育理念,寻找解决问题的办法,而“教师的知识愈广博,经验愈丰富,愈能得心应手”。

(二)善于反思

教师的教学活动是一种创造性的劳动,需要不断地研究才能促进教师的专业发展。要通过中小学教育科研促进教师自身的发展,教师还要不断对教育教学实践活动进行反思,努力提高教育教学的合理性,使教学过程成为自己成长为学者型教师的过程。教学活动中的反思,就是教师对教育教学实践活动进行思考,在一定的理论指导下,对教育现象和教育行为进行分析和审视。反思的过程就是教育科研的过程,教师通过反思可以解决教育教学实践活动中的问题,对教育教学过程进行关照与再思考,突破旧有的思维模式,进行创造性思维,从而发现解决问题的新途径,进而使自己成长为一名研究者。一个擅长反思的研究型教师,是需要通过不断地学习来掌握科学理论知识,是在批判的过程中进行学习,是在解决问题的过程中进行创造性学习。即是说,在反思过程中不仅能积累大量的实践知识,而且还能将潜意识中的知识激活,进而创造出新的知识,从而实现各种知识的融会与贯通,达到反思的最高境界:理论的重建与重构。教师越能进行反思,在某种意义上就越是好的教师。

(三)同伴互助

单个教师的能力是有限的,中小学教育科研也需要同伴之间的交流与互助。一方面,一线教师要积极主动地开展问题交流研讨活动。在备课组内、教研组内、年级办公室内,班主任与学科教师之间进行经常性的、专门的或随机的研讨交流。另一方面,教师以小组为单位对日常教学实践中的问题展开教育科研,目的是为了解决日常教学实践中的实际问题。教育科研是一个发现问题、思考问题、解决问题,系统的、层次性与综合性的研究过程,在这一过程中,小组成员需要互相合作,互相支持,互相交流,互相学习,大家互通有无,从而可以了解到更多的信息,可以导引出更多的知识。

(四)学校支持

学校作为教师工作、科研与发展的主要场所,应该为教师的学习与科研提供良好的条件。首先,学校要加强对教师的理论指导。中小学教育科研离不开教育理论的指导,否则研究只能是停留在经验层面上的简单感受,而无法上升到理性认识的高度。因此,中小学校必须根据教育科研拟解决的问题,有针对性地组织教学观摩、专家报告会、教师学术沙龙等,将最前沿、先进的教育理念带入学校,借以提升教师的理论素养、丰富教师的专业知识,形成自主而又有专业引领和专业规范的教师专业发展模式,这是以中小学教育科研带动教师专业发展的一项必要的措施。此外,学校还要建立图书资料室,购置与教育科研相关的学术书籍。为了给教师之间的交流搭建平台,学校可以定期组织系列学术沙龙、公开课,交流教育科研经验、展示教育科研成果,供广大教师交流思想,互换信息,获取知识。

自我学习是从事中小学教育科研,进而促进教师专业知识发展的前提条件,但如果缺少了同行互助与专业引领,教师专业发展也将会处于孤陋寡闻或孤立无援的境地。专业知识可以通过自己看书学习等方式获得,或在学校、教研组等组织机构中的共同学习，教师间的相互学习等共同的实践活动中获得。这样才能充分发挥自身学习、横向交流和纵向引领各自的作用并注重互相间的整合。

二、理论与实践相结合，提高教师的专业技能

通过拓宽教师的学习渠道，教师积累起丰富的理论知识，如现代教育理论、心理学理论、中外教育史、教育教学实践的专业知识等，这些为开展中小学教育科研提供了重要理论前提。而教师通过中小学教育科研，将所掌握的知识运用于教育教学实践，可以提高自己的专业技能。

（一）因材施教

中小学教育科研的特征之一不是盲目地强调通过研究构建理论体系，而在于根据当前的教育实际选择研究的具体问题，达到解决实际问题和改善当前处境的目的。因此，中小学教育科研更多的是强调应用教育理论研究和解决不断变化的教育实践情境中的具体问题。教师面对的是具体的学生，其家庭环境、社会交往、个性特点、已有的知识储备、情感特征都有所不同，其所处的学习情境也在不断地变化，这就决定了教师需要结合每个学生的具体情况进行研究。教师要结合实际，在一定理论指导下对学生进行研究。要根据不同学生的特点进行因材施教，根据所教的内容和学生掌握知识的情况，灵活选择合理的教学内容、方法。每个学生的发展都是特定的、具体的，与他们已有的知识结构和所处的情境相关联的。教师只有在教育教学的具体情境中，在一定理论的指导下亲身实践才能够真实地感受和把握这一点。教师在总结研究结论后，有针对性地设计课堂教学，从而在促进学生成长的同时，获得自身的发展，使自己的工作不至于枯燥无味，反而变得充满创造性，这样有助于提高教师的教学效率，相应地也提高了教师的教学设计能力、教学能力、创新能力等。

（二）“传帮带”的方式

专业技能是教师在将所掌握的专业知识融会贯通基础上，在教学实践中的从容应用，是教师外在教学行为与内在心智活动相融合的实践活动。

一项调查表明,56.4%的新教师认为向有经验的老教师学习是促进自身转化的有效途径。而通过"传帮带"的方式,有经验的专家型教师帮助普通的中小学教师对教育教学进行研究,在研究中掌握课堂教育教学技巧,将所学的专业知识、专业技能运用于教育教学实践,进而可以促进教师专业技能的提升。"传帮带"指的是本校指定有经验的专家型教师与普通中小学教师结成师徒关系,前者对后者进行帮助和指导,培养其科研的兴趣,促使其掌握中小学教育科研的技巧和能力,进而提高教师的专业技能。

中小学科研的技巧和能力包括善于发现问题的能力、勇于质疑的能力与研究性学习的能力等。从事中小学教育科研,一是要善于发现教育教学实践中的问题,用研究的眼光来观察问题、搜集资料,以研究的态度来思考问题。二是要大胆质疑。怀疑意识是创新意识的前提。中小学教师在教学过程中只有不断质疑已有的教育教学理论、业已形成的教育经验,才能够进一步有所探索,在教学实践中检验、修正,乃至发展教育教学理论,同时也提升了自身的专业技能。三是培养研究性学习能力。有经验的学者型教师在"传帮带"过程中以"问题"为导向,设置教育科研的情景和途径,提供咨询服务,让普通教师自己搜集、分析和处理信息来亲身感受做教育科研的过程,进而了解科研,学会做科研,培养其创造性分析、解决问题的能力。

"传帮带"的核心是要改变普通教师的科研方式,强调一种在专家指导下的教师主动探究,是培养教师创新能力的一种实践。"传帮带"强调对知识、技能的传授与实际运用,更注重普通教师的学习过程和实际体验。"传帮带"方式,使普通教师获得亲身参与教育科研探索的体验;培养了他们发现问题和解决问题的能力;培养了他们积极通过中小学教育科研来提高自身技能的意识。

实施"传帮带"需要掌握一定的方法和步骤。专家型教师定期听课、评课,与普通教师相互交流、共同研讨,对普通教师进行示范、点拨和指导。具体说来,面对普通教师提出的问题,专家型教师就要认真思考并与他们展开研讨。研讨的方式是多样性的,比如集中的专题性讨论、针对教育教学过程中的具体问题随时随地所进行的研讨、听完当堂课后的相互交流等。研讨的内容是广泛的,包括对教材内容的理解、教案的设计、教学方法的改进、现代化教学手段的有效使用等。在研讨的过程中，普通教师与专家型教师互相学习、互相改进，共同提高了专业技能。

（三）集体备课研讨

中小学教育科研的特征之一——研究内容的灵活性，指的是课题的选择与方法的运用可以不拘一格。学校的教育教学实践是中小学教育科研的土壤，课堂教学、课堂管理等一系列课堂教学中发生的问题都可以成为教师的研究对象。中小学教育科研的主体是教师，中小学教育科研实质上就是要使教师成为研究者。而中小学教师由于受专业实践任务、角色地位以及各种主客观条件的限制，一般不可能像专业理论研究者那样运用规范的研究方法去进行理论构建型的教育科研活动。因此，中小学教育科研必须根据中小学教师的实际制定适当的策略。从当前的中小学教育科研实践来看，一些中小学的教育科研存在着形式主义的倾向，研究课题的确定不是从实际出发，不考虑学校的主客观条件，而是求大、求新，并且未能将研究课题与实际的教育教学工作紧密地结合起来，造成教育科研与学校教育教学实践脱节的现象。要改变这种状况，应将集体备课研讨作为中小学教育科研的主要形式。

集体备课研讨是一种常规的富有实效性的群体教育科研方式。随着教师教育改革的进行，集体备课研讨成为提高教师专业技能的一种重要方式，对解决教育教学中遇到的问题发挥着重要的作用。

集体备课研讨注重研究与讨论。教师改变了以前写教案的方式，真正做到了通过研讨备课，增加了教育科研气氛，浓厚了学术气息，教师再无需整天埋头写教案，真正把教师从繁重的劳动中解放出来，实现了由过去的“教书匠”向创新型“学者”的转变。教师通过集体备课研讨可以接收新的信息，掌握教学改革的动态，引进先进的教育教学理念，这样在解决问题的过程中就会有新的思路，进而提升了教师的创新能力。另外，集体备课研讨为教师提供了业务学习和研修的机会，从整体上提高了教师的教育教学水平，教师个体也在整体提高中获得了各自教学能力的发展。通过集体备课研讨，教师将个人的教学经验和技巧展现出来，在倾听、吸取他人经验的基础上，学会合作和共享；在互动中丰富了课堂教学内容，提高了教学设计能力。此外,在集体备课研讨中,教师之间通过同伴交流,在交流讨论中弥补自身的不足,有利于增强教师的反思意识,以他人的教学经验和经历为参照,对自己日常教学过程中的问题加以审视,取长补短,在提高反思能力的过程中,进而提升了自己的教学水平。

要充分发挥集体备课研讨在提升教师专业技能方面的作用,学校要建立完善的集体备课研讨制度,定期地组织集体备课研讨,不断创新集体备课研讨的形式,进一步丰富集体备课研讨的内涵,最大限度地开发利用集体备课研讨对专业技能的功效,让集体备课研讨真正成为促进教师专业发展的平台。

中小学教育科研是一种实践性的研究活动,其主要目的是解决教育教学实践中遇到的问题,寻求真实的答案或改进性的措施。教师的专业知识并不是教育教学质量高唯一的保证条件,实际上教师在不断变化的教育教学实践中积累和发展的专业技能,对教育教学的成败具有最直接的影响,可见专业技能对教师来说是十分重要的。教师的专业技能不是仅靠学习专业学科知识和教育科学知识就可以转化生成的,也不是仅靠教学经验积累的,更不是搞一些大而空的理论研究所能塑造出的,而是需要教师在具体的教育教学实践中投入大量的精力进行研究,并将理论运用于实践中。也就是说,发展教师专业技能,需要教师在实践中进行理论指导下的具体问题研究,加深对理论的理解和把握,分清理论的优缺点,更完善地了解和掌握教育教学中的具体问题,如"教师预设的方案、计划与实际行动中的不一致;最初的愿望与最终效果之间的差距;教育教学具体情境中教师与学生、学生与学生在教学目标或价值取向上存在的冲突或不一致"等。还需要教师敏锐地洞察、深入地分析解决教育教学情景中的这些问题,形成改进教育教学实践的方案和措施,促进具体教育教学工作的合理性、科学性与有效性,进而促进专业技能的不断提高。

三、关注教师多重需要,激励教师的专业理想

在当前中小学教师中普遍存在着专业理想不高的问题,相当一部分人选择教师职业并非出于对教师职业的真正热爱,他们没有崇高的专业理想,缺乏专业提高的心理期望。有人对800名青年教师的择业动机进行调

查后发现(见表6-1),并不是所有从事教师职业的人都真正喜欢教师这一职业,至少40.9%的人当教师并不是出于自愿。因此,如何使教师树立崇高的专业理想,是加强教师队伍建设、保证教师数量和提高教师整体队伍质量的关键。这就需要借助中小学教育科研,以满足教师多层次的需要进而帮助教师树立崇高的专业理想。

表6-1 青年教师择业动机调查表

类型	百分比
奉献型(认为教师职业在于奉献)	17.4%
生活型(认为教师职业是谋生的手段)	12.6%
性格型(认为自己的性格适合做教师)	29.1%
受劝型(出于他人劝说从事教师职业)	23.2%
被迫型(客观原因被迫选择教师职业)	12.1%
其他型(出于其他原因从事教师职业)	5.6%

需要是个体和社会的客观需求在人头脑中的反映,是个体或群体对生存与发展条件所表现出的一种状态,是个人的心理活动与行为的基本动力。依据马斯洛提出的生理需要、安全需要、爱与归属的需要、尊重的需要、求知的需要、审美的需要和自我实现的需要七个层次,我们将教师的需要归纳为生活物质需要、职业发展需要、自我实现需要三个部分。生活物质需要指满足日常生活需求的物质条件,如吃穿住行用等;职业发展需要指对较高的专业能力的需要,以及由此获得别人尊重的需要、一定社会地位的需要;自我实现需要是教师认识到自己所从事的是关系到社会发展和民族国家未来,关系到每个人的生命价值和每个家庭的希望与幸福的重要事业,形成对事业的责任感、崇高感,具有以敬业和为人类及其文明发展奉献自己为特征的专业精神。作为以教书育人为己任的教师,既然选择了教育事业,就要坚定自己的专业理想,要具有高度的事业心、责任感,全身心地投入到教育教学工作中,把敬业和爱生作为自己生命价值的重要组成部分。

要通过中小学教育科研来帮助教师树立崇高的专业理想,就要关注教师由低向高的需求。

(一)学校关注

从外部来说,这就要求学校一方面要对学校经费进行统筹安排,拨出专项经费以激励教师从事中小学教育科研。其次,以《中华人民共和国教师法》《中小学教师继续教育规定》等法律法规为依据,并根据本校的具体实际制定相应的政策,如规定教师参加科研与职务聘任、续聘和评选挂钩,对于科研突出的教师要给予表扬和一定的荣誉。最重要的是,要重视课题成果的推广,使科研成果被广大教师所接受和应用,促进教育教学改革的深入发展,大面积提高教育教学质量,充分显示教育科研所具有的强大生命力,使教师感到自己的科研成果能够带来巨大的社会效益和教育效益,感到自己的辛勤劳动能为社会发展、国家未来作出了一定贡献,这样他们就会形成对事业的责任感、崇高感,树立以敬业和为人类及其文明发展奉献自己为特征的专业精神。

(二)自身进取

从内部来说,教师要有追求自我实现的动机,要有对教育事业的忘我精神,更要具备科研所需要的创新意识,从而超越自我,实现人生价值。当前,教育的地位越来越突出,人们更加关注教育的质量,在教育界掀起了改革的浪潮,这对教师来说既是一种机遇又是一种挑战,为教师充分发掘自己的教育潜能和实现人生价值搭建了平台。在这样的背景下,教师可以在高度自律、自主和充满机遇与挑战的专业生活中,主动地加强专业学习、研究和进修,通过教育科研,树立专业理想,加强专业意识,提升专业精神,增强自我效能感,进而实现专业自我。这要求教师必须"有所为","有所不为"。"有所为"指的是要做能做的事、做想做的事。具体到教师专业发展,就是要积极通过教育科研来树立崇高的专业理想。从另一方面来说,教育科研是一项辛苦、费力而耗时的活动。从事科研活动正如梁代刘勰在《文心雕龙》中所说"陶钧文思,贵在虚静,疏瀹五藏,澡雪精神。积学以储宝,酌理以富才,研阅以穷照,驯致以怿辞",即是说要"有所不为",放弃各种功利追求和物质欲望,甘于寂寞,把工作放在首位,潜心于教育科研,从而实现自己的教育理想和抱负。

四、草根化研究——教师专业发展的有效途径

草根化研究是当下教育科研领域里出现频率较高的一个名词术语。教师专业发展的情况表明,草根化研究是一种适应教育科研大背景,符合学校教学实际、教师自身实际,并且富有成效的一种研究形式。

可以从基本概念、基本转变、基本属性三个方面来认识草根以及草根化研究。

1. 基本概念

认识草根的两层延伸意义:一个指非官方的、民间的;另一个指本土的、基层的。我们所讲的草根化研究,是指广大一线教师扎根于教学实践的深厚土壤,面对现实问题、追求实际效果的一种研究形式。它是一种基层式、校本化、群体性的研究,不同于少数专家在象牙塔里进行的学院式、精英化的研究。

2. 基本转变

转变之一:由验证探索他人到主动自我反思。即从强调对他人理论研究和实证研究成果的"验证性"探索,到更强调对学校和教师"自我经验"的主动反思、积极生成和创造性的表达。

转变之二:由追求科学范式到提倡人文范式。科学范式的研究,采用科学实证的方法,依赖实验与数据,强调学科知识的客观性与精密性;人文范式的研究,关注人本身的意志、观念、文化和知识等,采用描述与解释等方法。

转变之三:由注重宏大叙述到看重日常叙述。也就是从执着于教育科研的"宏大叙述"转变为更看重教育科研的"日常叙述"。宏大叙述和日常叙述的不同点在于:

(1)宏大叙述关注的是对人类历史与精神生活具有的重大意义和价值,日常叙述关注的是对某个个体与群体所具有的内在意义与价值;

(2)宏大叙述关注的是重大事件与重大变革,日常叙述关注的是每日每时发生的平凡事件和琐碎细节;

(3)宏大叙述关注的是领袖和精英,日常叙述关注的是"沉默的

大多数”，甚至是边缘状态的少数。

3. 基本属性

平民性——它使教育科研走向每一位老师，人人都是研究者；

实践性——研究的素材来自于实践，研究的“根”扎在实践中；

独特性——教师通过具体问题的研究，形成自己独特的教学风格；

活力性——是一种切合自身实际，真正富有活力的科研方式；

共生性——人人参与研究，集中群体的智慧，谋求共同发展；

内生性——是教师内心力量的迸发，不是外部压力的促使。

缪徐. 草根化研究：教师专业发展的有效途径[J]. 中小学教师培训，2013(12)：31–34.

第七章　教师如何预防职业倦怠

近年来,中小学教师职业倦怠已经成为困扰我国教育发展的一个不容忽视的问题,及阻碍教师专业成长的重要因素,重视和解决教师的职业倦怠问题已刻不容缓。研究表明,职业倦怠存在于很多行业中,中小学教师是职业倦怠的高发人群。教师职业倦怠会给教师、学生乃至整个教育事业带来极大的负面影响。因此,教师在专业成长之路上,必须认识职业倦怠问题,积极应对和预防职业倦怠。

第一节　职业倦怠是教师专业成长的绊脚石

人类发展史告诉我们:很多科学的发现都是人们从生活中的感性认识和体悟渐渐发展到理性思考和研究的,人们对职业倦怠的认识也经历了这样一个发展过程。

一、什么是教师职业倦怠

"倦怠"一词最早出现于美国作家格林尼的小说《一个倦怠的案例》中,书中描写了一位建筑师因不堪忍受工作带来的精神痛苦与折磨,最终放弃事业,逃亡非洲原始丛林生活的故事。自此以后,"倦怠"(Burn-Out)一词进入了人们的视野中。但事实上,在一些早期创作的文学作品中,就出现过对倦怠现象的描述,如身心疲惫、丧失激情与热情等。也就是说,倦怠在被系统研究之前,就已得到人们的关注。

自1974年美国心理学家弗登伯格首次将"职业倦怠"这一概念引入心理学领域后,众多学者对职业倦怠的概念与结构展开了深入研究。1980年第一届国际职业倦怠研讨会的召开,更突出了它的重要性,以至于职业倦怠被视为20世纪80年代的危机和现代生活的疾病。但作为一个专业概念和系统的研究对象,职业倦怠始终没有统一的定义。目前最被广泛接受的是马诗勒及其同事所提出的职业倦怠的多维结构概念,他们将职业倦怠看作一种产生于紧张服务性工作的员工中,由情感耗竭、去个性化及低成就感三个维度所组成的综合病症。其中,情感耗竭是指个体面对工作缺乏热情和动力,情感资源消耗殆尽,对工作产生高度紧张和失望的现象,常见症状是害怕新一天工作的到来;去个性化是指个体用消极、冷淡、过度疏远的态度对待工作对象,他们倾向于将工作对象看作无生命物体而不是一个完整的人,并表现出一种消极、没有人情味或去个性化的工作心态;低成就感是指个体认为自己不能有效地完成工作任务或怀疑自己的工作能力,从而导致自我成就感和自我评价过低的现象。职业倦怠的三维结构不但得到了学术界的广泛认同,而且已被证明具有跨行业和跨文化的稳定性。

弗登伯格把职业倦怠界定为:职业倦怠是助人行业中的工作人员因工作强度过高,工作时间过长,并且无视自身的个人需要所引起的疲惫不堪的状态,也是过分努力去达到个人或社会的不切实际的期望的结果。

关于职业倦怠问题的界定,一般来说,都是从产生原因及表现特征两个方面对其进行描述性定义的。纵观国内外众多学者给职业倦怠下的定义,总结起来主要从两方面进行诊释。一是职业倦怠的形成和发展过程方面。如国外有学者认为:"作为对工作疲劳的反应,职业倦怠是指个体的职业态度和行为以负性的形式发生改变的过程。"也有人认为,职业倦怠是一个缓慢发展的过程,开始时在个体觉察不到的情况下发展,毫无警报,一旦达到一个特殊的临界点,个体就会突然出现耗竭感,并且不能将这种负性体验与任何特殊的应激事件联系起来。另一方面,主要描述了职业倦怠的表现和影响因素。如有学者将职业倦怠定义为"由于长期情绪需求的投入而导致的一种生理衰竭、情绪衰竭和精神衰竭的状态"。

20世纪90年代中期以来,职业倦怠已经在教育领域成为突出问题,职业倦怠已对教师的身心健康、教学质量及教师队伍的稳定构成了威胁,对教师教学与学生发展造成了直接的负面影响。

由于国内关于教师职业倦怠的研究比较晚,所以涉及的概念并不多。刘维良在《教师心理卫生》一书中谈到,职业倦怠指个体无法应付外界超出个人能量和资源的过度要求而产生的身心耗竭状态。杨秀玉、杨秀梅在《教师职业倦怠解析》一文中谈到,职业倦怠是个体因不能有效地缓解工作压力或妥善地应付工作中的挫折所经历的身心疲惫的状态。

总的来说,大多数职业倦怠的动态定义认为,职业倦怠最初以应激的形式出现,在很长一段时间里,个体可能察觉到这种应激,也可能察觉不到,逐渐地,个体感到情感上的疲惫,对待他人和工作的态度也开始改变,这个过程最终导致职业倦怠。

根据以上的研究和分析,可以将"教师职业倦怠"定义为:由于教师在长时间的工作压力情境下,持续的疲劳无法宣泄所导致的情感、态度、价值观方面的消极倦怠的极端表现。重点表现为情绪的消耗、对待工作缺乏主动性和积极性、与人沟通障碍等。

总体上来说,研究者们普遍认为,压力的存在是造成职业倦怠的根本原因,而压力的来源主要是环境因素。从事教师职业倦怠研究的研究者把这些因素具体地放到教师职业生活中进行了反复比较,试图从中找出解决此类问题的最佳途径。教师作为一种特殊的助人行业,其教育教学工作本身就是在一种压力比较大的情景中实现和完成的。面对学生不同的学习情况和背景、性格以及家长对学生所设定的高目标、严要求和社会的过高期望等,一旦这些压力得不到有效的排解,教师将在各种压力下出现职业倦怠状况。

二、教师职业倦怠的类型

教师的职业倦怠情绪因为受到内在和外部环境的多重影响,因此表现形式也有所不同,归结起来有如下几种类型:

(一)烦躁型

面对困境和不期而遇的失败,这类教师不再试图做出任何可能的努力,对自我要求变得松懈,把成绩不好、学生不听话看成是"命不好""没遇到好学生",而认为自己的努力都是在浪费时间,是没有意义的,对学生的关心和沟通交流大为减少,牢骚抱怨变得越来越多,严重影响工作激情和工作效率。

（二）筋疲力尽型

当教师的努力没有换回相应的回报和认可时，就有部分教师，尤其是那些许多年来一直默默无闻努力认真对待工作、对待学生的“老教师”就会在内心深处产生消极感甚至是厌倦感，认为“付出多和付出少没区别”。这类教师对工作存在明显的厌倦感和消极悲观的态度，工作热情和工作积极性也大为降低。他们把工作中的不思进取和随遇而安看成是一种内心深处的平衡。

（三）悲观型

这类教师长时间的努力换来的是成绩没有达到内心预期的理想状态而变得不自信，甚至变得十分敏感。当提到“某同学主观题得了一位数时”，这类教师首先联想到自己的学生，或者是当学校有公开课任务时，这类教师就会推脱，认为自己的学生不能够积极配合，无法顺利完成任务。这都是教师因为长时间的内心压抑而变得敏感、不自信的表现。

（四）牢骚抱怨型

有相当一部分教师，因为职业倦怠情绪的存在，变得十分喜欢抱怨——对学校、对学生、对家长的抱怨。尤其是当学校没有满足教师的基本需要，而又提倡教师突破自我，提高学校办学质量时，许多教师就会产生压力，甚至是不满；当学生学习目的不明确、不努力、不用心学习、成绩难以提高时，或者是学生因为各种原因和学校思想相背离时，教师也会抱怨学生差；当家长对学校不信任，对学校报以的要求过高，而自己本身对孩子的了解不够，付出不够时，教师也会抱怨家长的不理解或者不合作。

（五）综合型

相当一部分的教师会处在这几种类型之间。尽管职业倦怠的类型各异，却在不同程度上反映出引起教师职业倦怠的主要原因。

三、教师职业倦怠的表现形式

关于教师职业倦怠的特征表现，北京师范大学许燕提出 9 大特征，在此基础上,教师职业倦怠特征的具体表现可以归纳为:身体机能衰退,教育教学应变能力下降,情绪趋于低落,人品瓦解,无成就感和价值感,行为异常。在平时生活及教育教学过程中,教师职业倦怠的具体表现形式有:

(一)在教育教学过程中时常有失败或受挫感

在心理学中有这样一个名词,即心理理性极限,一个人在正常状态下或一般的紧张情境下,个体是能以活跃的思维与理性的方式去思考处理问题的。当个体处在极度紧张状态下,非理性的思维和行为就取代了一切正常的、理性的思维方式。心理学家将这个紧张的界限就称为“心理理性极限”。当超过这个界限时,个体就会产生许多心理障碍(包括对职业的厌倦感)。

美国教育学会于1967年对公立学校2 290名教师调查发现:78%的教师有“少许”或“相当多”的压力。英国学者柯里柯夫与苏利夫在调查英国综合中学教师的工作压力时,发现教师感受“很大”职业压力的比率为1/5~1/3。在我国新课改轰轰烈烈实施的大环境下,社会、学校、家长对教师提出了更高水准的要求,要求教师无论在知识上还是在人品上都要高于常人,使教师的心理产生很大的压力。加之在实际的教育教学工作当中,多元的价值观取向无时无刻不在冲击着教师的心理,学校唯分数论的评价机制更使教师身心疲意。一个教师如果将这些问题处理不得当,就会超出心理理性极限,从而导致各种心理问题产生。调查中发现:很多教师陷入这样的怪圈,即“失败感—情绪暴躁—极力改进—更为严重的失败感—教育教学能力下降”。据南京师范大学心理专家调查结果显示:25至35年以上教龄的老教师出现如此特征者很多,有个例甚至因为回答不上学生的问题而羞愧自杀。一个教师如果处于失败感远远超过成就感的心理状态时,其对教育教学工作的激情就会剧减,如果走不出这样的怪圈,教师就会产生职业倦怠。

(二)在生活中和亲人、同事、朋友关系紧张

通常个体在遇到工作中的各种问题和矛盾、或者心理超负荷时,就会将自己的各种人际关系搞得非常紧张。调查中发现,有职业倦怠倾向的教师经常是牢骚满天,听不进别人的意见,怀疑一切,自己管不住自己的情

绪,自认为和同事没法交流,回到家中看见什么事都不顺眼,脾气变得暴躁,致使自己和配偶、父母关系都显得很紧张。比如,很多人存在“在家人面前易发火,不易控制自己的情绪”“很少与家人交流”“与朋友的联系逐渐变少了”等问题。这类教师究其原因就是由于倦怠带来信心丢失,自我调节能力丧失,将教育教学的教师身份和社会中各种角色错位,不能控制地将自己工作中的情绪带到自己的生活之中。

(三)有意封闭自己,拒绝任何社会活动与社会交往

有调查发现,这类教师基本是从教 5 年以后,加上自身内向及古怪的性格,造成这类教师表现出很是极端的思想封闭状态。恐惧与各种人进行交往,究其原因,他们不是与人没有话题可言,而是在知识分子那种自命清高的心理和教育教学过程中的诸多压力以及自身较为孤僻的性格等因素相互作用下造成的。在研究中发现:多数教师承认工作压力致使自己“总是怀疑周围的一切”“总觉得在背后被议论”“被误解时,无法排解郁闷”。他们敌视周围的同事,进而导致自己封闭自己,但封闭的结果使自己的境况愈来愈糟。

(四)无缘无故激动、恐慌、灰心丧气乃至心灰意冷

患上职业倦怠的教师会不时地出现焦虑、沮丧的心理。究其原因,都是由于平时的压力超过其心理负荷能力,他们在面对生活及教育教学的负面影响和压力时难以转化为成功的动力,时不时地出现上述症状,没有心思工作、整天怨天尤人,更有甚者愈来愈讨厌教育教学工作,怀疑自己的能力,对自己失去信心。有的教师甚至对未来产生绝望的情绪,有过轻生的念头。

(五)感觉教育教学工作乏味无聊

一个教师如果患上职业倦怠,其必然丧失对自己教育教学工作的热情,难以全身心地投入到教育教学中。这样一来,他的工作效率就会大打折扣,进而引发学生、家长的意见,反馈回来的是更为严重的职业倦怠,这种恶性循环系统是愈来愈严重,愈来愈强化。再者,一个教师如果不及时调整自己“倦怠”的状况,必然形成一种对社会不满的极端化心理状态,使

自己的道路越来越向极端化发展,刚参加工作时的激情被一种激进、不满、埋怨的心态所取代,表现在工作中就是一种被动的、趋于应付的工作态度,从而使自己被无聊、乏味所包围。

(六)自身产生各种疾病,健康严重受到威胁

教师的职业倦怠绝不可能直接对教师身体产生威胁,但它对一个教师在心理上产生的杀伤力会直接影响到教师的身体健康。在我国的中医上早就提出一个人的"形"与"神"是相互作用的,所谓的"喜怒哀乐""忧思惊恐"都会直接对人的身体产生作用,都可以紊乱人的生理节奏,进而产生各种诸如头痛、神经痛、胸闷等疾病。

另外,处在倦怠状态下的教师必将把自己的压力转向对各种不良生活习气的追求之中,来应对各种关系所产生的精神压力,如酗酒、吸毒、赌博等,这样更是自残身体。所谓的转移注意力,不但不会使痛苦消失,反而会使自己的境况愈来愈糟糕。有调查发现,这样的例子占到教师群体的10%还要多。在这种状态下,教师正常的工作规律和生活规律遭到严重破坏,并且各种不良习惯的出现会使教师的性情大变,更有甚者使教师患上不治之症,将自己的生命踏入不归之途。

四、教师职业倦怠的危害

(一)教师职业倦怠对教师的影响

教师这个职业的特殊性是当今社会所公认的,其工作时间比较长,教学任务量大,并且需要长时间在高强度的环境下集中自己的注意力来保证工作质量。这样长时间的工作,教师往往会感到疲劳,致使工作压力增大,更加重了身体和心理的疲劳感。社会和学生家长方面对教师越来越高的要求,也同样会导致教师的工作压力加重,对疲劳变得敏感,在这样的情况下就会增加教师在工作中产生倦怠的几率。当教师产生职业倦怠感后,身体会特别容易在工作中产生疲倦感,工作的心情也随之下降进而影响到教师对待工作的热情和态度,教师对自身的要求和自我上进的心理也随之降低,使得其在工作中的准确性和工作效率逐渐降低。教师的职业是教书育

人,这一特殊的工作性质决定教师在工作中不应当出现失误。

1. 对教师自身工作的影响

教师产生职业倦怠后工作状态变差,对工作的热忱也会逐渐消失,这样就直接导致工作质量下降。在教师产生倦怠感的初期,若不能及时进行自我调节,恢复到之前的工作状态,就会在工作环境和其他因素的共同影响下产生恶性循环,这就是教师行业中常说的“厌教心理”——慢慢变得缺乏教师基本的职业道德和敬业精神,对工作产生厌烦,严重者会开始怀疑自己在工作中的能力和职业中存在的价值,在工作中会表现出对教学工作的逃避抵触,能躲则躲,得过且过的态度。在工作中常常会出现这样那样的错误,课堂上不注意授课的方式方法,语言上过于死板机械,不能充分调动课堂气氛,只是为了完成课时任务而去上课,课堂上的态度也变得麻木僵硬,不能对课堂时间进行合理的安排,对学生是否可以理解知识内容漠不关心,敷衍了事,对学生的心理情况更加不理不顾。因为厌烦的情绪,排斥学生提问,对学生的发问产生反感,慢慢会造成与学生关系的疏远,这一切都会严重影响到教师的能力发挥,进而影响到教学质量。

2. 对教师自身身体的影响

教师在产生职业倦怠后身体和心理都会发生改变。在心理上会使教师的心理压力增大,精神上容易变得敏感脆弱。在身体上对疲劳的感觉变得敏感,即使工作时间并不是很长也会感到劳累,工作中的心情也会因为种种疲劳而变得越来越差。在这样的压力之下却无法得到释放,积累在心理和身体上,会使人变得易怒,易躁,精神恍惚,紧张不安,敏感多疑,夜晚虽感劳累却还会产生失眠的症状,在性格上变得冷漠,不愿与他人沟通交往,疏远身边的家人和朋友,严重的人会产生对现在生活的绝望,引发抑郁情绪的产生。有的教师产生职业倦怠后,会将注意力进行转移,将原来的注意力转嫁到其他事情上寄托。也有的人,会将压力转移到对美食的喜爱,增加对美食的渴望,通过吃甜食和自己喜欢的食物来发泄自身存在的压力,导致暴饮暴食,对自己吃东西无法控制。有的教师正好相反,在压力过大的情况下,抑郁的心情加重,导致对任何事情都提不起兴趣而变得厌食。总之,职业倦怠在教师身上发生后,使得教师很难集中精神对待自己的工作,身体情况和心理健康也逐渐下降。

3. 对教师自身发展的影响

教师产生职业倦怠后会开始觉得工作枯燥乏味，厌烦工作，看不到工作的前途，逐渐感到失望，慢慢对工作产生抵触心理，对待工作的态度变得漫不经心，不像从前那样用积极的态度面对，对待自己该完成的任务敷衍了事，与之前对待工作的期望大相径庭。由于情绪造成影响，在工作的时候很难以愉悦的态度去应对。长此以往，教师备课教学时的情绪受到影响，在讲解知识的同时容易造成知识点的缺失，阻碍自己真正才能的展示。因为长期感到疲劳，难以在所教授的内容上进行创新，更加产生了内疚感，但也无法改变现状。这样下去教师在工作中无探究无创新，对自身的发展必定有不好的影响，变得不求上进，缺乏进取之心，把工作当成一种负担。有的教师就会开始开辟第二职业，又或者干脆放弃教师这一职业去寻求其他出路。

4. 对教师自身情境的影响

一个人拥有好的心情，周围的人受到感染也会变得快乐，相反一个情绪低落消沉的人也同样会影响周围的人，生活的氛围也会因此而变得消极懈怠，这样也会给周围的家人和朋友带来不好的情绪，慢慢地不愿意与他人接触，认为是自己连累家人和朋友变得不开心，产生自我责怪的心理。这就对所处的家庭和所在的环境造成了氛围上的影响。

（二）教师职业倦怠对学生的影响

1. 对学生学习成绩的影响

产生倦怠感的教师，对任何事抱着冷漠的态度，对教学缺乏创新，在工作中开始出现粗心大意，不能使学生对知识产生兴趣，从而不能给学生更好的引导。易怒的情绪使教师提到上课就会感觉到头疼无奈，缺乏耐心使教师对不守课堂纪律的学生，出现烦躁的心理状态，这些都使教师不能很好地为学生解答提出的问题。当教师不肯在教学过程中花心思，对学生关爱越来越少，讲授的内容都是为了完成任务时，学生往往也会怠慢自己的学习，对学习失去兴趣和探索欲，久而久之开始变得对学习不上心，这就造成了对学生学习成绩的影响。

2. 对教师与学生关系的影响

从小到大伴随我们学生时期时间最长的人就是教师，在学生时代每个学生都会有喜欢的教师，喜欢的教师所教授的科目，成绩往往要好一些。学生在喜欢的教师的课堂上就认真听讲，多学一些内容，还会主动思考，这样的情况多数是教师本身的原因导致的。有些教师的教学方式方法和语言的亲和能力受到学生的喜欢，他们通过语言和教学方法在课堂上带动学生的学习热情，使课堂气氛活跃，有良好的教学秩序；在课后与学生相处融洽，亦师亦友。这样的教师容易得到学生的信任，受到学生的爱戴，在学生心中产生了好的影响，使他们有一个良好和谐的师生关系。产生职业倦怠的教师，由于身体和情绪都受到了影响，很有可能将不好的情绪带到工作中，使学生厌烦，破坏了师生之间和谐的关系，对待工作也失去了积极的态度，课堂总是重复的内容，吸引不了学生的注意力。随着时间的发展，学生质疑教师的水平，教师气愤学生的不守规矩，进一步破坏了教师与学生之间的关系，学生不愿意与教师沟通，抵触教师的教学内容，长此以往教师与学生之间出现了隔膜，影响了教师与学生之间的关系。

3. 对学生身心成长的影响

一个人的健康除了生理上的健康很重要以外，其心理的健康也是很重要的，尤其是幼儿、青少年和青年，在他们的成长过程中，更要注重他们的心理健康。一些处于叛逆期的学生心理情绪往往波动很大，这就需要教师注意他们的行为，从而进行正确的引导，不让他们误入歧途，使得他们拥有一个快乐的成长阶段。处在倦怠期的教师由于情绪不高，容易造成对学生的关爱过少，对学生缺乏耐心，容易忽略学生的内心感受，对学生持否定态度，尽可能地疏远他们，致使在学生的事情上处理不妥当，对学生的心理造成不好的影响。另一方面受到职业倦怠情绪困扰的教师往往易怒，脾气控制不得当，情绪变得不稳定，会体罚学生或者言语过于严厉，这些都将对学生的心理将造成更大的影响。不恰当的行为和语言会使学生的心理受到打击，有时无心的一句话却在学生心中留下了痕迹，在学生心理上造成一定的影响。

4. 对学生情感态度与价值观的影响

好的教师可以引导学生走上积极向上的道路。随着新课程改革的实施，在教学上根据素质教育提出了教学的三维目标，即不仅包括知识与技能、过程与方法目标，还加入了情感态度与价值观目标，可见情感态度与价值观对学生的影响也是极为重要的。处于青春期的学生,他们的心理是敏感的。教师在倦怠的情绪下,由于自身的原因,会忽略学生的一些细微的变化,没有及时进行正确的引导,从而使学生的问题层出不穷。因此,教师应当以积极的情绪对待工作,从而为学生引导和树立良好正确的情感态度与价值观。

(三)教师职业倦怠对社会的影响

当教师产生职业倦怠后生理和心理都会受到相应的影响,初期阶段,难以察觉,但也会有相应的症状。有些教师在出现早期症状时不以为然,认为只是最近休息得不好,并没有放在心上。但是继续在这种高压的环境下工作,症状将会更为严重,教师将不断质疑自己的能力,以至于没有办法全心全意地工作。即便如此,教师还是有很强的责任感,有的教师借着这样的机会审视自己究竟是否适合这样高压的工作,部分教师会选择在放松后继续从事这项工作,为祖国的教育事业继续努力,而另一部分教师觉得自己并不适合这样高强度的工作,选择离职或者不敢进行毕业班和班主任的教学工作,这就造成了教师大量流失。可见教师职业倦怠对社会教师资源会产生很大的影响。

(四)教师职业倦怠对学校的影响

教师工作状态的好与坏直接影响到学校的教学质量。保证学校的教学质量是每个教师应尽的职责与义务,然而随着教师长期处于高压下工作,教师的职业倦怠感也随之而来了。教师在受到职业倦怠的困扰之后,自身的状态不断地下降,工作状态必然受到影响,很难保质保量地完成教学任务。在这样的状态下,容易造成知识点模糊不清甚至遗忘,此时进行教学必将对学生有所影响,影响学生的学习成绩,而学生的成绩又是教学质量的衡量标准之一。另一方面毕业班的成绩又决定了学校升学率的好坏,所以毕业班的学习成绩也尤为重要。因此学校教师工作能力的好与坏直接影响到学校的生源问题,并且当教师的教学能力受到学生家长质疑时也会影响到学校的声誉。可见教师职业倦怠不仅仅影响到个人,对学校也是有一定影响的,学校应当对此引起足够的重视程度。

第二节　教师职业倦怠产生的影响因素

教师职业倦怠不是对某一特定事物的及时反应,而是在较长一段时期里,对工作中所遇到的压力、困难在情绪上产生的一种低强度递进的反应过程。因此,对产生教师职业倦怠的原因必须做多角度、多层面的分析。有研究人员在与众多的一线教师进行全面、细致、深入、真诚的访谈,获取掌握了大量第一手材料的基础上,将教师职业倦怠产生的主要原因归纳为以下四个方面。

一、职业因素

教师职业从古至今始终秉承着传授知识、发展能力、塑造心灵、为社会及未来社会培养人的职责。正是由于其职业劳动的特殊,人们对教师及教师职业极尽赞美之辞,其实这也昭示着与其他职业相比教师职业的责任更为重大,教师劳动也更为复杂和艰辛。这样一种责任重大、复杂艰辛的职业,其本身也就不可避免地蕴涵着使从业者——教师产生职业倦怠的因素。具体来说如下:

(一)教师角色冲突

所谓角色冲突是指当个体面对两种冲突情境而又被期待作出角色行为时所表现的一种矛盾的状态。有研究表明,所有对他人高度负责的角色,都要经受相当多的内在冲突和不安全感。教师由于是受社会的委托为其培养所需的合格人才,决定了他们必须具备很强的责任心。因此,教师职业是从业者产生角色冲突的一种典型情境,处于其间的教师时时刻刻都处于角色冲突之中。特别是随着学校功能的日趋复杂和多样化,教师所需扮演的角色也越来越多,同时所感受到的角色冲突也越来越严重。有调查发现,在众多的角色冲突中,中小学教师体验最深刻、对他们影响最大的角色冲突主要有三种。

首先是作为教师与作为普通人的角色冲突。由于教师的劳动具有示范性,使得社会对教师做出了诸如言行举止、穿着打扮、情感、爱好、兴趣等方面的明文规定或约定俗成的要求。而这些要求和规定在某种程度上可能又压抑了教师作为一个普通人所应享有的权利，引发教师对其职业的不满。

其次是作为主导者与服务者之间的角色冲突。在中国传统文化中，“教师”中“师”的含义是“凡能率众能牧民者，谓之师”，故《学记》有云：“能为师然后能为长，能为长然后能为君。”反过来，就是能为长，能为君者，便是理所当然之师。由于这种文化逻辑，教育教学就只不过是师之惠泽，师之恩荫，教师高高在上，是绝对的主导者。学生包括家长只能对教师唯命是从，根本不敢奢望教师能为其服务。然而时下人们提出了“教育就是服务”的理念，要求教育尤其是教师要以学生为中心，为学生服务。而教师一时很难适应这种角色的转变，不免产生失落。

再次是作为素质教育实施者与应试教育实施者之间的角色冲突。

以上角色冲突无时无刻不在影响着广大教师，如若教师们对这些冲突所带来的不适难以解决或处理不当，即使是再有责任心的教师，也不免会感到心力交瘁，久而久之，产生教师职业倦怠也就不难理解了。

（二）教师角色模糊

角色模糊是指个体由于对其职业的权力、义务、责任缺乏清晰、一致的认识而感到对工作无法适应。当前，世界各国正处于一个社会转型时期，必然对作为社会组成部分或者说是社会系统中的一个子系统的教育产生影响，要求其迅速做出调整与变革以求适应与生存。同时，由于教育特殊功能的存在，它还被赋予了另一个重要的职责——帮助和促进社会顺利实现这种转型。

然而，当我们反观、审视我们的教育时，却发现，教育体制僵化、教育教学管理低效、课程设置不合理、课程内容陈旧、考核评价制度滞后、学生负担沉重……这样的教育如何能适应未来的知识社会，又如何能肩负帮助与促进社会转型的历史重任。为此，国家适时地提出了“实施素质教育”的口号，并在此基础上开展了力度更大的基础教育课程改革。而改革要取得成效，首先要做的就是教师改革。联合国教科文组织在《教育——财富蕴藏其中》的报告中指出，教师作为变革的因素，其重要性不仅体现在教师是改革不可或缺的力量,同时也来自于变革的时代导致教师本身也已经成为改革的对象。教师不仅仅要主动构建完备的知识结构,提高自身的能力素养,更重要的是还必须转变观念,实现角色的转化,并根据不同的需要充当不同的角色。他们既要充当知识传授者的角色,还要充当学生的引导者、合作者、组织者、朋友、知己、心理咨询师、生活顾问等角色。当教师面对如此纷繁复杂的角色(特别是角色之间存在冲突时),难免会产生困惑——自己到底要扮演什么角色,所扮演角色的行为标准是什么,于是产生了角色模糊,并逐渐感受到了对工作力不从心或无法胜任,时间久了,也就引发了职业倦怠。

(三)教师职业造成的教师与社会的相对疏离

有人在对教师群体进行研究时发现,与其他职业的劳动者相比,教师属于一个相对孤立、封闭的群体,与社会接触较少,参与社会活动和决策的机会也很少,呈现出一种与社会相对疏离的状态。他们对外界的了解绝大多数仅仅是通过电视、报纸、广播等新闻媒体,很少有机会参加私人或社区的各种正式或非正式的活动。这主要是由教师的职业性质使然。

首先,教师是为未来社会培养人,其工作对象是身心发展并不成熟的青少年,这在一定程度上窄化了教师的交际面,影响了他们与社会的接触。其次,教师职业与其他职业相比,具有一个显著的特点:工作时间和空间的广延性。即指教师日常工作的时间和空间并不仅仅局限于在学校的八个小时或办公室与教室,仍有相当数量的工作需要教师利用其业余时间或在其他场合(主要在家庭)来完成。这势必会挤占教师的业余时间,减少他们走出家庭,融入社会的机会。此外,我国传统知识分子的某些性格也使得教师或多或少对社会特别是社会中世俗的东西持蔑视、排斥的态度,不愿意积极主动地去接触社会,更谈不上融入社会。这种由主客观因素所造成的教师与社会的相对疏离,一方面使教师自身所具有的合群需要得不到满足,另一方面也使社会对于教师及其工作难以有全面而清楚的认识,因而也就不可能给予他们稳定而有力的社会支持。这种由疏离所造成的合群需要与获得社会支持的需要长期得不到满足,又将使教师陷入更深的社会孤立之中,如此相互循环,最终就有可能发展为职业倦怠。

二、社会因素

促成教师职业倦怠形成的社会因素,主要是社会对教育的期望过高所造成的教师责任与压力过大以及教师的社会地位偏低等。

(一)社会对教育所持有的期望过高

近些年来,作为承载着国家富强、民族振兴使命和希望的教育正日益受到整个社会前所未有的关注。这种关注从教育体制、教育政策法规、教育公平与效益、教育评价、教师的素质到课程的设置、课程内容的选择与编排、课堂教学的组织与开展、作业的布置与评价,到学生的发展、学生的身心健康等,无所不包。教育、教学、教师已成为时下社会的热门话题。

对教育无所不包的关注凸显或昭示的是社会对教育前所未有的一种期望,关注的程度越密切,所持的期望也就越高。在这种高期望值的驱动下,人们信任甚至是依赖教育、学校、教师,使他们承受了太多的诸如确保知识与文化的社会传承;促进经济的繁荣与发展;维护社会的安宁与稳定;促进学生身心全面发展等一系列关涉到人和社会发展的重大责任和任务。完成其中的任何一项,难度都相当大,它不仅需要教育自身的努力,而且还需要社会、家庭坚定的支持与积极的参与。然而遗憾的是,正是这种在高期望值驱动下对教育、学校、教师的信任甚至依赖,某种程度上可以说是一种过度的依赖,使我们的社会、家庭失去了它们应有的理智,将它们与教育之间本应共同承担的职责一股脑儿地推给了教育,推给了教师,而忘却了自己的职责。这种教育责任的转嫁或者说是教育责任的分担不公,在教育、学校、教师本已沉重的肩头又加上了一副其本不应承受的重任。在我国众多学校尚不具备承受这些重负的条件,教师队伍无论是学历水平、能力素养还是敬业精神,或是其他素质也达不到要求的前提下,这些重负给予教育、学校、教师的或许并不是动力,而是无形的、巨大的压力,一旦调解不适,教师职业倦怠的产生也就不可避免了。

此外,由于我们的学校、教师尚不完全具备承受重负的条件,很容易将社会的期望转变为失望,继而招致批评、责难甚至兴师问罪。殊不知,过多的批评与责难在一定程度上可能会使学校及教师产生动力,反思、改进自己的工作，但更多的则可能是打击教师的自尊和自信，蚕食他们对工作的热情，消磨他们在工作中的士气，久而久之，其必然出现的结果就是产生职业倦怠。

（二）教师社会地位的不尽如人意

教师的社会地位是指教师职业作为在社会结构和功能运作中的一个相对独立的运作单元，与社会整体功能运作效果的相关程度。一般认为，确定和衡量教师社会地位高低主要有三个指标：教师的经济待遇、教师的职业声望和教师的社会权益。

1. 教师的经济待遇

教师的经济待遇是社会给予教师的工资报酬和物质利益水平。确定教师工资报酬和物质利益水平高低的主要依据是教师职业劳动的价值。教师劳动属于一种复杂劳动，其劳动的价值明显高于简单的劳动价值。因此，单从教师劳动价值角度来看，教师职业经济上应该享有较高的待遇。客观地说，近些年来教师的经济收入和待遇的确得到了一定的改善。然而，将教师的收入与社会其他职业的收入进行横向比较，我们感受到的还是忧虑。从目前有关资料和数据中我们还是可以看到这么一个事实：尽管教师的经济待遇正逐年提高，但与社会其他行业相比，仍无太大改善，其收入水平与其劳动价值并不吻合或等值。

2. 教师的职业声望

职业声望是社会舆论对某一职业的意义、价值与声誉的综合评价。职业声望反映着一个社会对一定职业评价的高低，进而决定着人们对这一职业的肯定或否定、尊重或鄙视的态度。综观世界各国，许多国家教师职业的声望都相当高。如美国的一项研究显示，77% 的人认为教师是声望高、受人尊重的职业。英国的类似调查发现，在教师、护士、警官、工程师与政府议员等职业中，教师职业声望居第 2 位。波兰民众在对社会上 29 种行业的等级评定中，中小学教师列第 3 位。然而，在我国这样一个有着悠久尊师重教传统的国家，教师的职业声望并不像人们所想象的那么高。造成当前我国教师特别是中小学教师职业声望不高的原因主要是社会对教师劳动的社会价值认识不充分，教师队伍自身素质偏低，教师经济待遇差以及尊师重教的观念仅局限在亲授师生之间等。所带来的后果将是人们不愿从事教师职业。

3. 教师的社会权益

社会权益有两个方面，一是一个人在履行职责时所具有的社会权力，二是一个人在社会中享有的合法利益。教师作为一种职业，其社会权力除了公民享有的一般权力外，就是他的职业本身所赋予他的权力——专业权力。专业权力是由教师专业活动的需要所决定的，一般表现为教育教学与学术研究等职业方面的自由和自主权，并还享有由职业本身所带来的合法权益，如获得相应的职称、享受工资报酬和福利待遇、使用有关的教育资源、自由发表科研成果、争取业务进修机会、参与学校管理、享受弹性工作制和寒暑假等。

教师的这些社会权益在联合国教科文组织《关于教师地位的建议书》以及我国的《中华人民共和国教师法》中都有明确的规定。按理说教师们应该满怀热情地投入自己的工作。然而在现实中，教师法中的诸多条款并没有得到完全彻底的执行，教师的社会权益并没有得到很好的保护，教师被侮辱、殴打、伤害的事件屡见不鲜，教师参与学校管理的权力没有很好地落实，教师组织课堂教学的权力也受到外界的干涉。

通过对以上三个确定和衡量教师社会地位高低指标的审视和分析，我们可以得出以下结论：教师的社会地位的确有了一定的提高，但从整体上看，教师的社会地位仍然偏低，与他们劳动的价值不吻合。这种理想与现实的巨大反差不可避免地会影响教师的情绪，挫伤他们的工作热情，打击他们的工作士气。加之教育、学校对教师激活、激励机制的不完善，使得相当数量的教师索性转投那些环境更宽松，经济回报更好，社会地位更高的行业。而有的教师则被失望、彷徨、不安、躁动笼罩着，教育教学工作对他们而言意义已经不大，久而久之，势必会屈服于职业倦怠。

三、学校因素

促使教师职业倦怠产生的学校因素包括学校的组织氛围、教师的劳动量以及学生的品行和学习成绩等。

(一)学校组织氛围的差强人意

管理心理学的研究表明,一个组织要得到很好的发展,其组织氛围(主要包括学校物质氛围和心理氛围)的好坏是相当重要的。组织氛围好,成员集体意识就会强,上下级关系融洽,从而意见容易得到沟通,问题也容易解决。成员处于这样的组织中,会有很大的归属感和安全感,并充满自尊和自信,他们能相互信任、支持、尊重与合作,会积极地去消除某些困难,工作士气高涨,这有助于提高组织的活动效率,同样也有助于缓解在工作中所遇到的压力和困难,不易出现职业倦怠。相反,则会导致组织缺乏凝聚力,成员之间相互疏离,关系紧张,随之产生无归属感、无安全感和压抑感,组织活动效率下降,容易诱发职业倦怠。学校作为社会组织的一种,自然也符合上述情形。

有调查显示,教师对学校组织的物质氛围和心理氛围都不太满意,尤其是学校的心理氛围,不满情绪主要集中在学校管理与学校人际关系两个方面。

1. 学校管理方面

研究表明,组织管理与组织氛围成正相关。时下,我国众多中小学的管理还或多或少带有专制型或家长式管理的色彩。校长及其管理者不把学校的教师、学生看成独立的个体,忽视他们的主体性,束缚他们的思想是常有的事。在这种管理体制下,教师无权也无机会参与学校的管理,即使参与了,也只是在某种范围内,绝大多数的决策还是由学校组织的高层做出。这样,学校管理者与教师之间就缺乏深入的沟通和了解,管理者不可能主动地关心和信任教师,更谈不上尊重和发现教师,一旦教师在这样的领导者手下工作感到压抑和失落时,教师职业倦怠就离他们不远了。

2. 学校人际关系方面

研究表明,良好的人际关系能使教师心情舒畅,生活和工作愉快。更重要的是,它能增强学校组织的凝聚力,提高教师的工作士气,有效地缓解教师在工作中所承受的压力,对教师职业倦怠有很好的预防作用。但如果学校组织内人际氛围不和谐,人际关系紧张,则会逐渐消蚀教师的工作热情和工作士气,从而诱发职业倦怠。在调查的教师当中,有将近一半的教师反映，他们学校的人际关系并不如想象中或表面看到的那么和谐，上下级之间、教师与非教学人员之间以至于教师与教师之间或多或少都存在着不同程度的人际阻隔。虽然这种组织内人际阻隔现象在其他社会组织中也同样存在，我们也不能奢望更不能要求组织内所有成员彼此之间都亲密无间、和睦相处，但如此多的教师对学校组织的人际氛围、人际关系表示不满，应引起重视和反思。

（二）教师工作量大以及传统课程设置、课程教学存在的不足所造成的工作低创造性

通常，人们用“教书育人”4个字来概括教师的全部工作，这看似简单，却需要教师进行长期艰苦而繁重的劳动。教师的日常工作主要有备课、课堂教学、作业批改、课后辅导、家访、班级管理等，单从内容上看就非常复杂，而其中的任何一项工作又由于要求较高需要教师投入较多的时间和精力。例如，20世纪80年代后期教师日平均工作时间就达到9.67个小时，与我国实行8小时工作制相比要多1.67个小时。

中小学教师工作量大，首先与教师职业特点有关。其次，社会对教育和教师要求的不断提高也会加重教师的工作量。例如，新课程改革要求教师引导、帮助学生主动建构知识，这就要求教师在现有基础上应具备更强的教学科研、设计、观察、表达、交往、组织以及运用现代化教学技术手段的能力，这无疑又加重了教师的工作量。有学者在调查中发现，新课程改革实验区有92.2%的教师反映工作量有所增加，特别是备课时间的增加，其中60.8%的教师认为备课时间增加很多，33.2%的教师认为增加了一些，教师普遍感觉负担重。再次，在追求升学率基础上形成的过度竞争也是造成教师工作超负荷的重要原因。第四，班级人数的膨胀与教师工作量大也脱离不了关系。最后，随着大众传媒的普及，拥有知识不再是教师的专利，教师的专业性更多地体现在他们能对学生探索和钻研的领域给予专业或准专业水平的指导。为超前于学生，教师进修已不可延怠。但由于种种原因，大部分中小学教师都没有脱产进修的机会，他们不得不挤用业余时间，亦加大了工作量。在这种情况下，如若不采取相应的措施，将会产生大面积教师职业倦怠。因此，在呼唤为学生减负的同时，也应该为教师减负。

此外，由于我国教育在课程设置、课程教学传统等方面存在诸多不足

和缺陷以及教学过于强调应试功能，致使课堂教学刻板而僵化，教学千篇一律，甚至每个阶段还有固定的时间安排。教师们日复一日、年复一年地对相同或不同的学生用同一本教材、同样的教案、同样的方法讲授着同一门课程，其最终结果将导致教师本应极具创造性的劳动创造性不高甚至毫无创造性可言。根据心理学的研究，当人从事内容丰富且能最大限度地扩展和操作即创造性高的工作，或人们对自己的工作及其结果进行价值评判所得值为正值时，就会积极努力或乐意工作。相反则会使他们丧失对工作的热情和兴趣，诱发职业倦怠。而陷入职业倦怠的教师所进行的又必然是无创造性的劳动，两者不断反复陷入一种恶性循环。

（三）学生品行不良及学习情况不佳

学生作为教师工作最直接也是最重要的劳动对象，其品行和学习情况对教师职业倦怠也会产生影响。

1. 学生品行

小学生、初中生绝大多数处于 6 ~ 15 岁这么一个年龄段，其身心各方面的发展都不成熟，但也不能否认他们已具有一定的独立思维能力、思维方式、独特的个性以及他们自己的价值体系，而这些与作为完全社会人的教师相比，肯定存在较大差异。正是这些差异导致教师难以对学生的思想、行为进行及时、准确的了解、把握以及适时的控制。为了完成社会赋予的教育职责，教师必须花费大量的时间和精力，主动与学生沟通、交流，这在教师本已沉重的肩头又加了一副重担，易诱发职业倦怠。

其二，在社会处于转型，人们的价值观念日趋多元化的今天，学校已不再是人们心目中的世外桃源和净土，许多诸如暴力、犯罪、金钱主义、权力主义、功利主义等不良习气和精神污染正不知不觉地渗入校园，腐蚀着学生，打架、斗殴、逃学等不良行为的发生率随之上升。面对此种情形，一部分教师会采用加强纪律约束的方式来应对，这可能会起到一定的效果，但如果教师经常处理学生的纪律与不良行为，则会影响教师在学生心目中的形象，破坏师生关系，而师生关系的恶化又极易造成教师身心疲倦。1979 年美国教育协会的民意测验显示：接受调查的 75% 的教师认为纪律对他们的教学效率有很大影响，管理学生的困难已成为教师压力及厌教的主要因素。而另一部分教师,在本应承担责任的社会与家庭对此采取漠视或袖手旁观的情况下,认为自己的行为无助于现实的改善,于是降低对工作的投入以求得心理平衡。这种类似于"习得性无助"的心理在以后的工作中如果不断得到强化,最终就会发展成职业倦怠。

其三,教师在对学生的品行产生影响的同时,其自身也在不知不觉地受到学生品行的影响而发生着变化。有研究表明,当学生具有上进心不足、学风不浓;纪律散漫、屡教不改;对教师缺乏尊敬和信任,认错态度不好、常顶撞教师;普遍存在不文明的行为习惯等不良品行时,有42.9%的教师出现工作热情降低,35.7%的教师情绪不稳定,16.5%的教师出现言行和仪表随便,9.5%的教师对学生的态度冷漠,9.5%的教师开始回避困难。很明显,这些都是教师出现职业倦怠时的一些常见症状。

2. 学生的学习情况

学生的学习情况是导致教师职业倦怠产生的又一个重要因素。中小学生由于年龄较小,他们对为何学习、学习目的是什么认识得并不是很清楚也不深入,使得他们的学习动机和学习欲望并不强烈。又由于我国现行教育在课程设置、课程内容选择、课程评价、教学方式等方面存在不足和缺陷,特别是课程内容长期脱离学生的现实生活,难以使学生真正体验到学习的乐趣与价值。为此,不断激发学生的学习兴趣就成了教师的一项重要的日常工作,而对于教师而言,要不断激发学生的学习热情与兴趣远比其他工作更易让他感觉到疲倦。

四、个人因素

教师职业的特点、社会及学校三个因素确实对教师职业倦怠的产生有相当大的影响作用。但是,我们同样也应看到,许多中小学教师,他们没有很高的经济收入和社会地位,他们所面对的压力也很大,然而他们没有抱怨,依然精神抖擞、饱含热情地走上讲台。这也告诉我们,分析教师职业倦怠的成因,还必须从承载职业倦怠的载体——教师身上寻找根源。

首先,教师是否真正热爱自己的职业。任何职业只要热爱它,你才会全身心地去投入,才能将工作做好。作为一名教师,特别是一名合格的教师,只有对自己的工作、自己的学生充满爱,并将其视为自己终身追求的事业时，才能真正体验到教书的乐趣，才会去享受自己的工作。同样，教师只有热爱自己的工作，才会在压力与困难面前保持平和的心态去解决，而不是坐等职业倦怠的眷顾。

其次，教师的某些人格特征也是导致教师职业倦怠产生的重要原因。这些人格特征概括起来是：不现实的理想和期望，较低的自我价值感，自信心低，对自己的优缺点缺乏准确的认识和客观的评价等。教师通常具有利他精神，能真诚地关注他人，富于理想主义。然而有关文献认为，恰恰是那些富有理想和热情洋溢并执着地为实现其理想而不断努力的教师，最容易产生职业倦怠。这些教师（其中大多数是刚进入教师行业的师范毕业生）有理想，希望以一己之力为教育、为学生做点什么，为此，他们非常投入地工作。然而教育领域的任何事情并不是凭一人之力就能做到的，它需要得到各方面的支持与配合。当这些教师一旦觉得他们对工作的投入与所得到的结果不相匹配时，职业倦怠将可能产生。而且，这部分教师由于过分投入工作而较少参与组织活动，也减少了获得社会支持以及与同事交流的机会，陷入一种孤立状态，导致产生职业倦怠。而具有较低的自我价值感。自信心低等人格特征的教师同样容易感染教师职业倦怠。因为自信心的缺失会使他们更容易遇到困难和压力，也容易对所面临的困难和压力采取回避态度。而对自己的优缺点没有准确认识和客观评价会使他们较之他人更容易遭受挫折。此外，根据国外的相关研究，A 型人格特征或外控型的教师容易产生职业倦怠。

再次，教师的知识结构与能力素养。一般来说，教师如果具备完备的知识结构和良好的能力素养，他在教育教学工作中所遇到的困难和压力会相对较少，即使遇到了，凭借自身良好的素质，也能较为妥善地解决和缓减，从而避免职业倦怠的产生。但如果教师具有的知识结构不完善，能力素养也较差，情况则完全相反。这在新一轮课程改革实验区的教师身上表现得尤为明显。不同学历水平的教师与新课程实施之间存在着显著的差异。在“教师不适应”的人数中，学历为中专或高中的教师占 17%，而学历为大学专科、本科的比例均低于 10%，学历为硕士研究生的比例则更低。需要指出的是，虽然学历水平不能完全反映知识结构与能力素养，但两者之间还是有一定的正相关性，也就是说，学历水平越高，其相应的知识结构大多越完备,能力素养也越高。

以上分析的三个因素或单独或共同对教师产生作用和影响,一旦控制不力或解决不当,它们将如同生长素一样,促使职业倦怠从教师体内破土而出,并最终对教师的身心健康和工作成效构成威胁。

第三节　教师职业倦怠预防与应对的策略

孟子曾说:"得天下英才而教育之,三乐也。"相比较现在的教师,有多少会为自己的班级多收一个学生而快乐的呢? 更多的班主任恐怕会说少一个学生就少一份责任,更多的任课老师恐怕会说少一个学生就少批改一份作业。为什么今天我们的很多教师没有了职业幸福感? 为什么他们不能从自己的工作中享受到"传道授业解惑"的愉悦,却产生日渐加重的倦怠情绪呢? 在我国中小学教师群体中出现职业倦怠问题已经是一个无可争辩且不容回避的事实,它一方面严重影响着教师的身心健康,阻碍着教师的专业发展,另一方面影响着学生的学习和身心健康,对学校和社会也会产生消极连锁反应。那么如何有效预防和缓解教师职业倦怠呢?

一、创造良性社会支持网络和优质教育环境

工作环境是诱发教师产生职业倦怠的一大因素。因此改善教师的工作环境就成为有效预防和缓解教师职业倦怠的首要步骤。

(一)改变不合理期待,建立良性社会支持网络

教师作为育人这样一个特殊职业,有着和其他职业迥异的工作性质,社会对从事教育的人道德要求相对高一些,这是这个职业的本质特性所赋予的。但是我们知道道德问题其实是一个"不该做什么"的问题,是一个底线要求,而长久以来社会对师德的要求却是"应该做什么""必须做什么"这样的最高标准。这种不容分说地压在教师身上的不合理期待,对于教师来说实在是过高过严难以企及,因为教师除了职业角色之外,他最基本的角色是个社会人,是千千万万个普通人中的一员。在大力提倡"以人为本"理念的今天,是否应该反思一下基础教育中"以人为本"的"人",难道就只

是指“学生”吗？教师的职业成就感是否只能是“幸福”着学生的“幸福”而没有自己的幸福？如果整个社会都认为教师职业是一种纯粹的利他行为，那么包括教师在内的所有人当然也就无法客观全面地认识教师的职业价值。

人本主义心理学家马斯洛的需要层次理论把人的需要分为生理需要、安全需要、爱与归属的需要、尊重的需要、求知的需要、审美的需要。他指出，人的需要的满足有先后之分，越是低级的需要越是要先满足。只有较低级的需要基本满足以后，才能产生较高一级的需要。如果教师群体普遍感觉自己的基本生理需要没有得到满足，无论社会赋予教师职业多么崇高的价值，也很难使教师的职业道德高尚起来。教师的社会地位不仅仅是通过一年一度的教师节那一天对教师的关注来体现，它需要通过社会对教师每一天实实在在的关心和支持来体现。教师的社会地位是通过社会作用、政治地位、经济待遇、职业权利和从业标准来体现的。其中经济待遇是教师劳动价值最直接、最具体的表现形式。如果教师的经济待遇与劳动付出比例失衡，教师是不会相信自己的社会地位有多高，社会作用有多大的。因此，教师的经济待遇不仅影响教师个体的生存和发展，也影响教师队伍的稳定和教师职业的专业化程度。它最为直观地反映了教师的社会地位。

司马迁在《史记·货殖列传》里阐述了人性的特点是“仓廪实而知礼节，衣食足而知荣辱”。教师首先应该是个社会人，然后才是教师这个职业角色。只有改变对教师职业过高的、不合理的期待，不仅给予教师社会地位、各种荣誉表彰等精神层面的支持，还给予教师在工作、生活等物质层面上的支持，全社会从真正意义上形成尊师重教的社会风气，建立起良性社会支持网络，教师才可能安于从教，乐于从教。

（二）改革滞后的教育体制，创造优质教育环境

社会性支持给了教师一个宽松的教育大背景，但是教师每天的工作是在学校这样一个特殊的工作环境中展开的。我们在前面分析了在滞后的教育体制下衍生的教育环境里，教师很容易产生悲观、压抑、失落、感情耗竭等消极倦怠情绪。因此，必须改革滞后的教育体制，创造优质的教育环境，让教师每天在管理民主、评价公正、教学自主的氛围中工作学习。

首先,改革教育评价体系,不能把学生考试成绩作为评定教师工作成绩的唯一或最主要标准。因为它使得教师长年累月围着考试这根“指挥棒”转,不仅让教师抛却了教育最根本的宗旨,失去了教育工作本身该有的乐趣,而且让教师疲惫不堪,耗尽心神。因此应该淡化考试,建立多元评价标准,从多个方面,如师德、教师专业基础水平、教学技能等方面,通过定量与定性相结合的方法来全面考察教师的工作成绩。

其次,建立健全校长负责制下的学校民主管理制度,成立教职工代表大会,定期举行教代会,教师积极参与学校管理,献言献策,通过正当渠道向学校领导反映各种问题,维护自身合法权益。校长要充分尊重教师劳动和教学自主,认真听取教师对于学校发展和教学的意见,不利用职权打击报复或孤立教师,不搞小团体,倡导教师之间团结互助,关心教师的身体健康和家庭和睦,从物质上多帮助家庭困难的教师等,创造一个民主和谐友爱的校园环境,让教师充分感受到集体的温暖与关爱,每天在愉悦的心情下工作。

再次,国家、地方各级教育行政部门要合理配置教育资源,尽快解决中小学校班额过大问题,因为解决了这个问题实际上就是部分地解决了教师过重的工作负荷问题。还要给教师提供定期进修、培训机会,让教师的专业水平得到进一步的提高。

二、树立健康的工作态度,全面提高教师素质

社会支持、教育环境等这些外因固然对教师的职业倦怠生成和加重起了导火索和推波助澜的作用,但为什么有的教师容易产生倦怠情绪,而有的教师却很少有呢?教师职业倦怠的产生除了来自社会、学校等诸多因素之外,还有一个不可不谈的诱因,那就是教师自身的性格、人生观、价值观以及家庭背景等。

什么样性格的教师更容易出现职业倦怠呢?佩斯认为“倦怠较易发生在持有个人主义价值观并试图实现工作理想的人身上”。国外很多学者研究发现,A 型人格的人更容易出现职业倦怠。A 型人格的主要特征是:具有极端的挑战性、好竞争、急躁、理想主义、易动情、专注、奉献。这类性格的教师常常不善于处理人际关系,尤其是和同事之间。因为他们好胜心

比较强，易冲动，必然很难和同事相处融洽。一些刚刚走上工作岗位的年轻教师常常怀里揣着梦想，对自己的工作充满了热情，投入大量的时间和精力，当他们的理想遇到残酷的现实而幻灭时，就会感到无限的失落。研究表明，高期望是导致职业倦怠的一个危险因素，当努力没有产生预期的结果时，可能会导致情绪衰竭和人格解体，尤其是个人成就感的缺失。

美国学者麦克林泰尔发现，那些认为控制力源于外界的教师更容易产生倦怠。他们通常相信运气、命运，相信外在的力量会为发生在他们身上的事情负责。这就是我们通常说的"怨天尤人"型的教师，他们总是把自己工作上的不顺利归结于运气不好，缺乏自信，这也容易导致职业倦怠。中国有一句古训——"自助者天助"，即如果教师只是一味地强调外部条件多么不好而自身不去做相应的调整和改变，那么倦怠状况是不会有根本改观的。

树立一个健康的生活和工作态度，用一颗平和宽容的心处理人际关系，对自己的职业角色有理性的认知，是有效预防和缓解教师职业倦怠的根本。

三、探索教师减负之路，缓解教师工作压力

（一）将中小学生减负运动进行到底

1988 年国家教委颁布了《国家教委关于减轻小学生课业负担过重问题的若干规定》，1993 年国家教委下发了《国家教委关于减轻义务教育阶段学生过重课业负担、全面提高教育质量的指示》，2000 年教育部下发了《关于在小学减轻学生过重负担的紧急通知》。在这三个文件中提出了一系列具体的减轻中小学生课业负担的举措。全国各省市也都纷纷开展了各种形式的减负运动，但是一段时间后我们发现学生的书包又重了，作业又多了，周末又补课了，考试又排名了。"减负"成为一些地方教育部门为应付上级检查的短时行为。

学生的学业负担和教师的工作量是紧密联系的。学生的作业多，教师批改作业的时间就多。因此如果学生真正实现了减负，那么教师也就随之减负了。从这个意义上说，为了减轻教师过重的工作负担，我们必须将中小学生减负运动进行到底。

(二)给中小学校班级“消肿”

学校大班额必将导致学生拥挤不堪,教师负担过重,教育质量大打折扣。1996 年 4 月 1 日国家教委正式实施《小学管理规程》,其中规定小学班级学额以不超过 45 人为宜。但是由于各种原因这一规定一直没有在全国普遍实行。

班额过大的直接受害者是学生和教师,学生在课堂上受教师关注的几率缩小,教师上课的投入量加大,课后的工作量也随之变大。因此给大班额“消肿”是减轻教师过重负担的直接、有效方法。国家要保证教育经费的投入,合理配置和优化教育资源,努力消除义务教育阶段重点学校与非重点学校的差别,根据需要适时增加教师编制和班级数量,严格控制班额。班额处在一个合理的状态下,教师才不会感到身心压力过大,也才能够正常开展所有的教育教学活动。

总之,如果教师出现了职业倦怠的某些症状,首先要正确认识自己的问题,不回避,不消极退缩,要积极寻找原因。比如和家人或朋友谈谈工作上的烦恼,培根说过“当你遇到挫折而感到愤怒抑郁时,向知心朋友的一席倾诉,可以使你得到疏导,否则这种积郁会使你得病”。还可以买点有关此类问题的书籍认真阅读了解或咨询心理专家来找到适合自己的缓解压力和倦怠的方法,千万不可讳疾忌医。而暂时没有出现职业倦怠现象的教师也要经常自我审视,改变工作或生活上的一些比较极端的想法和做法,理性地去处理生活、工作中的问题,避免急躁、易怒、沮丧等不良情绪的频繁出现。教师要学会规划生活,享受生活,懂得劳逸结合,加强体育锻炼,积极参加社交活动,多与人交往,培养一两个有益身心健康的个人兴趣来转移注意力,自我放松,适度减压。教师只有树立了健康的生活和工作态度,在日常生活中有意识地培养抗压能力,全面提高个体素质,才能正确认识和调适自己的职业倦怠。

我们必须承认这样一个事实,不同的教师产生职业倦怠的原因不可能完全一样,差异性肯定存在,但是我们所做的这些研究就是要在纷繁复杂的教师职业倦怠众生相中努力去寻找一些共通的地方,提供给中小学教师参考比照,帮助教师尽快找到适合自己的缓解职业倦怠最有效的方法。

参考文献

[1]阿甘. 优秀教师的职场修炼手记[M]. 上海:华东师范大学出版社,2010.

[2]蔡颖. 优秀教师的十项修炼[M]. 上海:东北师范大学出版社,2010.

[3]常学勤. 课程资源开发与教师专业发展[J]. 人民教育,2008(18):30-32.

[4]陈文. 教师可以更优秀[M]. 上海:华东师范大学出版社,2012.

[5]陈永明. 基础教育改革案例(上、下)[M]. 天津:天津教育出版社,2006.

[6]邓金. 培格曼最新国际教师百科全书[M]. 北京:学苑出版社,1989.

[7]丁钢. 以教师专业发展为核心的校本课程开发[J]. 教育研究,2001(2):50-52.

[8]丁胜艳. 教师人格的内涵及其塑造[J]. 教学与管理,2013(21):55-56.

[9]傅道春. 教师的成长与发展[M]. 北京:教育科学出版社,2001.

[10]高飞,李广顺. 优秀教师站好三尺讲台的 101 个“细节”[M]. 长春:吉林大学出版社,2010.

[11]葛丽. 中小学教师职业倦怠调查及对策研究[D]. 上海:华东师范大学,2010.

[12]郭晓勋. 教育科研促进教师专业发展的作用和途径[J]. 教育探索,2010(7):109-110.

[13]郭志明. 美国教师专业规范历史研究[M]. 北京:中国社会科学出

版社,2004.

[14]和爱芳.教师教学风格研究[D].昆明:云南师范大学,2006.

[15]贺祖斌.教师教育:从自为走向自觉[M].桂林:广西师范大学出版社,2007.

[16]胡白云.中小学教师教学改革动力研究[D].重庆:西南大学,2007.

[17]贾海龙.优秀教师站好三尺讲台的101个“法则”[M].长春:吉林大学出版社,2010.

[18]姜美玲.教师实践性知识研究[M].上海:华东师范大学出版社,2008.

[19]蒋宗尧.优秀教师的修炼之道[M].上海:华东师范大学出版社,2011.

[20]教育部师范教育司.教师专业化的理论与实践[M].北京:人民教育出版社,2003.

[21]靳希斌.教师教育模式研究[M].北京:北京师范大学出版社,2009.

[22]赖学军.优秀教师概念的科学内涵与外延[J].教育评论,2001(1):55-60.

[23]雷玲.教师的幸福资本——成长为优秀教师的8种特质[M].上海:华东师范大学出版社,2011.

[24]梁巧华.校本课程开发对教师专业发展的影响[D].广州:华南师范大学,2005.

[25]李春华.如何练就教学风格——优秀青年教师的成长动力[M].北京:九州出版社,2011.

[26]李方,钟祖荣.教师专业标准与发展机制——教师专业化国际研究译文集[M].北京:北京出版社,2004.

[27]李虹.教师工作压力管理[M].北京:中国轻工业出版社,2008.

[28]李丽.优秀教师站好三尺讲台的101个“问题”[M].长春:吉林大学出版社,2010.

[29]林崇德,申继亮,辛涛.教师素质的构成及其培养途径[J].中国教

育学刊,1996(6):16－22.

[30]李如密.教学风格是优秀教师教学艺术的理想境界[J].教育科学研究,2001(4):59－60.

[31]刘佳.中小学优秀教师专业发展影响因素研究[D].哈尔滨:哈尔滨师范大学,2011.

[32]刘捷.专业化:挑战21世纪的教师[M].北京:教育科学出版社,2004.

[33]刘清华.教师知识的模型建构研究[M].北京:中国社会科学出版社,2004.

[34]刘旭.一线教师教育研究指南[M].成都:四川教育出版社,2006.

[35]刘伟波.教师学习动力研究[D].成都:四川师范大学,2009.

[36]李源田.朱德全,杨鸿.试论名师教学风格的养成[J].上海教育科研,2010(3):62－63.

[37]马云鹏,马延伟.从课程改革趋势看教师参与课程开发[J].辽宁教育研究,2001(10):47－49.

[38]缪徐.草根化研究:教师专业发展的有效途径[J].中小学教师培训,2013(12):31－34.

[39]潘海燕.教师的教育科研与专业发展[M].北京:中国轻工业出版社,2006.

[40]钱扑.科研——教师专业成长的必由之路[J].上海教育科研,2008(3):1.

[41]乔东生.优秀教师站好三尺讲台的101个"途径"[M].长春:吉林大学出版社,2010.

[42]秦发盈.我国优秀教师的特征及形成过程探微[J].天津市教科院学报[J].2005(5):46－49.

[43]邱炳武,申继亮.中学教师对教育教学的条件性知识的掌握状况调查[J].教育理论与实践,1995(6):48－50.

[44]齐晓东.教学风格的含义、特征及构成要素[J].社会科学战线,2002(1):275－277.

[45]齐学红.学校生活中的教师与学生[M].济南:山东教育出版

社,2006.

[46]任英杰.知识管理视阈下的教师专业发展[M].沈阳:东北大学出版社,2009.

[47]申海燕.基于中小学教育科研的教师专业发展研究[D].石家庄:河北师范大学,2010.

[48]沈翰.教师职业倦怠——新课程实施过程中一个不可忽视的影响因素[D].长沙:湖南师范大学,2005.

[49]申建军.师德新论[M].北京:北京航空航天大学出版社,1998.

[50]申继亮.教学反思与行动研究——教师发展之路[M].北京:北京师范大学出版社,2006.

[51]申继亮,辛涛.教师素质论纲[M].北京:华艺出版社,2001.

[52]申继亮,费广洪,高潇潇.知识、反思、观念——当前中小学教师教育的主要任务[J].中小学教师培训,2001(3):5-9.

[53]沈兰.教师参与课程开发:意义与途径[J].全球教育展望,2002(1):56-59.

[54]石长林.中国教师政策研究[D].武汉:华中师范大学,2005.

[55]石淑婷.校本课程开发中教师专业发展研究[D].新乡:河南师范大学,2013.

[56]时芸.美国全国专业教学标准委员会(NBPTS)优秀教师标准探析[D].重庆:西南大学,2007.

[57]孙宏安.学术研究:教师专业发展的重要途径[J].教育科学,2009,25(4):54-58.

[58]孙菊如,王燕,王赪,等.新时期教师职业道德与专业化发展[M].北京:北京大学出版社,2006.

[59]檀传宝.走向新师德——师德现状与教师专业道德建设研究[M].北京:北京师范大学出版社,2009.

[60]唐荣德.教师素质:自在的教师[M].桂林:广西师范大学出版社,2007.

[61]唐松林.教师行为研究[M].长沙:湖南师范大学出版社,2002.

[62]王博.影响教师职业倦怠因素及解决策略的研究[D].哈尔滨:哈

尔滨师范大学,2013.

[63]王大芳.论教师即课程开发的主体[D].武汉:华中师范大学,2008.

[64]王枬.教师发展:从自在走向自为[M].桂林:广西师范大学出版社,2007.

[65]王冬敏.教师职业倦怠的成因与解决对策研究[D].长春:东北师范大学,2011.

[66]王建磐.教师专业化与教师教育改革政策的选择[J].高等师范教育研究,2001,13(5):1-4.

[67]王莉,王俊刚.教师职业倦怠与应对[M].北京:中国文联出版社,2008.

[68]王荣德.现代教师人格塑造[M].天津:天津教育出版社,2004.

[69]王升,赵双玉.论一般教师向优秀教师的转变[J].教育研究,2008(8):82-84.

[70]王守恒.教师社会学导论[M].合肥:中国科学技术大学出版社,2011.

[71]王守恒,姚运标.课程改革与教师专业发展[M].合肥:安徽教育出版社,2007.

[72]伍新春,张军.教师职业倦怠预防[M].北京:中国轻工业出版社,2008.

[73]谢贤,李广顺.优秀教师站好三尺讲台的101个"理念"[M].长春:吉林大学出版社,2010.

[74]熊焰.校本培训:教师专业发展[M].广州:广东高等教育出版社,2006.

[75]徐斌艳.教师专业发展的多元途径[M].上海:上海教育出版社,2008.

[76]杨东平.中国教育发展报告(2010)[M].北京:社会科学文献出版社,2010.

[77]杨东平.中国教育发展报告(2011)[M].北京:社会科学文献出版社,2011.

[78]杨东平.中国教育发展报告(2012)[M].北京:社会科学文献出版社,2012.

[79]杨东平.中国教育发展报告(2013)[M].北京:社会科学文献出版社,2013.

[80]杨小洋,申继亮.论教师教学创新的内涵[J].中国教育学刊,2006(7):55-58.

[81]鄢月钿.优秀教师十大标准[M].长春:吉林大学出版社,2010.

[82]叶澜.教师角色与教师发展新探[M].北京:教育科学出版社,2001.

[83]游旭群,王振宏.教师教学创新能力及其发展[J].当代教师教育,2013,6(2):1-4.

[84]袁锐锷.教师专业化与高素质教师:经验、理论与改革实践[M].广州:广东高等教育出版社,2007.

[85]张彬福.怎样成为一名优秀的语文教师[M].上海:华东师范大学出版社,2011.

[86]张万祥,万玮.教师专业成长的途径:30位优秀教师的案例[M].上海:华东师范大学出版社,2005.

[87]张万祥.一句话改变一生——400位优秀教师的智慧感悟[M].北京:中国人民大学出版社,2012.

[88]张卫华.教师职业倦怠的原因及改进策略[D].武汉:华中师范大学,2012.

[89]赵炳辉.教师学[M].合肥:中国科技大学出版社,2007.

[90]赵国忠.优秀教师最重要的标准[M].南京:南京大学出版社,2009.

[91]赵国忠.外国优秀教师最有效的建议[M].南京:南京大学出版社,2009.

[92]赵希斌.优秀教师的四项核心素质[M].上海:华东师范大学出版社,2011.

[93]郑绍红.中小学教师教学创新的动力研究[D].重庆:西南大学,2007.

[94]周海玲.制度下的教师文化[M].济南:山东教育出版社,2006.

[95]周艳.教育社会学与教师研究[M].武汉:华中师范大学出版社,2008.

[96]钟启泉.教师"专业化":理念、制度、课题[J].教育研究,2001(12):12-16.

[97]钟祖荣.现代教师学导论——教师专业发展指导[M].北京:中央广播电视大学出版社,2006.

[98]朱小蔓.新世纪教师教育的专业走向[M].南京:南京师范大学出版社,2003.

[99]朱益明.校本教师发展论[M].天津:天津教育出版社,2006.

[100][美]戴安娜·罗曼斯,卡伦·科尔伯格.优秀教师的课堂艺术[M].刘欢,译.北京:中国青年出版社,2012.

[101][美]杰弗里·科特勒,斯坦利·齐姆,埃伦·科特勒.怎样成为一名优秀教师[M].方彤,左星,译.上海:华东师范大学出版社,2009.

[102][美]克里斯顿·纳尔森、杰姆·贝利.教师职业的9个角色[M].刘坤,译.北京:中国青年出版社,2011.

[103][美]李·S.舒尔曼.理论、实践和教育的专业化[J].王幼真,刘捷,译.比较教育研究,1999(3):36-40.

[104][美]萨拉·布朗·韦斯林.来自美国最优秀教师的建议[M].王正林,译.北京:中国青年出版社,2010.

[105][美]托德·维特克尔.优秀教师一定要知道的14件事[M].赵菲菲,译.北京:中国青年出版社,2011.

[106][美]伊兰·K·麦克伊万.培养造就优秀教师——高效能教师的十大特征[M].胡荣堃,译.北京:北京师范大学出版社,2007.

[107][英]艾弗·F·古德森.专业知识与教师职业生涯[M].刘丽丽,译.北京:北京师范大学出版社,2007.

[108][英]吉登斯.现代性与自我认同:现代晚期的自我与社会[M].赵旭东,方文,译.上海:三联书店,1998.

[109][英]杰伦迪·迪克西.有效的课堂管理[M].王健,译.北京:北京师范大学出版社,2006.

[110][英]苏·里奇.如何成为优秀教师[M].王亦兵,张振成,译.中国青年出版社,2012.

[111][日]佐藤学.课程与教师[M].钟启泉,译.北京:教育科学出版社,2003.

后 记

百年大计,教育为本;教育大计,教师为本。国家的强盛和长治久安需要教育的健康发展,教育事业科学发展的关键在于如何建设一支高素质的教师队伍。教师是一种平凡而伟大的职业,成为一名优秀的教师是每一位教师的梦想和追求。什么样的教师才是优秀教师?如何才能成为一名优秀的教师?这是优秀教师专业成长首先要面对的问题。优秀的教师不是熟练的教书匠,要成为优秀教师,首先要有敬业精神,但仅有敬业精神是不够的,还要不断提高自己的专业水平,开阔眼界,丰富学识,独树一帜,形成风格,成为精通业务的专家,成为教育教学的行家里手。

优秀教师是国家的宝贵财富,是教育事业发展的希望。优秀教师的成长不仅需要教师个人的主观努力和情感的投入,也需要外在环境的支持,可以说优秀教师的专业成长是教师内在发展动力和外部社会支持相互作用的结果。本书主要论述了优秀教师专业成长的动力,优秀教师如何在教学、课程开发和教育科研中成长,如何克服职业倦怠等。

优秀教师的成长是一个专业化的过程,是教师专业素质不断提升的过程。2007 年研究生毕业后,我有幸成为了一名普通的高校教师,经过努力,我先后被评为校级“教坛新秀”和安徽省高职高专院校省级“专业带头人”,并于 2013 年晋升为副教授。尽管个人在教育教学的工作实践中不断取得进步,但自感与优秀教师还有一定的距离。在专业成长过程中,我时刻体会着教师职业给我带来的快乐。教师专业化问题一直是我在研究中关注的重点。近年来,我主持完成了安徽省教育厅高校人文社科项目“高职院校教师专业化的途径与策略研究”,并参与了全国教育科学规划教育部重点项目“高校教师专业化的理论与实践研究”。

本书在撰写过程中参考了不少专家学者在教师专业化方面的著作、论文,这些研究成果的引用为本书提供了坚实基础,书后列出的主要参考文献或有不及,在此一并致歉与感谢。

本书在撰写过程中得到了我的研究生导师、安徽师范大学教育科学学院王守恒教授的大量帮助,感谢导师多年的教诲,感谢滁州职业技术学院原书记、现滁州市人大副主任沈中林同志和滁州职业技术学院院长李柱梁教授、组织人事处陈学军处长等领导对我工作的肯定和支持,是他们的关心和帮助让我不断地进步。同时,感谢安徽师范大学出版社为本书出版给予的指导和帮助。

本书撰写的过程,对我而言也是一次新的学习过程,由于水平有限,书中若有不当之处,敬请广大读者批评指正。

金本能

2014 年7月